금
병
매
5

# 금병매 金瓶梅 5

초판 1쇄 발행   2022년 9월 30일

지 은 이        소소생(笑笑生)
옮 긴 이        강태권
펴 낸 이        한승수
펴 낸 곳        문예춘추사

편      집      이상실
마 케 팅        박건원, 김지윤
디 자 인        박소윤

등록번호        제300-1994-16
등록일자        1994년 1월 24일
주      소      서울특별시 마포구 동교로 27길 53, 309호
전      화      02 338 0084
팩      스      02 338 0087
메      일      moonchusa@naver.com

I S B N        978-89-7604-535-5  04820
               978-89-7604-530-0 (세트)

천하제일기서

金瓶梅

완역

# 금병매

5

소소생笑笑生 지음 / 강태권 옮김

예춘추사

차례

## 서문경의 여인들

**오월랑**  첫째 부인. 청하좌위 오천호의 딸로 서문경의 전처가 죽자 정실로 들어온다. 서문경 집안의 큰마님으로 행세하며 집안 여인들 간의 질서를 유지하고자 노력하고, 서문경이 죽은 후에는 유복자 아들을 잘 키워보고자 노력하나, 결국 인생이 한바탕 꿈에 불과함을 깨닫는다.

**이교아**  둘째 부인. 노래 부르는 기생이었으나 서문경의 눈에 들어 부인이 된다. 서문경이 죽자 재물을 훔쳐 기원으로 돌아간다.

**맹옥루**  셋째 부인. 포목상의 정처였으나 남편이 죽자 설씨의 주선으로 서문경과 혼인한다. 나름 행실을 바르게 하며 산 덕분에 쉽게 맞이할 수도 있는 불운을 피해 간다.

**손설아**  넷째 부인. 서문경 전처의 몸종이었다가 서문경의 눈에 들어 그의 부인이 된다. 집안 하인과 눈이 맞아 도망가는 등, 삶의 신세가 바람에 나부끼는 깃발처럼 이리 움직였다 저리 움직였다 한다.

**반금련**  다섯째 부인. 무대의 부인이었으나 서문경과 눈이 맞아 무대를 독살하고 서문경에게 시집온다. 영리하고 시기심 많은 성격에 서문경을 독차지하려고 애쓰지만, 끝내 원수의 칼날을 피하지 못한다. 삶의 영고성쇠가 무상함을 증명하듯 실로 파란만장한 삶을 산다.

**이병아**  여섯째 부인. 화자허의 부인이었으나 화자허가 화병으로 죽자 서문경의 부인이 된다. 천성이 착하지만 죽은 화자허의 좋지 않은 기운이 그녀의 삶을 지치게 한다.

**춘매**  반금련의 몸종으로 서문경의 총애를 받는다. 사람 일은 알 수 없음을 증명하는 인물로서, 쇠락해지는 듯하다 다시 최고의 영예를 누리는 삶을 산다.

**이계저**   이교아의 조카로 기원의 기생. 행사 때마다 서문경의 집안에 불려온다.

**송혜련**   서문경 집안의 하인인 내왕의 부인. 자신의 미색 때문에 남편이 쫓겨나게
되다.

**임부인**   서문경을 의붓아버지로 섬기는 왕삼관의 어머니. 아들을 핑계삼아 서문경
과 관계를 맺는다.

**여의아**   서문경의 아들 관가의 유모. 이병아가 죽은 뒤 서문경의 눈에 들어 관계를
맺는다. 서문경이 그녀를 죽은 이병아를 대하듯 한다.

**왕륙아**   한도국의 부인. 딸의 혼사를 매개로 서문경의 눈에 들어 은밀한 만남을 갖
는다. 남편의 암묵적 승인 하에 자신의 몸을 팔아 생계를 이어간다.


## 반금련의 남자들

**무대**   금련이 독살한 전남편. 동생 무송에게 자신의 억울한 죽음을 알리고 복수를
부탁한다.

**서문경**   금련이 재가한 남편. 천하의 난봉꾼으로, 집안의 여러 부인을 거느리고도
틈만 나면 새로운 여인에게 눈을 돌린다.

**진경제**   서문경의 사위. 일찌감치 장인 집에서 기거하며 서문경이 다른 여자를 탐하
는 사이에 금련과 정을 통한다. 수려한 외모로 어린 나이부터 정욕에 이끌
리는 삶을 산다.

**금동**   서문경의 하인.

**왕조아**   왕노파의 아들.

일러두기

* 이 책은 『신각금병매사화(新刻金甁梅詞話)』와 『신각수상비평금병매(新刻繡像
批評金甁梅)』의 합본을 저본삼아 이를 완역한 것이다.
** 본문 삽화는 『신각수상비평금병매』에서 가져온 것이다.
*** 본문 중 괄호 안의 글은 옮긴이의 주이다.
**** 각 이야기의 소제목은 편집부에서 새로 만든 것이다.

# 세상만사 모두 때를 다투는 일

### 대보름날 밤에 진눈깨비 내리고, 부인네들은 웃으며 거북점을 치다

경도의 대보름날 경치 좋구나

신선들이 있다는 봉래보다 아름답구나.

옥 같은 먼지 날리고 수레는 화려한데

달은 누각을 밝게 비추네.

삼궁[三宮]*도 이 밤을 즐기니

연꽃 모양의 등을 수없이 켜서

하늘을 향해 밝혀보네.

북소리에 맞춰 밤을 새우니

화려한 불꽃이 다투어 일어나며

깊은 밤이 일제히 열리누나.

帝里元宵 風光好 勝仙島蓬萊

玉塵飛動 車喝繡轂 月照樓臺

三宮此夕歡諧 金蓮萬盞 撒向天街

迓鼓通宵 華燈競起 五夜齊開

---

* 황제·태후·황후를 가리킴

이 사[詞]는 예전 사람이 지은 것으로 정월 대보름의 번화한 풍경과 사람들의 시끌벅적한 분위기를 잘 표현하고 있다.

한편 서문경은 그날 오월랑 등 부인들이 오대구 집으로 출발하자 이지, 황사 등과 자리를 함께해 술을 마셨다. 응백작은 잠시 두 사람을 불러내 말했다.

"자네들을 대신해 잘 애기해놨으니 아마도 내일쯤 오백 냥을 더 빌려줄 걸세."

이에 둘은 백작에게 수없이 고맙다는 인사를 하고 다시 안으로 들어와 저녁 무렵까지 마시고 놀다가 비로소 작별을 고하고 돌아갔다. 사랑채에서 백작은 사희대와 함께 서문경을 모시고 한 잔 더 마시고 있었다. 그때 이명이 발을 걷고 안으로 들어왔다.

백작이 이명을 보고,

"이일신이 왔구나."

하자, 이명은 땅바닥에 넙죽 엎드려 절을 올렸다.

서문경이 물어보았다.

"오혜는 어째 오지 않지?"

"오늘 동평부에서 찾았는데도 못 갔어요. 집에서 눈병을 앓고 있거든요. 그래서 소인이 왕주를 데리고 왔어요."

그러면서 왕주를 불러,

"들어와 나리께 절을 올리거라."

하니 왕주가 발을 걷고 안으로 들어와 절을 올리고 이명과 나란히 곁에 시립했다. 백작이 묻는다.

"네 누이 계저는 좀 전에 집으로 돌아갔는데, 모르느냐?"

"관청의 부름을 받고 노래를 하다가 집에 돌아가 겨우 세수만 하고 여기로 바로 왔기에 잘 모르겠는데요."

백작이 서문경에게,

"보아하니 저 둘이 아직 밥도 먹지 못한 것 같은데 형님께서 밥이나 갖다 주라고 하시지요."

하니 서동이 곁에 섰다가,

"잠시 기다렸다가 악사들과 함께 먹게 하지요."

했으나 백작은 서동에게 큰 쟁반을 가져오게 해 탁자 위에 밥 반찬 두 가지와 삶은 양고기 한 접시를 차려주고 이명에게,

"밥을 두 그릇 떠다가 여기서 먹거라."

그러고는 서동을 보고 말했다.

"귀여운 조카님! 속담에도 '사람은 끼리끼리 모이고, 물건은 무리로 구분된다'고 하지 않던가! 네가 이 분야를 잘 모르겠지만 비록 기생집 출신의 배우들이라고 하나 악사들과는 비교할 수 없지. 그러니 잘 대해줘야 주인의 체면이 서는 게지."

이에 서문경은 응백작의 뒤통수를 한 대 때리면서,

"웬일인가? 이 개망나니가 기생집이나 들락거리며 기생이나 보호하는 줄 알았더니 어떻게 그들의 아픔도 알고 있다지!"

하고 웃으며 욕을 했다.

"영특하시기는, 형님이 뭘 아신다고? 형님은 기녀들을 데리고 풍류를 즐기시면서, '석옥련향[惜玉憐香]' 네 글자도 제대로 모르잖아요? 무슨 말인고 하니 기생과 가수(광대)들은 신선한 꽃과 같다는 거예요. 꽃을 사랑하고 귀여워하면 할수록 더욱 힘을 낸다는 거죠. 만약 꽃을 꺾는다면 팔성감주[八聲甘州] 곡 속의 '병으로 야위고 초췌해져서 살기가 힘들다네!' 꼴이 되는 거지요."

이에 서문경은 웃으며 말했다.

"그래도 내 아들이 세상의 도리를 좀 아는군!"

그렇게 말을 주고받는 동안에 이명과 왕주가 밥을 다 먹었다. 응백작이 그들을 불러,

"그래, 「눈 속의 달, 바람 꽃 함께 엮으리[雪月風花共裁剪]」라는 곡을 부를 줄 아느냐?"

하고 묻자 이명이,

"예, 이것은 소인이 알고 있는 것으로 황종[黃鐘](고대 희곡 음악 궁조의 하나)입니다."

라며 쟁을 가져오고, 왕주는 비파를 타며 목청을 고른 후에 「황종[黃鐘]·꽃에 취해 숨네[醉花隱]」를 부르기 시작했다.


남녀의 사랑을 같이 나누니

구름 비 밤 향기에 여인의 몸매 부드럽네.

꽃은 이제 한창, 달도 한창 둥그네.

눈을 누르고 바람 일지만

님은 하늘보다 멀리 있네.

이때 편지 한 통을 부치려 해도

끝없이 이는 생각을 어쩌지 못하니

글로 쓰기가 어렵구나.

雪月風花共裁剪 雲雨夢香嬌玉軟

花正好 月初圓 雪壓風嵌 人此天涯遠

這此時欲寄斷鵬篇 爭奈我無岸的相思 好看我難運轉

〈희영천[喜營遷]〉

큰 바다로 벼루를 삼고

서까래로 붓을 삼고

태산의 소나무로 먹을 만들고

만 리의 푸른 하늘로 종이를 삼으니

모두 초서의 달인이 갖춘 것이라네.

집에 소식 한번 전하려 하나

마음속 사연을 다 전할 수 없고

하소연하려 해도

애끓는 마음 다 전할 길 없네.

指滄溟爲硯 簡城毫逮如椽

松煙 將泰山作墨硯

萬里靑天爲錦箋 都做了草聖傳

一會家書 書不盡心事

一會家訴 訴不盡熬煎


〈출대자[出隊子]〉

처음 만날 때를 생각하니, 나를 보고 반해서

둘은 마음속으로 생사의 연을 맺기로 했네.

둘은 아교같이 끈끈한 사랑을 했건만

누가 생각이나 했겠는가

중도에서 이별할 줄이야!

이삼 일을 못 봐도 십여 년은 떨어진 듯하고

음식을 들 때마다 그대를 생각하고

잠시라도 그대 생각하지 않은 적이 없고
그대 이름을 부르지 않은 적이 없건만
꿈속에서조차 그대를 볼 수가 없네.
憶當時初見 見俺風流小業冤
兩心中便結下死生緣 一載間澤如膠漆堅
誰承望半路番騰 倒做了離恨天
二三朝不見 渾如隔了數十年
無一頓茶飯不掛牽 無一刻光陰不唱念
無一個更兒將他來不夢見

〈서문자[西門子]〉
사람이 올 때마다
그가 오는지 물어보지 않은 적 없네.
이러한 행동이 미친 것처럼 보여
보는 사람들이 위로해주네.
허나 내 마음속 심사는 어쩌지 못하네.
생각하니 눈앞에 있는 듯
되뇌는 부름에 입 안 가득 고이는 침.
소맷자락과 옷깃에 눈물 자욱 가득하고
생각나네, 예전에 그와 내가 나누던 말.
그땐 귀엽고 어렸다네
총명하다 하나 세상 얼마나 알리오.
하지만 님은 진심으로 세상에 임했다오.
無一個來人行 將他來不問遍

害可人有似風顚 相識每見了買還勸

不由我記掛在心間

恩量的眼前活現 作念的口中粘涎

襟領前 袖兒邊 淚痕流遍

想從前我和他語在前 那時節嬌小當年

論聰明貫世何曾見 他敢眞誠處有萬干


〈괄지풍[刮地風]〉

생각하니 그대 위한 사랑은 변함없건만

그리움에 눈물이 강을 이루네.

우리는 무릎을 맞대고 어깨를 기대고

사랑의 밀어를 나누었지요.

연꽃의 향기를 품어내듯

서로 원앙새처럼 볼을 비비기도 했지요.

우리들은 손을 잡고

나란히 베개를 베고 잤었지요.

그런데 하늘이여!

나와의 연분이 엷어서 헤어지는 겁니까?

憶咱家爲他情無倦 淚江河成春戀

俺也曾坐幷着膝 語幷着肩

俺也曾菱荷香 效他交頸鴛

俺也曾把手兒行 共忱眠

天也 是我緣薄分淺

〈수선자[水仙子]〉

나 혼자 떼를 쓰는 것이 아니라

철석같은 혼인을 할 수 없다니요.

베개 베고 한 맹세를 기억해보세요

신 앞에서 한 맹세였기에

마음 굳건하기가 바위도 뚫으리라 여겼네.

남모르게 하늘에 비네

만약에 내가 전생에 님을 배반해

사랑하는 님과 금생에서 이루어질 수 없다면

내세에서라도 이루어지게 해주세요.

非干是我自專 只不見的鸞膠續斷弦

憶枕上盟言 念神前發願 心堅石也穿

暗暗的禱告青天 若咱家負他前世緣

俏冤家不趁今生願 俺那世里再團圓


〈마지막 가락[尾聲]〉

부탁이에요, 제발 마음 변하지 마세요.

다시 만날 수만 있다면 몇 해가 지난들 어떠리오.

비록 몸은 멀리 간다 해도 마음만은 내 곁에 있어주세요.

囑咐你衷腸莫更變

要相逢則除是動載經年

則你那身去遠 莫敎心去遠


노래를 하다 보니 날이 어두워졌다.

태양은 점점 서산에 지고 달은 난간 위에 보이네.

미인이 천천히 다가와 전하기를,

달이 옮겨가니 꽃 그림자가 비단 창에 비친다 하네.

金烏漸漸落西山

玉免看看上畵闌

서문경은 그릇을 정리하게 한 후에 하인을 시켜 부지배인, 한도국, 운주관, 분사, 진경제 등을 불러와 대문가에 큰 병풍을 치고 네모진 상 두 개를 펼쳐놓고 양 뿔 모양의 등을 두 개 걸어 술좌석을 벌였는데, 모두가 진기하고 먹음직스러운 명절 음식이다. 서문경과 백작, 희대는 모두 윗자리에 앉고, 지배인과 주관이 양옆으로 나란히 앉았다. 대문 양편으로는 한쪽에 연꽃 모양의 등과 작은 불꽃 발사대를 열두 개씩 갖다놓았는데, 서문경은 여자 손님들이 돌아오면 쏘아 올리라고 분부했다.

먼저 악사 여섯이 구리 징과 구리 북을 들어다 대문 앞에 가져다 놓고 연주하기 시작했다. 한차례 구리 징과 구리 북을 치는데 그 소리가 맑고도 청아해 다른 작은 악기 소리와 잘 어우러졌다. 이명과 왕주 두 배우도 쟁과 비파를 가지고 올라와 연등 놀이를 그린 '봄날 꽃과 달이 성에 가득[花月滿春城]'으로 시작하는 「눈썹을 그리네[畵眉序]」를 부르기 시작했다. 이에 거리를 오가는 수많은 사람들이 에워싸고 쳐다보았다. 서문경은 충정관을 쓰고 비단 마고자에 흰 비단 저고리를 입고 있었다. 대안과 평안 둘은 교대로 불꽃을 쏘아댔다. 군졸 둘은 각기 장대를 들고 사람들이 앞으로 밀려나오지 못하게 했다. 잠시 뒤에 구름 한 점 없는 푸른 하늘에 둥글고도 밝은 달이 동편에서 떠오르니 모두 즐거워하며 시끌벅적하다.

집집마다 징 울리고 북을 치며
관악기와 현악기를 연주하네.
구경꾼들 무리 지어 노래 부르고
남녀는 쌍을 지어 춤을 추네.
화려한 등불은
높디높이 백 척 넘은 푸른 구름 위에 치솟고
봉금의 짙은 향기는
알록달록한 옷을 입은 수많은 사람 속에 퍼진다.
한가로운 뜰의 안팎
녹아내릴 듯한 달이 빛을 발하네.
높고 낮은 누각에는
휘황찬란한 꽃등이 밝게 비친다.
모든 거리에는 사람들이 떠들썩하고
경성의 명절에 대보름을 즐기누나.

戶戶鳴鑼擊鼓 家家品竹彈絲
游人隊隊踏歌聲 士女翩翩垂舞調
鰲山結彩 巍峨百尺蠱晴雲
鳳禁縟香 縹緲千層籠綺隊
閑廷內外 溶溶寶月光輝
畫閣高低 燦燦花燈照耀
三節六街人鬧熱 鳳城佳節賞元宵

한편 안채에 있던 춘매, 영춘, 옥소, 소옥은 월랑이 집에 없는 데다 대문가에서 북소리며 노랫소리에다 불꽃을 쏘아대는 왁자지껄한 소리가 나는 것을 듣고 모두 화장을 하고 나와 병풍 뒤에 숨어서 밖을 쳐다보았다. 이때 서동과 화동은 병풍 뒤에서 화로 위에다 술을 데우고 있었다. 원래 옥소와 서동은 오래전부터 한데에 있다 보니 은밀히 정을 통하는 사이가 되어 자연 장난을 치며 서로 과일씨를 뺏어먹었다. 화로 위에 주석 술병을 올려놓고 데우고 있다가 그만 바람에 쓰러뜨리니 불꽃이 확 치솟고 재가 사방으로 날렸다. 옥소는 어찌할 바를 몰라 웃고만 있었다. 이 소리를 서문경이 듣고 대안에게 묻는다.

"누가 웃고 있는 게냐? 웬 재가 이렇게 일지?"

이때 춘매는 흰 비단 저고리에 붉은색 조끼를 입고 의자에 앉아 있었다. 그러다가 옥소와 서동이 장난을 치다가 술병을 쓰러뜨린 것을 보고 바로 큰소리로 옥소에게 욕을 해댔다.

"이 빌어먹다 뒈질 음탕한 년이! 사내를 보니 좋아서 어쩔 줄 모르는구나! 장난을 치다가 술을 엎질렀으면 됐지, 그것도 부족해 시시덕거리며 야단이라니, 도대체 뭐가 우스운지 모르겠군! 화롯불도 다 꺼뜨리고 애꿎게 사람 머리에 온통 재를 뒤집어씌우다니!"

옥소는 춘매가 욕을 해대는 걸 보고 놀라 아무 말도 못하고 황급히 안으로 들어갔다. 당황한 서동이 앞으로 나아가,

"소인이 화롯불에 술을 데우다가 주석병을 쓰러뜨려 술을 쏟았습니다."

하니 서문경이 이를 듣고 더는 따지지 않았다.

이에 앞서 분사의 부인은 월랑이 집에 없다는 소식을 듣고, 예전부터 춘매·옥소·영춘·난향이 서문경의 사랑을 받고 있다는 것을 알

고 있기에 이번 명절 때에 많은 과일과 음식을 준비해 딸 장아[長兒]를 시켜 자기 집으로 초청해 놀다 가라고 했다. 여럿이서 이교아에게가 그런 사정을 얘기하니,

"내가 뭐라 말할 수 있겠어요? 그러니 나리께 가서 여쭈어보세요!"

했고, 설아에게 물어봐도 역시 똑같은 대답이었다. 그러는 사이에 날이 저물어 등을 켤 시간이 되니, 분사의 부인은 다시 장아를 보내 네 사람을 불렀다. 난향은 옥소에게, 옥소는 영춘에게, 영춘은 춘매에게 서로 미루면서 이교아에게 부탁해 서문경의 허락을 받아달라고 했다. 춘매는 미간을 찌푸리고 조금도 움직이지 않으면서 옥소 등을 욕했다.

"모두 요리 구경도 못하고, 술좌석에도 가보지 못한 인간들처럼 왜들 난리야! 나는 안 가면 안 갔지 둘째 마님한테 부탁하지는 않을 거야! 귀신에게 쫓기듯 왜들 호들갑이야! 너희들이 언제 제대로 대접이나 해줬어?"

이때 영춘, 옥소, 난향은 옷을 차려입고 화장도 곱게 하고 나왔으나 오도 가도 못하고 있었다. 이때 춘매는 가만히 앉아서 꿈쩍도 하지 않았다. 서동은 분사의 아내가 또다시 장아를 시켜 부르는 걸 보고,

"나리께 두어 마디 욕을 먹어도 내 누이들을 대신해 말씀드릴게!"

하고는 바로 안으로 들어가 서문경의 곁에 가서 귓가에 대고 말했다.

"분사의 아내가 대보름이라 누이들을 놀다 가라고 청했어요. 누이들이 나리께 가도 되는지 여쭤봐달라는데요?"

"누이들더러 짐을 챙겨 다녀오라고 해. 대신 집에 사람이 없으니 일찍 돌아오라고 하거라."

이에 서동은 급히 밖으로 나가 이 사실을 알려주었다.

"제가 말씀드려 다행히 허락을 받았어요. 가도 좋지만 되도록 빨리 오래요."

이에 춘매도 천천히 방으로 돌아가 화장을 하고 출발했다. 잠시 뒤 그네들이 문을 지날 때 서동은 병풍을 끌어당겨 반쯤 가려 춘매 일행이 나가는 것을 보지 못하게 해줬다. 분사의 집에 다다르니 분사의 부인이 마치 하늘에서 선녀들이 내려온 듯 반갑게 맞이해 방으로 안내했다. 방 정중앙에는 비단 등불을 걸어놓고 탁자 위에는 맛있는 음식을 가득 차려놓았다. 분사 아내는 춘매를 큰고모, 영춘을 둘째 고모, 옥소를 셋째 고모, 난향을 넷째 고모라 부르며 인사를 했다. 잠시 뒤에 한회의 부인도 자리를 함께했다. 하인들에게 일러 음식을 더 내오게 하고 춘매와 영춘을 윗자리에 앉히고 옥소와 난향은 맞은편에, 그리고 분사의 부인과 한회의 부인이 나란히 앉고 장아는 오가며 술을 데워 올리고 요리를 내왔다.

한편 서문경은 악사들을 불러,

"「동풍은 매서워도 좋은 일은 다가오네[東風料峭好事近]」를 들려주려무나."

라고 분부하는데 안채에서 장미로 만든 월병을 내왔기에 금은으로 만든 수저로 함께 먹었다. 맛이 향기롭고 달콤해 입 안에 넣자 바로 녹는 것이 정말로 명절과 잘 맞았다. 이명과 왕주가 좌석 앞으로 악기를 가지고 나와 연주하며 노래를 부르니 소리가 느릿하면서도 정말로 애간장을 녹이는 듯했다.

동쪽 들에서는 푸른 연기가 일고

기쁨으로 향기로운 하늘과 맑은 아침을 맞네.
꽃을 아끼는 마음
봄이 되니 또다시 일찍 일어나는구나.
사람 시켜 봄의 신인 동군[東君]에게 물어보네
나에게 봄을 얼마나 가져다줄 것인지를.
하인이 웃으면서 하는 말
어젯밤에 해당화가 피었어요!
東野翠煙消 喜遇芳天晴曉
惜花心性 春來又起得偏早
教人探取 問東君肯與我春多少
見不鬘笑語回言道 昨夜海棠開了


〈천추세[千秋歲]〉
살구꽃 피어 있는 가운데 배꽃도 무성
한 그루 매화는 어리기만 하네.
개천 다리가에 흐르는 물
오직 꽃 파는 사람만이 듣고서 소리를 지른다.
그네 밖에는 행인들이 무심코 지나가고
나 혼자만이 담장 안 여인들의 웃음소리를 듣네.
웃고 떠드니 봄은 좋구나!
나는 바로 이 꽃바구니를 들고
높이 뛰어오르고 싶어라.
杏花稍間着梨花雪 一點點梅豆青小
流水橋邊 只聽的賣花人聲聲頻叫

鞦韆外 行人道 我只聽的粉牆內佳人歡笑

笑道春光好

我把這花籃兒旋簇 食罍高挑


〈월임호[越恁好]〉

꽃이 만발한 곳에

주막 깃발이 펄럭이네.

모란 정자 옆에서는

여인네들이 나물을 캐고 있네.

늘어진 버드나무 푸른 가지에는

귀여운 꾀꼬리가 날고 있어라.

수많은 꽃 사이를

나비들이 춤을 추며 다리를 넘나드네.

일 년 사계절 중에서

유독 봄 풍경이 좋아라.

꽃 앞에서 잔을 들고

달빛 아래 기쁨의 미소 짓네.

鬧花深處 滴溜溜的酒旗招

牡丹亭佐側 尋女伴鬪百草

翠巍巍的柳條 忒楞楞的曉鸎飛過樹稍

撲簌簌亂橫 舞翩翩粉蝶兒飛過畫橋

一年景 四季中 唯有春光好

向花前暢飲 月下歡笑

〈홍수혜[紅銹鞋]〉

한가닥 피리 소리 들려오고
한 무리 미인들이 보이네.
술잔을 높이 들고 술 취해 비틀거리며
금루곡[金縷曲]을 부르는데
무슨 춤을 출 것인가?
밝은 달이 꽃가지 위에 앉았구나
꽃가지 위에 앉았네!
聽一派鳳管鸞蕭 見一簇翠圍珠繞
捧玉樽 醉頻倒 歌金縷 舞甚麼
恁明月上花稍 月上花稍


〈마지막 가락[尾聲]〉

술에 취해 풀 위에서 잠이 드니
은 등롱을 꽃 아래 밝혀놓았네.
아름다운 청춘 쉽게 늙으니
봄날을 헛되이 보내지 마라.
醉教酩酊眠芳草 高把銀燈花下燒
韶光易老 休把春光虛度了


　한편 대안과 진경제는 소맷자락 안에 많은 폭죽을 넣고 또 군졸 둘에게 등롱을 들려 오대구 집으로 월랑을 맞이하러 갔다. 그때 대청 객실에는 오대구 부인, 오이구 부인, 오순신의 며느리, 욱씨 아가씨가 모여 앉아 노래를 듣고 있었다. 노래를 들으며 술을 마시다가 진경제가 들어오자 둘째 삼촌에게 진사위를 방으로 안내하며 말했다.

"큰삼촌께서는 오늘 집에 계시지 않고 관청에서 서류를 작성하고 계세요."

그러고는 탁자를 내다 펴고 음식과 술을 내와 진경제를 상대해 술을 마셨다. 대안은 안채로 들어가 월랑에게,

"나리께서 소인더러 마님을 모시고 일찍 오라고 분부하셨어요. 늦으면 사람들이 많아 길이 막힐까봐 서방님과 함께 보내셨어요."

하니 월랑은 대안이 괘씸하여 아무 말도 하지 않았다. 오대구 부인은 내정을 불러 일렀다.

"뭐 먹을 것 좀 대안에게 갖다 주거라."

"술과 고기, 국, 밥을 차려놓았는데 서방님과 같이 먹게 하죠."

이에 월랑이 말했다.

"왜 그리 서둘러요? 방금 왔는데 뭘 먹이려고 해요. 밖에서 잠시 기다리면 우리도 곧 일어날 텐데."

"셋째 고모, 뭘 그리 서두르세요. 좀 전에 온 사람을 핑계 대시기는요. 다른 아씨들도 모두 여기 있고 또 대보름에 자매들이 모처럼 한자리에 모였으니 더 놀다 가요. 집에는 둘째와 넷째 마님이 계신데 뭘 걱정해요? 또 일찍 돌아가 뭐하려고요? 다른 사람 집도 아닌데 말이에요…."

그러면서 욱씨 아가씨에게,

"노래라도 불러 마님들께 들려드려요."

하니 이에 맹옥루가 말한다.

"여섯째가 욱씨 아가씨를 괘씸하게 여기고 있어요! 자기 생일에 오지 않았다고."

그러자 욱아가씨가 급히 자리에서 일어나 이병아에게 절을 네 번 올리면서,

"다섯째 마님 생일에 다녀온 이후에 계속 몸이 좋지 않았어요. 어제 여기 마님께서 부르셔서 겨우 일어나서 왔어요. 몸 상태만 좋았다면 어찌 마님께 축하 인사를 올리지 않겠어요."

하니 금련이 말했다.

"욱아가씨, 여하튼 여섯째가 기분이 별로 안 좋아! 그러니 노래를 한 곡조 잘 불러주면 기분이 풀어질 거야."

이병아는 곁에서 미소만 짓고 아무 말도 하지 않았다.

"그렇게만 할 수 있다면 비파를 가져다 노래를 불러드릴게요."

오대구 부인은 며느리인 정삼저에게,

"어서 셋째 고모님과 다른 마님들에게 술을 따라 올리세요. 아직까지 한 잔도 올리지 않았잖아."

하자, 욱아가씨는 이내 비파를 받아들고 「한 줄기 강바람[一江風]」을 부른다.

자시[子時]쯤
이 처량함을 어찌 보내나?
비단 휘장 안에 옷 입고 누워
님을 기다리네.
그대는 자[子]나 축[丑]시경에 온다 하였건만
인[寅]시가 넘어도 오시지 않네.
마음 졸이며 님을 기다렸건만
어찌 나를 버리십니까?

원컨대 신령이 그에게 재앙을 내려주시기를.

子時那 這淒涼如何過 羅幃錦帳和衣臥

歹哥哥 你許下我子丑時來

不覺寅時錯 疼心腸等他待如何

抛閃了我 願神靈降與他 災相殃


묘[卯]시에
흩어진 머리를 틀어올리고
부끄러이 화장대에 앉았네.
그리움이 너무 많아
비단 옷도 못 입고
비취 진주도 달지 못하고
우울한 마음도 풀지 못하네.
진[辰]시가 지나고
사[巳]시가 되어도 그림자도 보이지 않네.
저는 당신을 그리다 병이 났어요.

卯時的 亂挽起烏雲髻 羞對菱花鏡

想多情 穿不的錦繡衣裳

戴不起裴翠珍珠 解不開心頭悶

辰時已過了 巳時不見影 奴家爲你憂成病


오[午]시가 되니
님이 그리워 괴로워라
괴로움이 내 혼까지 앗아가네.

그대의 재주를 생각하니
그대는 달빛 아래 별 앞에서
철석같이 굳은 맹세를 해놓고
어찌 가볍게 잊을 수 있단 말인가요?
만약에 미[未]시에 온다면
내 가슴속 응어리 다 풀어지고
신[申]시에 돼지머리 사서 신께 감사의 제 올리리.

午時排 這相思眞個害 害的我魂不在
想多才 你記的月下星前
誓海盟山 誰把你輕看待
他若是未時來 也把奴愁懷解
申時買個豬頭兒賽


유[酉]시가 지나가니
마음을 달랠 길 없네.
누구에게 속마음 털어놓을까?
거짓말쟁이 그대여
당신은 어느 기생집에서
여인들에게 둘러싸여 있을는지.
여자를 좋아하는 것은 천생인 듯
술[戌]시에 촛불을 밝히나
님은 보이지 않네.
해[亥]시에는 나가서 거북점이나 보리라.

酉時下 不由人心牽掛 誰說幾句知心話

謊冤家 你在謝館秦樓 倚翠偎紅

色膽天來大 戌時點上燭 早晚不見他

亥時去卜個龜兒卦


이렇게 한창 노래 부를 때 월랑이,

"왜 그리 처량한 곡을 불러?"

하자 내안이 곁에서 말한다.

"밖에 눈이 내려요."

이에 맹옥루가 말했다.

"큰형님, 옷을 너무 얇게 입으신 거 아니에요? 저는 면 윗저고리를 가져왔어요. 밤이 깊어지면 더 추워지지 않을까요?"

"눈이 내린다니, 하인을 시켜 집에서 털외투를 가져오라고 해야겠어."

내안이 급히 밖으로 나가 대안에게,

"큰마님께서 마님들 털외투를 가져오라고 하셨어."

하자 대안은 다시 금동을 불러,

"네가 가지고 와, 우리는 여기서 시중을 들어야 하니까."

하니, 이에 금동은 아무 말 않고 바로 집으로 갔다. 잠시 뒤에 월랑은 금련이 털외투가 없다는 사실을 깨닫고 내안에게 물었다.

"누가 털외투를 가지러 갔느냐?"

"금동이 가지러 갔어요."

"어찌 묻지도 않고 바로 갔느냐?"

맹옥루가 말한다.

"미처 말을 다 못했는데 털외투를 가져오라고 하면

돼요. 다섯째가 털외투가 없으니 언니 것을 입게 하면 되잖아요."

"집에 없기는! 다른 사람의 털외투를 저당 잡은 게 한 벌 있으니 다섯째가 입으면 되잖아."

월랑은 바로 내안에게,

"대안 그놈의 자식이 어째 제가 가지 않고 애들을 시켰어? 그놈을 불러와!"

하니 내안이 바로 대안을 월랑 앞에 대령시키자 월랑이 몇 마디 혼을 냈다.

"간덩이 큰 놈아! 어째 네놈이 가지 않는 게냐? 마치 장군이 사병을 보내듯 하인 애들을 시키다니, 왜 한마디 묻지도 않고 쥐도 새도 모르게 가버렸느냐? 게다가 다른 사람을 시키다니, 아마 네놈이 큰 벼슬이라도 하는 모양이구나!"

"마님께서 그리 말씀하시면 소인은 억울합니다. 마님께서 저에게 가라고 분부하시면 제가 어찌 감히 가지 않겠습니까? 내안이 아무나 집에 가서 털외투를 가져오라고 했을 뿐입니다."

"내안 그놈이 감히 너에게 분부를 해? 우리 같은 마나님들도 감히 너를 시키지 못하는데! 그 주인에 그 하인이라고, 네 멋대로 행동하고 막만 뻔지르르하며 앞에 드러내기나 좋아하고 겉과 속이 다른 데 다 다 사람의 등이나 쳐서 먹는 네놈을 내가 모르는 줄 아느냐? 아까도 네 다 주었어? 너한테 이계저를 보내라 시키지도 않았는데 왜 바래 계집애를 남겨이 짐 보따리를 들고 있는데 왜 빼앗아 간 게냐. 있으면 직접 말하면 내다 팔건 관여할 일이 아니지만, 할말이 먼서 먹을 것은 제가 들어오지 않는 게지? 계저를 바래다주 지 않은 것은 다른 사람을 시켜 들여보내다니. 너의 이러한 싸가지 없는 행위를 탓하는데도 너는 네 잘못이 아니라고 하는 게냐?"

"그땐 사람이 없어서 화동이 나선 거예요. 나리께서 화동이 보따리를 안고 있는 걸 보고 저더러 '계저를 바래다주라'고 하셔서 화동이 마님께 하인 애를 집에 그냥 있게 하라고 전한 거예요. 마님께서 말씀하신 대로 하인 애를 남겨두건 그렇지 않건 제가 할 수 있는 일이 아닌데 어찌 관여하겠습니까?"

이에 월랑은 크게 노해 버럭 욕을 하기를,

"이놈의 자식이 그만 주둥아리를 놀리지 못하겠느냐! 할 일이 없어서 네놈과 입씨름하고 있는 줄 아느냐! 내 이놈의 모가지를 비틀어버릴 테다. 내가 못할 줄 알고 주둥이를 놀리고 있어! 내일 나리께 말해 이 싸가지 없이 주둥이만 놀리는 놈에게 뜨거운 맛을 좀 보여주겠어!"

하니 오대구 부인은,

"대안은 어찌 털외투를 빨리 가져오지 않는 게야? 마님이 화가 났잖아."

그러면서,

"시누님, 그 털외투를 가져다 다섯째가 입게 해야 하잖아요?"

하면서 말을 짐짓 딴 데로 돌렸다. 이에 반금련이 말했다.

"형님, 보낼 필요 없어요. 저는 안 입어요. 누비옷을 가져와 입으면 돼요. 다른 사람이 저당 잡힌 것은 붉은색에다 누런 개 껍질 같아서 입으면 사람들이 웃을 게고 기분도 썩 내키지 않아요."

월랑은,

"이 털외투는 저당 잡은 것이 아니라, 이지가 은자 열여섯 냥이 부족해 털외투를 할인해 잡은 거야. 당초 왕초선 집의 털외투는 이교아 에게 주었어."

라며 바로 대안에게,

"털외투는 큰 옷장 안에 있으니 옥소에게 찾아달라 하고, 또 큰아 씨의 털외투도 함께 가져와."

라고 분부하자, 대안은 입을 쭉 내밀고 나갔다. 진경제는 대안이 나 오는 것을 보고 물어보았다.

"어디 가는 게야?"

이에 대안은,

"열나게 일하고 욕만 바가지로 먹고! 같은 일을 두세 번 해야 하다 니. 이렇게 늦은 저녁에 다시 한 번 집에 갔다 와야 돼요."

라면서 집으로 갔다.

이때 서문경은 문가에서 술을 마시고 있었고 부지배인과 운주관 은 모두 돌아가고 응백작, 사희대, 한도국, 분사는 여전히 술을 마시 며 돌아가지 않았다. 이들이 대안을 보고 묻는다.

"마님들은 돌아오셨느냐?"

"아직요. 소인더러 가죽 외투를 가져오라 하셨어요."

대안은 말을 마치고 바로 안채로 들어갔다. 먼저 온 금동이 안방 에 가 옥소에게 가죽 외투를 찾아달라고 하려는데 옥소는 보이지 않 고 소옥[小玉]이 온돌 위에 앉아 퉁명스럽게 말했다.

"오늘 음탕한 네 계집이 분사네 집으로 술들을 마시러 가서 가죽 외투가 어디에 있는지 모르겠어. 그 집에 가서 물어보렴."

금동은 하는 수 없이 분사의 집으로 가서는 바로 부르지 않고 창 밖에서 살그머니 얘기를 엿들었다. 분사의 부인이 말하는 소리가 들

렸는데,

"큰고모와 둘째 고모는 어째 술도 안 마시고, 음식도 한 젓가락도 들지 않는 게지요? 소인같이 미천한 집에서 만든 음식이라 맛이 없어서 그러세요?"

하니 춘매가 답했다.

"무슨 말씀을… 술을 많이 마셨어요."

분사의 부인이 다시 말한다.

"아야! 별말을 다. 어째서 체면만 차리고 계실까?"

그러면서 한회의 부인을 보고,

"서로 이웃으로 주인과 마찬가지이니, 셋째와 넷째 고모에게 술을 따라 나 대신 술도 좀 권하지 어째서 가만히 있나?"

라며 큰딸을 불러,

"술을 데워서 셋째 고모님께 따라 드리거라. 넷째 고모님께는 조금만 따라 드리거라."

하니 난향이 말한다.

"저는 원래 잘 못 먹어요."

이에 분사의 부인은,

"아가씨들이 오늘 배를 곯는군요. 별로 차린 것도 없이 초대했다고 웃지나 마세요. 오늘 노래꾼들을 불러 흥을 돋우려 했으나 나리께서 알면 뭐라 하실까봐 그만두었어요. 변변치 못한 데서 사는 저희들의 고통을 어찌 말로 다 할 수 있겠어요."

이때 금동이 문을 두드리자 모두들 아무 말 하지 않았다. 잠시 뒤에 큰딸이 묻는다.

"누구세요?"

"금동인데, 누님들에게 할 말이 있어."

이에 문을 열고 금동을 들어오게 했다. 옥소가,

"마님들이 오셨니?"

물었으나 금동은 웃기만 하고 아무 말도 하지 않았다. 옥소가,

"엉큼하게 웃기만 하다니!"

그러면서 다시 물었다.

"왜 엉큼하게 웃기만 하고 말을 안 하는 게야?"

"마님들은 아직 술을 마시고 계세요. 눈이 와서 가죽 외투를 가져오라고 하셨어요. 꺼내 싸주세요."

"가죽 외투는 금박 입힌 옷장에 있잖아? 소옥한테 꺼내달라고 하면 될 텐데."

"소옥이 자기는 어디에 있는지 모른다고 너한테 꺼내달라고 하라던데."

"너는 그 음탕한 계집을 믿어? 그 애가 뭘 모른다고 그래!"

춘매가,

"외투를 챙겨주렴. 우리 마님은 외투가 없으니 나는 움직일 필요가 없어."

하고 난향은 금동에게,

"셋째 마님 털외투는 소란[小鸞]에게 달라고 해."

하니 영춘은 허리춤에서 열쇠를 꺼내 금동에게 주면서,

"수춘에게 옷장을 열고 꺼내달라고 해."

했다.

이에 금동은 돌아와 월랑의 방에 있는 소옥과 옥루 방의 소란에게서 가죽 외투를 보자기에 싸 건네받았다. 옷을 받아서 밖으로 나오다

대안과 마주치자 대안을 보고 묻는다.

"너는 왜 왔어?"

이에 대안이 말했다.

"또 할말이 있니? 너를 보냈다고 큰마님이 꾸중하셨어. 그러고는 다섯째 마님의 가죽옷을 가져오라고 하셨어."

"나도 여섯째 마님의 가죽 외투를 가지러 왔어."

"내 바로 갔다 올 테니 기다렸다가 같이 가. 네가 먼저 가는 것은 괜찮은데 또 마님이 꾸짖을지 몰라."

말을 마치고 대안은 바로 안방으로 들어가니 소옥이 화롯가에 앉아 과일 씨를 까먹고 있다가 대안을 보고는 말했다.

"당신도 왔군요."

"너도 날 놀리는구나. 오늘 혼이 나서 열 받아 죽겠는데."

대안은 월랑에게 어찌하여 꾸중을 들었는지 사연을 자세히 얘기해주었다.

"금동에게 외투를 가져오게 했더니 직접 가지 않았다고 욕을 하시면서 또 나한테 가져오라시는 게야. 다섯째 마님은 가죽 외투가 없는데 큰 옷장 안에 이지가 저당 잡힌 외투를 가져오라는 게야!"

"옥소가 집안 열쇠를 가지고 있는데 모두 분사의 집으로 술을 마시러 갔어. 옥소한테 가져오게 하지."

"금동이 여섯째 마님의 방으로 외투를 가지러 갔는데 이따 오면 갔다 오라고 하지. 그동안 여기 잠시 다리도 쉴 겸 불이나 좀 쪼여야겠어."

이에 소옥은 바로 아랫목을 내주고 대안과 어깨를 나란히 하고 앉아 불을 쪼었다.

"주전자에 술이 있는데, 좀 데워다 줄까요?"

"거 좋지, 잘 좀 봐줘요."

이에 소옥은 불 위에 술 주전자를 올려놓고 찬장에서 소금에 절인 거위 한 접시를 술안주로 내왔다. 둘은 주위에 보는 사람이 없자 꼭 껴안고 서로 혀를 빨며 입을 맞추었다. 이때 금동이 들어왔다. 대안은 금동에게 한 잔 따라주고는 옥소를 불러와 다섯째의 외투를 꺼내오게 했다. 이에 금동은 옷 보따리를 내려놓고 바로 분사의 집에 가 옥소를 불렀다. 이에 옥소는 욕을 해가며,

"요 싸가지 없는 자식아, 왜 또 왔어?"

하면서 금동에게 열쇠를 주며 소옥에게 열어달라고 했다. 소옥이 방에 들어가 열쇠를 꺼내 한참을 열어보려 했으나 도무지 열지 못했다. 다시 옥소에게 가서 말하니,

"에이, 이 열쇠가 아니야. 마님 방 옷장 열쇠는 침대 위 요 밑에 있어."

하니 소옥이 다시 돌아오면서 욕을 해대기를,

"그 망할 년의 계집애가 두 번씩이나 왔다 갔다 하게 만들어."

라면서 옷장을 열어보니, 가죽 외투는 보이지 않았다. 그래서 금동은 다시 분사의 집으로 가 물어보고는 불평했다.

"이런 염병할! 정말 재수 옴 붙었네."

그러면서 대안에게,

"이번에 돌아가면 또 마님한테 욕을 얻어먹겠군. 장롱 문이 잠긴 것은 모르고 우리만 탓할 테니!"

그러면서 다시 옥소에게 말하기를,

"안에 있는 마님들의 장롱을 아무리 찾아보아도 가죽 외투가 없어요."

하니 옥소는 잠시 생각을 하다가 웃으며,

"아 참, 내가 깜빡 잊었군, 밖에 있는 옷장에 있는데."

그러면서 안채로 들어가니 소옥이 또 한 차례,

"그 음탕한 계집이 어느 놈팡이한테 정신이 팔려 가죽 외투를 여기다 두고 사방을 찾고 있는 게야."

욕을 하면서 외투를 꺼내 보자기에 싸고 서문경의 딸 것도 함께 대안과 금동에게 들려서 오대구의 집으로 보냈다. 외투를 가지고 오자 월랑이 욕을 하며,

"요 싸가지 없는 자식들, 두 놈이 입을 맞추고 이제야 돌아오는 게지!"

하니, 이에 대안이 감히 아무 말도 못하자 금동이,

"마님의 털외투는 바로 찾았어요. 그런데 누이들이 이 푸른빛 외투를 찾느라 시간이 걸렸어요."

하며 보자기를 풀어 외투를 꺼냈다. 오대구 부인이 등불 아래서 들여다보며 말했다.

"어휴 멋있기도 해라! 어째 다섯째는 멋이 없다고 할까? 무슨 개가죽 같다고? 어디에 이런 개 가죽이 있어요. 나한테도 한 벌 주면 좋겠네."

이에 월랑이,

"새 옷이나 마찬가지예요. 단지 앞부분 장식이 조금 낡은 듯하니 나중에 갈아서 입는다면 아주 새 옷 같을 거예요."

하니 맹옥루가 외투를 금련에게 주면서,

"애야, 이리 온, 이 개 가죽이 어떤지 이 어미가 한번 입혀주마."

라며 장난을 쳤다. 이에 금련은,

"다음에 영감님한테 한 벌 지어달라고 해야겠어요. 그래야 억울하지 않지. 남이 입던 헌옷을 입어서 무슨 맵시가 나겠어요?"

하니 옥루가 다시 놀리면서,

"배짱도 크기는! 남들은 이런 옷 한 벌만 있어도 부처님께 염불을 드리겠다."

하며 금련의 몸에 걸쳐주니 몸에 잘 맞았다. 이에 금련도 아무 말도 하지 않았다. 오월랑은 족제비털외투를 입고 맹옥루와 이병아도 같은 털외투를 입은 후에 오대구에게 작별 인사를 하고 일어났다. 월랑은 욱아가씨에게 은전 두 냥을 주었다. 오은아가,

"저도 여기서 주인마님과 여러 마님들께 작별을 고할까 합니다."

하고 인사하니 오대구 부인은 은비녀 한 쌍을, 월랑과 이병아는 각기 소매에서 은자 한 냥씩을 꺼내 오은아에게 주었다. 이에 오은아는 다시 고개를 숙여 고맙다고 인사를 했다. 큰올케와 둘째 올케, 정삼저 등이 월랑 일행을 계속 배웅하려고 했으나 하늘에서 눈이 내리자 월랑 등은 그만 돌아가라고 만류한다. 금동이,

"좀 전에 눈이 내렸는데 녹아서 물이 되어 굴러 내려요. 마님들 옷이 젖을까 걱정이 돼요."

그러면서 오대구 부인에게 묻기를,

"여기에 우산이 있나요?"

하니 오대구 부인이 급히 우산을 가져왔다. 금동은 우산을 받아 펴들었다. 앞에는 군졸 둘이 등불을 들고 남녀 한 무리가 그 뒤를 따라 좁은 골목길 몇 개를 지나 비로소 큰길로 들어섰다. 진경제가 길에서 폭죽을 터뜨리다가 오은아를 불러서는,

"네 집이 여기서 멀지 않으니 바래다주마."

하였다. 이에 월랑이 묻기를,

"은아의 집이 어딘데?"

하니 경제가,

"이 작은 골목길로 곧장 들어가면 중간에 큰 대문이 있는 누각이 있는데 거기가 바로 오은아네 집이에요."

하자 오은아는,

"여기서 헤어져 집으로 돌아가겠어요."

하니 월랑은,

"길도 젖었으니 조심히 가도록 해. 방금 작별 인사를 했으니 다시 할 필요는 없고 아이들을 시켜 집까지 바래다줄게."

하며 대안을 불러,

"은아 아씨를 집까지 좀 바래다주거라."

라고 분부하자 진경제가 곁에 있다가 말한다.

"어머님, 지도 대안과 함께 가지요."

"알아서 하게, 그럼 둘이서 은아를 바래다주도록 하게나."

이에 경제는 바로 대안과 떠났다. 오월랑과 여러 사람들이 돌아오는 길에 금련이 묻기를,

"큰형님, 원래는 우리들이 은아를 바래다주기로 했는데 어째서 가지 않는 게지요?"

하니 이에 월랑은 웃으며 말했다.

"어린아이 같기는. 자네를 놀리려고 한 말인데 곧이 믿다니! 기생촌이 어떤 곳인가? 그런 곳을 나나 자네가 어찌 갈 수가 있겠나?"

"남자들이 기생집에 있으면 부인네들이 가서 찾잖아요? 그래 찾아내면 한바탕 야단법석을 부리지요."

"그럼 나중에 영감께서 기생집에 가시면 자네가 한 번 찾으러 가봐. 아마 모르긴 해도 다른 사내들이 자네를 기생으로 알고 끌어 잡아당기며 야단법석을 떨걸."

둘이 이렇게 말하는 사이에 동가구의 거리를 지나 어느덧 교대호의 문 앞에 도달했다. 교대호 부인과 외조카 며느리인 단씨가 문 앞에서 멀리 월랑 일행이 오는 걸 보고 월랑 등을 잡아끌며 들기를 청했다. 월랑이 재삼 사양하면서,

"사돈댁의 호의는 감사하나 날이 저물어 들어갈 수가 없습니다."

하자 교대호 부인은 물러서지 않고,

"사돈도, 이곳까지 오셨다가 들르지 않는 법이 어디 있어요?"

하면서 반강제로 끌고 들어갔다. 손님들의 등불을 받아 걸고 술좌석을 마련해 술과 과일을 내오고 노래꾼 둘이 나와 노래를 부르며 분위기를 북돋았다.

한편 서문경은 문가에서 백작 등과 술을 많이 마셔 이미 고주망태가 되었다. 백작과 희대는 하루 종일 먹고 마신지라 목구멍까지 차서 더 이상 먹지 못할 지경이었다. 서문경이 누각 위에서 조는 것을 보고는 쟁반 위에 남아 있던 과자 부스러기 등을 모두 소맷자락에 집어넣고 한도국과 슬며시 빠져나갔다. 단지 분사만이 남았으나 감히 돌아가지 못하고 서문경 곁에 앉아 있다가 악공들을 불러 술과 음식을 먹게 하고는 수고비를 주어 보냈다. 그런 후에 그릇들을 챙기고 불을 끄고 집으로 들어왔다. 이때 평안이 분사의 집으로 와,

"뭣들 하고 있어? 나리께서 돌아오셨는데."

하고 소리를 질렀다. 이에 춘매, 영춘, 옥소는 너무나 다급한 나머지

초대해준 분사의 부인에게 인사하는 것조차 까먹고 연기처럼 달려갔다. 단지 난향만 신발을 찾지 못해 허둥대다가 늦게 가면서 투덜거렸다.

"목숨을 걸고 빨리도 달려가는군! 남의 신발은 엉망으로 만들어 제대로 신지도 못하게 만들어놓고선."

이렇게 안채로 와서는 서문경이 이교아의 방에 있다는 소식을 듣고는 모두들 인사를 하러 갔다. 여승은 서문경이 이교아 방으로 들어가는 것을 보고 안방에서 소옥과 함께 있었다. 옥소가 안으로 들어와 인사를 올렸다. 소옥이 옥소를 보고,

"마님께서 그곳에서 하인을 시켜 털외투를 가져오라고 했을 적에 왜 네가 오지 않았지? 나더러 가져오라고 했는데 그 열쇠가 어디 있는 줄 내가 어떻게 알아. 열어봐도 있어야 말이지. 결국 밖에 있는 큰 옷장 안에서 찾아냈잖아. 무엇에 홀렸는지 자기가 넣어두고도 모른다고 하는 게야. 얼마나 잘 얻어먹었는지 볼때기들이 축 늘어졌네."

하자 옥소는 얼굴이 시뻘게지면서,

"요 싹수없는 계집이! 얼굴을 할퀴려는 개처럼 보기 흉한 상판을 하고 지랄이야. 네년을 초대하지 않았다고 어째 우리에게 화풀이를 하는 거야?"

라고 소리를 질렀다. 이에 소옥이,

"나는 그런 음탕한 부인이 청하면 안 가!"

하자 여승이 곁에서 말리면서 말했다.

"아씨들, 서로 참으세요. 나리께서 들으시면 어쩌려고 그러세요. 마님께서도 곧 돌아오실 텐데 차라도 끓여놓고 기다려야 하잖아요."

이때 금동이 옷을 싼 보따리를 안고 들어왔다. 옥소가 묻는다.

"마님이 오셨니?"

"마님들은 오시다가 교씨 사돈댁 문 앞에서 붙들려 하는 수 없이 들어가서 술을 드시고 계세요! 하지만 바로 돌아오실 거예요."

이에 둘은 더는 말싸움을 하지 않았다. 잠시 뒤 월랑 등이 교대호 집에서 나왔다. 집 앞에 이르니 분사의 부인이 나와 인사를 했다. 또 진경제와 분사가 폭죽을 가지고 문 앞에서 등불놀이를 하니 잠시 그러한 광경을 보다가 안으로 들어왔다. 일행은 모두 여승께 인사를 했다. 손설아가 앞으로 나와 월랑에게 절을 올리고 옥루 등 다른 부인들에게는 가볍게 목례했다. 월랑이,

"나리는 지금 어디에 계신가?"

라고 묻자 이교아가 바로,

"방금 제 방으로 들어오셨는데 술을 과하게 드셨기에 바로 잠자리를 마련해드렸어요."

하니, 이에 월랑은 아무 말도 하지 않았다. 춘매, 영춘, 옥소, 난향이 안으로 들어와 절을 올렸다. 이교아가,

"오늘 앞채 분사의 처가 이들 넷을 초대해서 갔다가 좀 전에 돌아왔어요."

했다. 월랑은 잠시 말을 하지 않다가,

"이 배알도 없는 것들아. 공연히 거긴 왜 가? 누가 가라고 하던?"

하고 욕을 하자 이에 이교아가 말했다.

"나리께 여쭤보고 갔어요."

"그런 사람의 허락을 받다니, 이 집에서는 초하룻날과 보름에 묘당의 문을 활짝 열고 작은 마귀들을 모두 내쫓는 모양이지!"

이에 여승이 말한다.

"마님도, 이런 어여쁜 아가씨들을 두고 어찌 작은 마귀라 말씀하세요?"

"그림이라면 단지 반쪽 그림인 것을, 공연히 내놓아 사람들 눈요깃거리나 되잖아요!"

맹옥루는 월랑이 계속 안 좋은 말을 하자 슬그머니 일어나 자기 방으로 돌아갔다. 금련도 옥루가 일어나는 것을 보고 이병아와 서문경의 큰딸과 함께 일어나 나갔다. 단지 여승과 월랑이 남아 함께 잠자리에 들었다. 눈은 계속 내리다가 사경(오전 한 시에서 세 시 사이)쯤에야 겨우 멈추었다. 향은 다 사라지고 촛대도 차갑고 누각에 밤은 깊은데, 등불을 밝혀 하늘에서 내리는 눈을 쓸어볼거나.

그날 밤의 풍경은 이 정도로 마치겠다.


다음 날 서문경은 관청으로 출근했다. 월랑은 아침밥 먹을 시간쯤에 맹옥루, 이병아와 함께 여승을 전송하려 했다. 그래서 잠시 문 앞에 서 있노라니 거북점을 치는 노파가 옥색 저고리에 남색 치마를 입고 머리에는 검은 수건을 동여매고는 거북을 넣은 배낭을 메고 큰거리에서 걸어오는 것이 보였다. 월랑은 하인을 시켜 노파를 쪽문 안으로 불러들인 다음에 말했다.

"우리들 점 좀 봐줘요."

이에 노파는 땅바닥에 엎드려 절을 네 번 올린 후에 말했다.

"마님께서는 나이가 어떻게 되시는지요?"

"용띠예요."

"큰 용이면 마흔둘이고, 작은 용이면 서른인데…."

"올해 서른으로 팔월 보름 자시생이에요."

노파가 거북이를 집어던지자 한 바퀴 빙그레 돈 다음 멈추었다. 머리를 빼고 괘첩[掛帖] 한 장을 빼어 물었는데 관원 한 명과 부인 한 명이 위에 앉아 있고, 그 나머지는 하인들로 앉아 있거나 서 있으면서 금은보화를 지키는 그림이었다. 노파가 말하기를,

"마님은 무진[戊辰] 생이시군요. 무진[戊辰], 기사[己巳]는 큰 숲의 나무로, 그 사람됨이 어질고 의로우며 굉장히 너그럽고 마음이 후덕하여 베풀기를 좋아해 부처님께 공양도 넉넉히 하고 시주도 하여 그 덕행이 널리 퍼지며, 일생 동안에 정조를 지키고 가업을 충실히 하고, 죄를 뒤집어쓰고 고생을 하면서도 남을 원망치 않고, 아랫사람을 다룰 때 희로애락을 겉으로 드러내지 않으며 기쁨과 노여움이 일 때에도 웃음을 띠고, 번뇌와 근심을 드러내지 않습니다. 다른 사람들이 다음 날 늦게까지 일어나지 않을 적에도 이른 아침에 일어나 하인들이 그릇 닦는 것을 감독하십니다. 때로는 화를 내지만 바로 마음을 돌리고 다른 사람들과 말을 하거나 웃지요. 단지 병액의 기운이 조금 있기는 합니다. 그렇지만 심성이 좋으시기에 무사히 넘길 수가 있습니다. 일흔까지 사실 것입니다."

하니 맹옥루가 물었다.

"당신이 보기에 마님께 자식은 없나요?"

"솔직히 말씀드려 자식이 귀한 편입니다. 나중에 출가할 아이를 얻어 노후를 보내실 겁니다. 아무리 많다 해도 붙잡아둘 순 없지요."

이에 옥루는 이병아를 보며 웃으며 말했다.

"자네 애가 오응원이라는 도사의 이름을 가져 저런 괘가 나왔을 거야."

월랑은 옥루를 가리키며 권했다.

"자네도 한번 보게나."

"서른넷으로 동짓달 스무이레 인시[寅時] 생이에요."

이에 노파가 새롭게 괘첩을 펼치고 거북을 올려놓으니 거북이 돌다가 명궁 위에서 멈추었다. 그 괘첩 위에 여인이 한 명 있고 주위에 남자 세 명이 둘러싸고 있는데, 한 남자는 작은 모자를 쓴 장사꾼의 모습이고, 둘째는 붉은 옷을 입은 관원이며, 셋째는 선비의 그림이다. 하나같이 금은보화를 지키며 좌우로 하인들이 시중을 들고 있었다.

"이 마님은 갑자[甲子]년 생인데, 갑자, 을축[乙丑]은 해중금[海中金]으로, 명중에 삼형육해[三刑六害]를 범하고 있어, 주인이 죽을 수입니다."

"주인이 이미 돌아가셨습니다."

"사람됨이 온화하고 상냥하며 성격이 좋습니다. 누구를 싫어하는지도 모르고 누구를 좋아하는지도 모릅니다. 잘 드러내지 않습니다. 일생동안 윗사람이 좋아하고 아랫사람이 존경하며 남편의 총애도 받습니다. 다만 한 가지, 지나치게 양보를 하기에 남의 속을 다 헤아리지 못하는 수도 있습니다. 때문에 살면서 다른 사람 대신 죄를 뒤집어쓰고 고생을 하며, 소인배들로 인해 많은 우여곡절이 있으나 용서를 해주어도 당신이 옳다고 말하지 않습니다. 그러나 마음이 좋다보니 비록 소인들이라 할지라도 당신을 어쩌지는 못하지요."

옥루는 웃으며 말한다.

"방금 하인 애들한테 은전을 주려고 나리와 한바탕 난리를 치렀는데 이것이 내가 억울하게 죄를 뒤집어쓰는 것인가 보지."

월랑이 곁에서 물었다.

"이 마님은 자식이 어떠한가?"

제46화 세상만사 모두 때를 다투는 일

"잘하면 딸은 하나 둘 수 있어요. 하지만 아들은 어려울 것 같군요. 하지만 수명은 아주 길겠습니다."

월랑은 다시 이병아를 가리키며 말했다.

"이 마님도 좀 봐주게, 사주팔자를 말해주게나."

이병아는 웃으며 답했다.

"나는 양띠예요."

"작은 양이면 금년 스물일곱으로 신미년 생인데, 몇 월생이신데요?"

"정월 보름 오시생이에요."

이에 노파는 거북을 다시 던져 돌리니 거북이 한 점괘를 가리켰다. 뽑아보니 부인 두 명과 관원 세 사람이 그려져 있다. 첫 번째 관원은 붉은 옷을, 두 번째 관원은 녹색 옷을, 세 번째 관원은 푸른 옷을 입고 아이를 안고 있으면서 금은보화를 지키는데 그 곁에 푸른색 얼굴에 이빨을 드러낸 붉은 머리카락의 마귀가 서 있는 그림이었다. 이를 보고 노파가 말했다.

"이 마님께서는 경오신미로방토[庚午辛未路傍土] 생이기에 일생 동안 부귀영화하며 먹고 입는 것이 넉넉합니다. 남편도 모두 귀인이지요. 마음이 넓고 착해서 금은보화에 크게 신경을 쓰지 않습니다. 사람들이 자기 것을 가져가면 좋아하고, 가져가지 않으면 오히려 괴로워합니다. 때로는 은혜로 베푼 것이 원수가 되어 돌아오는 경우도 있습니다. 삼형육해가 서로 뒤엉켜 복잡하니 잠시도 한눈을 팔 수 없는 상황이지요. 세 방향에서 호랑이를 만나더라도 사람들의 구원을 기대하지 말라는 것입니다. 솔직하게 말씀드려 섭섭하실지 모르겠지만, 다른 것은 다 좋으시나 명이 좀 짧습니다. 그러니 화가 나는 일이 있더라도 좀 참고 인내하시고, 그리고 아이에게도 어려움이 약간 있겠습니다.”

“그래서 애는 기명[寄命]을 해서 도사가 됐어요.”

“그렇게라도 출가를 했다면 괜찮겠지요. 또 한 가지 댁내에 계도성[計都星]이 비추는 명이 있어 집안에 피가 있을 상입니다. 칠팔 월에 울음소리가 들리니 부디 조심하시기 바랍니다.”

노파가 말을 마치자, 이병아는 소맷자락에서 은자 닷 푼을 꺼내주었고 월랑과 옥루도 각기 오십 문씩 주었다. 이에 노파는 고맙다고 인사를 하고 거북을 거두어서 돌아갔다. 이때 금련과 서문 큰아씨가 안채에서 나오면서,

“어쩐지 안채에 보이지 않는다 했더니 모두 여기에 계셨군요.”
라고 웃으며 말했다. 월랑이,

“여승을 전송하러 나왔다가 거북점 치는 사람을 만나 점들을 봤어. 조금만 일찍 나왔더라면 자네도 한 번 봤을 텐데.”
하니 금련은 머리를 내저으며,

“저는 점을 안 봐요. 사람들이 말하기를 ‘운명은 점을 칠 수 있으나, 행동은 예측할 수 없다’고 하잖아요. 생각해보니 전에 도사가 내 점을 보고서 명이 짧다고 했어요! 정말 그럴까요? 듣고 나니 여간 꺼림칙한 게 아니에요. 하기는 다음 날 거리에서 죽으면 거리에 묻고, 도랑에서 죽으면 도랑에 묻는다고 죽는 곳이 바로 무덤인 게지요.”
라고 말을 마치고는 월랑과 함께 안채로 들어갔다.

세상만사라는 것이 사람 뜻대로 되지 않는 법, 일생 동안 모든 것이 운명적으로 정해진 것이라네.

시가 있어 이를 밝히나니,

감라[甘羅]*는 일찍 벼슬길에, 자아[子牙]**는 늦게 오르네.
팽조[彭祖]***와 안회[顔回]****는 수명이 다르다네.
범단[范單]*****은 집이 가난하고 석숭[石崇]은 부유하였네.
따져보니 모두 때를 다투었을 뿐이네.
甘羅發早子牙遲 彭祖顔回壽不齊
范單家貧石崇富 算來各是只爭時

---

\* 전국시대 사람으로 열두 살 때 진[秦]의 여불위[呂不韋]를 섬김
\*\* 강태공으로 팔십여 세가 되어 문왕을 만나 벼슬길에 나섬
\*\*\* 순임금의 신하로 은나라 때까지 팔백여 년을 살았다는 전설상의 인물
\*\*\*\* 공자의 제자로 덕행으로 유명하나, 서른두 살의 젊은 나이로 죽음
\*\*\*\*\* 한[漢]나라 때 진류인[陳留人]. 마융에게서 배워 벼슬을 했으나 뒤에 쫓겨나 점을 봐주며 생활함

# 길흉화복은 언제나 함께 있는 법

왕륙아는 재물을 탐해 일을 꾸미고,
서문경은 뇌물을 받고 법을 어기다

바람이 미친 듯이 불어대니 파도가 출렁이고
외로운 돛단배 수심 안고 잠이 드네.
애처로운 기러기는 차가운 구름 밖에서 울고
역전의 북소리는 여행객의 꿈을 깨우누나.
시상[詩想]이 있어 연못의 푸르름을 더해주고
강가의 배는 밀물에 떠밀리네.
누가 친구인가를 가만히 헤아려보니
오직 하늘에 있는 달뿐이라네.
風擁狂瀾浪正顚 孤舟斜泊抱愁眠
雞鳴叫切寒雲外 驛鼓淸分旅夢邊
詩思有添池草綠 河船無約晩潮昇
憑虛細數誰知己 唯有故人月在天

이 시로 보면 북쪽에서는 수레를 타고, 남쪽에서는 배를 탄다. 그
러니 남방 사람이 배를 타고 북방 사람이 말을 탄다는 것은 대체로
믿을 만하다.

강남의 양주[楊州] 광릉[廣陵] 성내에 묘원외[苗員外]라는 사람이 살고 있었는데 묘천수[苗天秀]라고도 했다. 재산이 수만 관인 부자였으며 시나 학문도 좋아했다. 나이는 마흔이었으나 슬하에 아들이 없고, 다만 아직 시집을 가지 않은 딸아이가 하나 있다. 묘원외의 부인 이씨는 병으로 늘 자리에 누워 있었다. 그래서 집안일은 애첩인 조씨가 맡아 보았는데 이름이 조칠아[刁七兒]로 양주 부둣가의 창기[娼妓] 출신이었다. 천수는 은자 삼백 냥을 주고 조씨를 첩으로 삼아 끔찍이 사랑했다.

어느 날 한 노승이 문 앞에서 시주를 구하면서 자기는 동경 보은사[報恩寺]의 중인데 본당에 도금을 한 나한상이 없기에 이곳까지 와서 시주를 받아 선행을 기록하려고 한다 했다. 이에 묘천수는 조금도 아까워하지 않고 은자 쉰 냥을 시주하자 노승이 말했다.

"절반만 있어도 이 나한상을 만들 수 있으니 이렇게 많이는 필요 없습니다."

"스님께서는 적다고나 하지 마세요. 혹 불상이 완성되고 남으면 불공이나 드려주세요."

이에 스님은 감사하다고 말하고 떠나려다가 천수를 향해,

"원외님 왼쪽 눈 아래에 흰 점이 하나 있는데 이것은 사기[死氣]로 죽음을 예고하니 올해 안에 큰 재앙이 있을 겁니다. 원외께서 이렇게 좋은 일을 베푸시니 빈승이 어찌 이러한 일을 미리 말씀드리지 않을 수 있겠습니까? 앞으로 어떠한 일이 있더라도 먼길을 떠나지 마십시오. 절대로 명심하십시오! 절대로 명심하십시오!"

하고는 작별하고 떠났다.

한 달이 채 안 되어 천수가 후원 뜰을 거닐다가 집안 하인으로 평

소에 행실이 좋지 않던 묘청[苗靑]이 애첩 조씨와 정자 옆에서 서로 껴안고 사랑을 속삭이는 것을 보았다. 뜻하지 않게 천수가 나타나자 둘은 피하지도 못했다. 눈에 불이 난 묘원외는 묘청을 두들겨 내쫓았다. 묘청은 두렵고 겁이 나서 이웃의 친지들에게 재삼 부탁하여 겨우 다시 있게 되었으나 마음속 깊이 원한을 품었다.

천수에게는 황미[黃美]라는 사촌형이 있었는데 원래 양주 사람으로 과거에 급제한 거인[擧人] 출신으로 동경 개봉부에서 통판[通判] 벼슬을 하고 있는 아주 박학다식한 사람이었다. 하루는 사람을 시켜 편지 한 통을 천수에게 보내 동경에 와서 구경도 하며 앞날에 대한 일도 의논하자고 했다. 천수는 편지를 받고 좋아 어쩔 줄 몰라 처첩을 모두 불러 모아놓고,

"동경은 황제께서 계시는 곳으로, 온갖 아름다운 것들이 모여 있어. 내 오래전부터 한번 가서 구경하려고 했으나 기회가 없었다오. 그런데 오늘 뜻하지 않게 사촌형이 편지를 보내 불러주니 실로 평생 소원을 이룰 수 있는 좋은 기회요."

하니 부인 이씨가 말했다.

"전에 노스님이 당신 얼굴에 액운이 껴 있다고 하면서 절대로 멀리 여행하지 말라고 당부를 했지요. 그런데 여기서 동경까지가 얼마나 먼 길입니까? 하물며 집에는 많은 재산이 있으며 아직 시집가지 않은 어린 딸과 병든 아내가 있는데 어이 떠나려고 하십니까? 게다가 동경에서 벼슬을 얻는다는 것도 불확실하니 제발 떠나지 않는 것이 좋을 성싶습니다."

천수는 부인의 말을 듣지 않고 도리어 화를 내며 말했다.

"남아대장부로 세상에 태어나면 원대한 포부를 지니라 했거늘, 천

하를 주유하며 세상 모든 것을 제대로 살펴보지도 못하고 집 안에서 늙어 죽는다면 이보다 더 무익한 것이 어디 있겠소! 하물며 내 가슴 속에는 원대한 포부도 있고, 집안에는 많은 재산도 있는데, 어찌 부귀공명을 얻지 못하겠소? 이번에 가면 사촌형이 반드시 도와줄 테니 쓸데없는 말은 하지 마시오!"

결국 묘청에게 물건과 옷 등을 꾸리게 하고 금은 두 상자와 함께 배에 실은 뒤, 안동[安東]이라는 어린 하인과 묘청을 데리고 동경으로 출발했다. 천수는 부귀공명을 얻기란 티끌을 줍는 것보다 쉽고, 높은 벼슬에 오른다는 것은 손에 침을 뱉기보다 쉬우리라 여겼다. 그러한 묘원외였기에 처첩들에게 집을 잘 보라 이르고 동경길에 오르니 때는 바야흐로 늦가을 초겨울 무렵이다. 양주의 부두에서 배를 타고 며칠 뒤 서주[徐州]에 이르니 과연 물결이 거세고 아주 사나운 모양새였다.

만 리 뻗은 긴 물결은 마치 기운 듯하고
동쪽으로 흘러 섬에 부딪치니 마치 우레가 치듯
넘실대는 하얀 파도는 사람을 두렵게 만드네.
여행객이 파도와 마주친다면 뉘라서 놀라지 않겠는가.
萬里長洪水似傾 東流海島若雷鳴
滔滔雪浪令人怕 客旅逢之誰不驚

배가 협만[陝灣]이라는 곳에 당도하자 묘원외는 뱃사공들에게 날이 저물었으니 배를 정박한 뒤 자고 가자고 했다. 그렇지만 이 모든 것이 다 하늘의 뜻이었는지 생각지도 않게 묘원외가 탔던 배는 바로 도둑들의 배로 뱃사공 두 명도 모두 못된 자들이었다. 하나는 성이 진[陳]으로 진삼[陳三]이라 불렀고, 다른 하나는 옹팔[翁八]이라 불리는 자였다. 속담에도 이르기를 '집안사람이 아니면 집안 귀신이 될 수 없다'고 하지 않았던가! 묘청은 가슴속 깊이 묘천수에게 앙심을 품고 있었다. 일전에 꾸지람을 들은 것에 깊은 원한을 가지고 복수할 날만을 기다리고 있었으나 기회를 잡지 못하고 있던 터였다. 그래서 말은 안 했지만 속으로 이렇게 생각했다.

'그래, 이번 기회에 뱃사공들과 짜고 주인을 해쳐 바닷물 속에 처넣은 뒤에 재물을 나누어 가져야겠군. 그리고 집으로 돌아가 병든 주인마누라도 죽여버려야지. 그렇게만 된다면 집안의 재산은 물론이고 조씨마저도 내 것이 되는 게 아닌가.'

무릇 꽃가지와 잎새 밑에도 가시가 있는데, 사람 마음에 어찌 독을 품지 않겠는가!

이렇게 생각하고 묘청은 두 뱃사공과 은밀히 상의했다.

"우리 주인의 가죽 상자 안에는 금은이 천 냥, 비단 이천 냥어치 그리고 의복 등이 많이 들어 있소. 만약 자네들이 묘원외를 죽인다면 물건을 고루 나누어 가질 수 있을 텐데."

이에 진삼과 옹팔은 웃으며 말한다.

"당신이 믿을지 모르겠지만 솔직히 우리도 진작부터 그런 생각을 해왔지!"

이날 밤은 날씨가 어둡고 더욱 침침했다. 묘천수는 하인 안동과 함께 선실에서 잠을 자고 묘청은 배 후미에서 잤다. 삼경이 조금 지났을 무렵 묘청이 고의로 '도적이야' 하고 소리를 질렀다. 묘천수는 잠결에 선창 밖으로 머리를 내밀고 내다봤다. 진삼이 날카로운 칼로

묘천수의 목을 찌른 뒤 넘실대는 파도 속으로 던져버렸다. 놀란 안동이 도망가려고 하다가 옹팔에게 몽둥이로 한 대 얻어맞고 물속에 던져졌다. 이렇게 일을 처리하고 세 사람은 선창 안으로 들어가 상자를 열고 금은과 비단 옷가지 등을 꺼내 똑같이 나누어 가졌다. 뱃사공이 말하기를,

"우리가 이런 물건을 가지고 있으면 반드시 의심을 받게 될 게요. 당신은 묘천수의 하인이었으니 이 물건들을 시장에 내다 파시지요. 그래야 의심하는 사람도 없을 게요."

하고는 두 뱃사공은 금은 일천 냥과 묘원외의 의복만 나누어 가진 뒤에 배를 저어 돌아갔다.

묘청은 따로 다른 배를 빌려 임청[臨靑]의 부두에 도착해 통관 수속을 마치고 물건을 청하현의 숙소에 옮겨놓았다. 양주에서 온 아는 상인들을 만나면 주인은 뒷배로 바로 올 거라고 했다.

속담에도 '사람들이 이래저래 하려 하지만, 하늘이 그렇게 내버려 두지 않는다'고 하지 않던가!' 가련한 묘원외는 평소에 선행을 하다가 하인에게 무참하게 죽임을 당했다. 부인의 간곡한 만류를 뿌리치고 길을 떠난 탓도 있지만, 역시 운명을 피할 수는 없는 모양이다.


한편 몽둥이에 얻어맞고 물속에 빠진 안동은 다행히 죽지 않고 떠내려가는 갈대를 붙잡아 겨우 해안까지 왔다. 언덕에 올라 소리를 내어 울었다. 점차 날이 밝아지며 상류에서 배 한 척이 오는 게 보였다. 배 위에는 한 노인네가 삿갓을 쓰고 몸에는 짧은 도롱이를 걸치고 있었다. 노인은 해안의 갈대 숲속에서 울음소리가 들리자 배를 그곳으로 대고 보니 열일곱쯤 되어 보이는 소년이 온몸이 물에 젖어 울고

있었다. 다가가 그 이유를 물으니 양주에 있는 묘원수의 하인 안동인데 배 안에서 이러저러한 일을 당했다고 말해주었다. 늙은 어부가 안동을 배에 태워 자기 집으로 데리고 가서 옷을 주며 젖은 옷을 갈아입게 하고 먹을 것을 주었다. 그러고 나서,

"집으로 돌아가려느냐? 아니면 여기서 나와 함께 살련?"

하고 물었다. 이에 안동이 답했다.

"주인은 재난을 만나 행방을 알 수 없는데 저만 어찌 집으로 돌아갈 수 있겠어요? 할아버지와 함께 여기 있겠어요."

"됐다, 그러면 나와 함께 머물면서 천천히 그 도적들이 누군지 알아본 뒤에 그때 가서 다시 처리하자."

안동은 어부에게 고마움을 표하고 그곳에서 어부와 함께 생활을 했다.

하루는 이 또한 하늘의 뜻이었는지 거의 연말이 되었을 무렵에 어부가 안동을 데리고 강어귀에서 고기를 팔고 있었는데 그때 마침 진삼과 옹팔이 배 위에서 술을 마시고 있었다. 둘은 묘천수의 옷을 입고 있었는데, 술을 마시다 고기를 사러 해안으로 올라오는 것이었다. 안동이 두 사람을 알아보고 바로 어부에게 몰래 말해주었다.

"주인을 죽인 놈들이 바로 저자들이에요!"

"그렇다면 어서 고소장을 써서 관가에 알리지 않고 뭐하는 게냐?"

이에 안동은 바로 고소장을 써서 순하 주수비에게 접수하려 했으나 수비는 물증이 없다는 이유로 소장의 접수를 거절했다. 그래 제형원에 가서 고발하니 하제형은 강도에 살인 사건이라 보고 고소장을 접수했다. 정월 열나흗날 포졸들을 보내 안동과 함께 신하구[新河口]에 가서 진삼과 옹팔을 붙잡아 그 죄를 추궁했다. 두 뱃사공은 안

동이 모든 상황과 증거물을 들이대자 형구를 들이대기도 전에 순순히 죄를 자백했다. 또한,

"저희들이 손을 쓸 적에 그 집 하인인 묘청도 함께 공모해 주인을 죽이고 재산을 나누어 가졌습니다."

하고 진술했다. 이에 셋을 일단 감옥에 하옥한 연후에 포졸들을 보내 묘청을 잡아와 함께 그 죄를 다스리려고 했다. 그런데 마침 명절 휴가 기간인지라 제형원 관리들이 이삼 일간 관아에 출근하지 않았다. 그러는 사이에 관아의 사정을 밖으로 전해주는 사람이 있어 몰래 묘청에게 알려주니 이를 들은 묘청은 놀라 까무러칠 정도였다. 그래서 방문을 걸어 잠그고 중개인인 요삼[樂三]의 집에 숨어 있었다. 요삼의 집은 사자가 돌다리 서쪽편의 한도국 집과 이웃해 있었는데 앞채에 방 한 칸이 있는 나지막한 삼층이었다. 요삼의 부인은 왕륙아와 아주 친해 서로 들락거리며 지내는 사이였다. 또 왕륙아도 집에 일이 없을 적에는 항시 요삼의 집에 가서 수다를 떨곤 했다. 요삼이 묘청의 얼굴에 근심이 서려 있는 것을 보고 묻고는 그 이유를 듣고 나서 말했다.

"걱정할 필요 없어. 이웃집 한도국의 아내는 제형소 서문경이 숨겨놓은 마누라고, 한도국은 그 집 가게 지배인으로 우리와는 매우 친밀한 사이야. 백 가지를 부탁하면 백 가지 다 들어주는 사이지. 만약 자네가 보호를 받으려면 얼마를 내놓을게나. 그러면 내 그것을 우리 마누라보고 가지고 건너가 자네를 위해 사정을 해보도록 해줌세."

이 말을 듣고 묘청은 황급히 무릎을 꿇고 말했다.

"만약 무사하게만 해주면 그 은혜는 절대로 잊지 않겠어요!"

이에 탄원서를 쓰고 은자 쉰 냥과 화려한 비단옷 두 벌도 함께 건

네주었다. 요삼은 자기 부인에게 주며 왕륙아에게 사정 얘기를 잘 하라고 일러주었다. 건너가 얘기하니 왕륙아는 좋아 어쩔 줄 모르면서 옷과 은자를 잘 간수하고 탄원서도 받아두었다. 서문경이 오기를 기다렸으나 아무리 기다려도 서문경이 오지 않았다. 다음 날 열이렛날 해가 질 무렵 대안이 보따리를 들고 말을 타고 거리 가운데로 오는 것이 보였다. 왕륙아는 문가에 서서 대안을 불러 세우고 물어보았다.

"어디 가는 길이야?"

"나리를 따라 먼 곳에 있는 동평부[東平府]에 예물을 갖다 주고 오는 길이에요."

"그럼 나리는 어디에 계시지? 벌써 오셨어?"

"나리와 분사는 먼저 집으로 가셨어요."

이에 왕륙아는 대안을 불러 안으로 들어오게 해 이러저러한 사정 설명을 한 뒤에 진정서를 보여주었다.

"한씨 아주머니께서 이 일에 관여하시게요? 보아하니 그리 간단치가 않을 듯한데요. 지금 두 사람을 붙잡아 감옥에 넣어두었는데 이미 다 자백했으니 묘청만 잡으면 되거든요. 푼돈을 가지고 어찌 쉽게 빠져나가겠어요. 다른 것은 몰라도 아주머니가 말씀해주세요, 적어도 제게 은자 스무 냥은 줘야지만 나리를 모셔올 수 있어요. 그다음은 아주머니가 알아서 하세요."

이에 왕륙아는 웃으며 말했다.

"입이 뻔지르르하긴, 밥을 먹으려면 불을 다루는 사람을 소홀히 하지 말라더니! 일이 잘만 되면 어찌 섭섭히 대하겠어? 차라리 내가 갖진 못해도 네 몫은 톡톡히 챙겨줄 테니 걱정 마라."

"아주머니, 그게 아니에요. 속담에도 '군자는 그 자리에서 흥정한 뒤에 상의를 한다'고 하잖아요."

왕륙아는 즉시 안주 몇 가지를 준비해 술과 함께 먹게 했다.

"얼굴이 벌게지면 나리께서 물어보실 텐데 뭐라고 대답하죠?"

"뭘 걱정해? 우리 집에서 먹었다고 하면 되잖아."

이 말을 듣고 대안은 술과 안주를 먹고 떠났다. 떠날 때 왕륙아는 다시 대안에게,

"집에 가거든 잊지 말고 내가 기다리고 있다고 꼭 전하게."

하니, 이에 대안은 알았노라고 대답하고 바로 집으로 돌아와 보따리를 내려놓고 안채로 들어가 대기했다. 서문경이 한숨 자고 사랑채로 나와 앉자 대안은 살금살금 다가가서 다른 사람이 듣지 못하게 작은 소리로 말했다.

"소인이 돌아오고 있는데, 한씨 아주머니가 저를 불러서는 나리께 꼭 드릴 말씀이 있으니 급히 한 번 다녀가시라고 전해달래요."

"무슨 얘긴데? 오냐, 알았다."

마침 유학관[劉學官]이 돈을 빌리러 왔기에 빌려준 뒤 서문경은 작은 모자를 쓰고 말을 타고는 대안과 금동 둘을 불러 따르게 하여 바로 왕륙아 집으로 가 객실에서 기다렸다. 왕륙아가 바로 나와 절을 올렸다. 그날 한도국은 앞 점포에서 당번을 하느라 집에 돌아오지 않고 있었다. 왕륙아는 요리 거리를 사와 풍노파에게 음식을 만들게 하고는 서문경의 시중을 들었다. 하인인 금아를 시켜 차를 내오게 해서 손수 차를 따라 올리자 서문경은 금동에게 말을 맞은편에 있는 집으로 끌고 가라고 분부한 뒤 문을 걸어 잠갔다. 왕륙아는 감히 바로 그 문제부터 꺼내지 못하고 먼저 다른 일을 말했다.

"연일 술좌석으로 얼마나 바쁘세요. 듣자 하니 최근에 혼사가 있

다고 하던데, 정말로 기쁘시겠어요!"

"오대구 댁에서 먼저 이야기를 꺼내 교씨 댁과 사돈을 맺었어. 그 댁에도 오직 딸 하나밖에 없어. 엄밀히 따진다면 어울리지는 않지만 어찌하다 보니 사돈을 맺게 됐지."

"그 댁과 사돈을 맺는 것도 괜찮지만, 나리께서 큰 벼슬을 하시는 데 때로는 불편할 때도 있겠네요."

"하긴 그래!"

이렇게 말을 하다가 왕륙아가,

"추울지 모르니 방으로 들어가시지요."

하기에 들어가 보니 화로에 불이 켜져 있었다. 서문경이 자리에 앉자 왕륙아가 천천히 묘청의 진정서를 꺼내 서문경에게 보여주면서 말했다.

"묘청이 옆집에 사는 중개인 요삼의 부인에게 부탁해 그 부인이 건너와 말하기를, 이 사람은 자기 가게 손님인데 이러저러해서 두 뱃사공의 일에 연루되어 있으니 제발 죄를 면하게 해달라고 하는 거예요. 예물을 준비해서는 제발 나리께서 잘 봐주시기를 간청하더군요."

서문경은 진정서를 보고 나서,

"그래 자네에게 무슨 물건을 가져왔는데?"

하고 묻자, 왕륙아는 상자 안에서 은자 쉰 냥을 꺼내와 서문경에게 보여주면서,

"일이 성사되면 옷도 두 벌 더 드리겠대요."

하고 말하자, 서문경은 그것을 쳐다보고 웃었다.

"이까짓 물건들을 가지고 무엇을 하겠다는 게야? 자네는 모르겠지만 이 자는 양주에 사는 묘천수의 하인이었는데 배 위에서 뱃사공

두 명과 공모해 주인을 죽여 강물에 집어던지고 재산까지 훔친 자야. 아직 묘천수의 시체는 찾지 못했지만 묘청과 공모했던 뱃사공 두 명이 관아에 붙잡혀 모든 죄를 자백했기에 잡아들이려고 하는 게요. 또 그들을 따라왔던 안동이라는 어린 하인이 있었는데, 관아에 모든 일을 상세히 알렸다는군. 묘청이 이번에 잡힌다면 능지처참을 면키 어려울 거야. 나머지 두 놈도 마땅히 목을 쳐야 돼. 뱃사공 둘이 묘천수의 몸에 은자 이천 냥이 있었다고 자백했는데 겨우 이까짓 은자 쉰 냥을 가지고 와서 무엇을 어쩌자는 게야? 어서 다시 돌려줘."

이에 왕륙아는 부엌으로 가 하인 금아를 시켜 요삼의 부인을 불러오게 해서는 부인이 가지고 왔던 예물을 돌려주면서 이러저러하다고 방금 서문경이 한 말을 전하고 돌려보냈다.

묘청이 이 얘기를 못 들었으면 몰라도 듣고 나니 마치 물 한 통을 머리끝에서 발끝까지 쏟아붓는 듯한 느낌이었다. 놀라 오장육부가 무너지고 삼혼칠백이 달아나는 듯했다.

이에 묘청은 즉시 요삼을 불러 상의했다.

"내 은자 이천 냥을 모두 써도 좋으니 제발 목숨만 건져 돌아가게 해주구려."

"나리께서 그렇게 말씀을 하셨다면 웬만큼 써서는 윗사람들을 움직일 수 없으니 차라리 천 냥 정도를 나리께 드립시다. 그리고 나머지 사람들에게는 남은 반을 풀어 구워삶고요."

"하지만 아직 물건을 다 팔지도 못했는데 어디 가서 은자를 구해 온단 말이오?"

이에 두 사람은 상의를 한 후에 요삼의 부인을 왕륙아에게 보내,

"나리께서 허락만 해주신다면 천 냥어치의 물건을 가져다 드리지

요. 물건이 싫으시다면, 값을 내려서라도 물건을 처분해 이삼 일 안에 직접 나리 댁으로 가져다 드리겠답니다.”

라며 말을 전했다. 이에 왕륙아는 예물의 품목을 적은 문서를 서문경에게 가져다 보여주었다. 그것을 보고 서문경이 말하기를,

“기왕에 그렇게까지 한다니, 내 포졸들에게 명해 묘청을 잡는 것을 며칠 연기하라고 이를 테니 바로 뇌물을 가져오라고 해.”

하니 요삼의 부인은 바로 이 사실을 묘청에게 알려주었다. 이를 듣고 묘청은 비로소 안도의 숨을 내쉬었다.

서문경은 옆집에 사람이 있는 것을 보고 왕륙아와 술을 몇 잔 마신 뒤 바로 집으로 돌아왔다. 다음 날 아침 일찍 관아에 출근해 일을 하면서도 이 일은 꺼내지 않았다. 다만 포졸을 불러,

“묘청을 잡는 것을 잠시 중지하게.”

하고 분부했다. 한편 묘청은 요삼에게 부탁해 불철주야로 물건을 팔았다. 사흘 만에 물건을 다 처분해 은자 천칠백 냥을 만들었다. 원래 왕륙아에게 준 것은 그대로 두고 거기에다가 은자 쉰 냥과 옷 네 벌을 선물했다.

열아흐렛날에 묘청은 은자 천 냥을 술동이 네 개에 넣고, 돼지 한 마리를 잡아 해질 무렵 서문경의 집 앞으로 메고 갔다. 하인들도 대충 이 일을 알고 있어 대안, 평안, 서동, 금동이 문을 지키고 서 있기에 열 냥씩 주고 안내를 청했다. 대안은 이미 따로 왕륙아에게 열 냥을 받아 챙겼다. 잠시 뒤에 서문경이 대청으로 나와 자리를 잡고 앉았으나 등불을 켜지 않았다. 달빛이 희미하게 대청 안을 비추고 있었다. 묘청은 뇌물이 든 항아리를 서문경에게 건넨 뒤 이마를 땅에 조아려 절을 올리며 말했다.

"나리께서 베풀어주신 은혜는 분신쇄골하더라도 잊지 못할 것이며 죽어도 다 갚기 어려울 것입니다."

"이번 사건은 내가 아직 자세히 조사하지 않았다. 하지만 뱃사공 두 사람이 너를 공범으로 몰아세우고 있다. 네가 만약 잡힌다면 중형을 면키 어려울 것이나 사람들의 청도 있어 특별히 네 목숨만은 한번 살려주겠다. 이 예물을 내가 받지 않으면 안심을 못할 것이니 절반은 형을 담당하는 하제형에게 보내겠다. 그러니 너는 그리 알고 오늘밤에 멀리 떠나도록 하거라."

그러면서 물었다.

"너는 양주 어디에서 살았느냐?"

"소인은 양주 성내에서 살았습니다."

서문경은 차를 가져오게 해 묘청에게 마시게 하니, 묘청은 나무 아래에서 선 채로 마시고는 고개를 조아리며 작별을 고했다. 서문경은 다시 물어보았다.

"아랫사람들에게도 손을 써두었겠지?"

"네, 적당히 손을 써두었습니다."

"이미 그렇게 해놓았다면 어서 돌아가거라."

이에 묘청은 바로 서문경의 집을 나와 짐을 정리하니 그래도 은자 백오십 냥 정도가 수중에 남아 있었다. 묘청은 은자 쉰 냥과 남은 비단 몇 필을 감사의 표시로 요삼 부부에게 주었다. 오경쯤 요삼이 잘 달리는 말을 준비해오자, 바로 양주로 출발했다. 그러한 묘청의 모습이란 바로 쫓겨가는 상가[喪家]의 개 같고, 그물을 빠져나와 달아나는 물고기 같았음은 물론이다.

묘청이 달아나 생명을 건진 일은 더 이상 말하지 않겠다.

한편 서문경은 하제형과 함께 관아를 나와 말머리를 나란히 하고 퇴청했다. 말이 네거리에 이르러 하제형이 작별을 고하고 헤어지려고 하니, 이에 서문경이 말하기를,

"장관께서 괜찮으시다면 잠시 저희 집에 함께 가시지요."

하면서 하제형을 자기 집으로 모셨다. 집 앞에서 같이 말을 내려 객실로 들어간 뒤에 다시 인사를 했다. 대청으로 자리를 옮기고 옷을 벗어 편히 앉으니 하인들이 차를 내왔다. 서동과 대안이 와서 탁자를 내놓고 음식 준비를 했다. 이에 하제형이 말했다.

"공연히 와서 폐만 끼치는군요."

"무슨 말씀을….'

잠시 뒤에 하인들이 찬합에 약간의 음식과 각종 닭다리, 거위, 오리고기, 신선한 생선 등 음식을 열여섯 가지나 차려놓았다. 밥을 먹고 나니 바로 각종 술안주와 금 술잔에 은 받침대, 금으로 도금한 상아 젓가락을 내왔다. 술을 마시다가 서문경이 슬며시 묘청의 사건을 꺼내면서,

"이 자가 어제 글깨나 아는 사람을 보내 재삼 부탁하면서 예물까지 보내왔어요. 제가 독단으로 어쩔 수 있는 것이 아니기에 오늘 장관께 말씀을 드리는 겁니다."

라며 예물 품목을 하제형에게 건네주었다. 하제형이 보고는 말했다.

"서문 장관께서 알아서 처리하시지요."

"제 생각으로는 내일 죄인 두 명과 장물을 이송하고 묘청은 빼버리는 것이 좋을 듯합니다. 그리고 안동에게는 밖에서 처리를 기다리라고 하지요. 묘천수의 시체가 발견되면 그때 가서 다시 처리해도 늦지 않을 성싶습니다. 그리고 이 물건은 장관께서 거두어 넣으시지요."

"아니 무슨 말씀을 그리 하십니까? 장관의 견해가 지극히 옳으며, 모든 것이 다 서문 장관의 심려 덕분인데, 어찌 그러한 공을 저에게 양보하려 하십니까? 절대로 그럴 수 없습니다!"

이렇게 한참 동안 실랑이를 벌이다가 뇌물을 반씩 나누어 갖기로 하고 하제형의 몫은 상자 속에 잘 담아 넣었다. 이에 하제형은 자리에서 일어나 인사를 하며 말한다.

"장관께서 그렇게 하시니 거절하는 것도 도리가 아닌 듯하여 할 수 없이 받기는 하지만 별로 한 것도 없어 실로 부끄럽기 짝이 없습니다."

그리고 나서 술을 몇 잔 더 마신 뒤 작별을 고하고 돌아갔다. 이에 서문경은 바로 대안을 불러 은전이 든 상자와 술동이를 하제형의 집까지 가져가게 했다. 하제형은 손수 직접 문 앞에서 물건을 받고서는 잘 받았다는 회신과 함께 심부름을 한 대안에게 은자 두 냥을, 같이 호위해온 포졸들에게는 너 푼씩 주었다.

속담에도 '불이 닿으니 돼지머리가 익고, 돈이 있으니 공적인 일도 절로 풀린다'고 하지 않던가. 아무튼 서문경과 하제형은 사건을 이렇게 하기로 대강 합의를 보았다. 다음 날 관아에 출근한 두 사람은 아래위 모든 포졸이 이미 요삼이 묘청을 대신해 손을 쓴 뇌물을 먹었다는 사실을 알았다. 그래서 바로 형틀을 갖추고 명을 내려 진삼과 옹팔을 옥에서 꺼내 심문하니 둘은 한결같이,

"묘천수의 하인 묘청과 공모했습니다."

하고 진술했다. 서문경은 크게 화를 내며,

"여봐라, 형틀을 가져오너라! 이 두 도적놈은 일 년 내내 강 위에서 배를 가지고 사공인 척하면서 실제로는 살인과 강도를 일삼아 선

량한 사람들의 생명과 재산을 빼앗아왔다. 여기 증인이 너희 두 놈이 칼로 묘천수의 목을 찔러 죽인 후에 파도 속에 던져버렸고 묘천수의 하인인 이 안동은 방망이로 내려친 후에 강물에 던졌다고 진술하고 있다. 여기 묘천수의 옷가지 등 증거물이 있는데도 네놈들은 아직도 무엇을 잘했다고 애꿎게 다른 사람을 걸고넘어지려는 게냐?"

하고 소리를 지르고는 안동을 불러,

"누가 네 주인을 찔렀고, 강물에 밀었느냐?"

하고 물었다. 이에 안동이 말했다.

"그날 밤 삼경쯤 되었을 때 묘청이 '도둑이야' 하고 소리를 지르자, 소인의 주인이 선창 밖으로 나와 살피는데 진삼이 단칼에 주인의 목을 찌르고 물속으로 밀어버렸습니다. 소인은 옹팔한테 몽둥이로 한 대를 맞고 물속에 빠졌다가 겨우 목숨을 구했습니다. 그래서 묘청의 행방은 모릅니다."

"이 녀석 말에 따르면 네놈들이 범인이 확실한데도 다른 사람에게 죄를 뒤집어씌우려고 하는 게냐?"

그러면서 각기 두 번씩 주리를 틀고 곤장을 서른 대씩 때리니, 사방은 돼지 먹따는 소리로 가득하고 매를 맞은 곳은 뼈와 살이 모두 으스러졌다. 둘이 나누어 가진 장물 천 냥어치 중에 반은 이미 써버렸고 반 정도만 되찾았다. 이날 제형소에서는 밤새 서류를 만들어 남아 있는 장물과 함께 그들을 동평부로 넘겨버렸다. 동평부 부윤인 호사문[胡師文]은 서문경과 잘 아는 터라 그들이 보내온 서류대로 진삼과 옹팔을 강도 살인죄로 참형에 처하기로 했다. 한편 안동에게는 밖에서 사건의 처리를 기다리게 했다. 이러한 소식을 전해들은 안동은 동경에 있는 묘천수의 사촌 황통판[黃通判]에게 달려가 묘청의

사건 전말을 이야기해주면서,

"주인의 목숨을 빼앗고, 제형소에 뇌물을 써 묘청의 이름을 빼버렸어요. 그러니 주인마님의 억울한 원수는 언제나 갚을 수 있겠는지요?"

하니 황통판이 이를 듣고 밤새 소개장을 쓰고는 안동의 고소장과 함께 안동에게 여비를 주어 산동 찰원[察院](순안어사[巡安御史]가 머무는 아문[衙門])에 가서 탄원서를 내게 했다. 이에 묘청에게는 다 끝난 줄 알았던 사건이 다시 처음부터 새롭게 시작되어, 서문경이 저지른 나쁜 일이 이제 드러나게 생겼다.

시가 있어 이를 증명하나니,

선악은 언제나 원인이 있고
길흉화복은 언제나 함께 있다네.
평생 마음에 꺼리는 일을 하지 않았다면
한밤중 문 두드리는 소리에 놀라지 않으리.
善惡從來畢有因 吉凶禍福幷肩行
平生不作虧心事 夜半敲門不吃驚

## 나무가 크면 비와 바람을 부르니

### 증어사는 제형관을 탄핵하고,
### 채태사는 일곱 가지 일을 상주하다

위험을 안다면 법망이 필요 없고

착한 이를 칭찬하고 어진 이를 추천하면

편안함이 절로 생기리.

은혜를 베풀고 덕을 펴면

후손이 번창하리라.

질투를 품고 간교함을 감추면

평생의 화근이 되리라.

다른 사람에게 해를 끼치고 자기에게만 이롭게 하는 것은

원대한 포부가 아닐세.

여러 사람을 해치고 집을 이루는 것을

어찌 장구한 계책이라 하겠는가.

이름을 바꾸고 몸을 숨기는 것은

다 교묘한 말 때문이라네.

소송이 일어 재산을 버리는 것은

다 어질지 못하기 때문이라네.

知危識險 終無羅網之門

譽善薦賢 自有安身之地
施恩布德 乃後代之榮昌
懷妒藏奸 爲終身之禍患
損人利己 終非遠大之圖
害衆成家 豈是長久之計
改名異體 皆因巧語而生
訟起傷財 蓋爲不仁之召

　안동은 편지를 가지고 황통판에게 작별을 고하고 산동으로 출발
했다. 도중에 순안 어사가 동창부 찰원[察院]에 머물고 있다는 소식
을 들었다. 어사의 성은 증[曾]이고 이름은 효서[孝序]로 도어사 증
포[曾布]의 아들로 을미년에 진사과에 급제한 신참으로 지극히 청렴
결백한 관리다.

　안동이 생각하기를,

　'내가 개인적으로 고소장을 내러 왔다고 하면 문지기들이 결코 들
여보내지 않을 게야. 차라리 고소장을 접수한다는 공고가 붙은 후에
들어가서 이 편지도 함께 전해야지. 그러면 어사께서 잘 처리해주실
테지.'

　그러고는 이미 쓴 고소장을 품 안에 잘 갈무리하고 찰원의 문 앞
에서 오랫동안 기다렸다. 그러노라니 찰원 안에서 소리가 나면서 대
문과 중문이 열리고 어사가 나와 대청 중앙에 자리를 잡고 앉았다.
제일 먼저 공고판이 나왔는데 크게 쓰여 있기를, 친왕[親王]·부마[駙
馬]·황친[皇親]·지방토호[地方土豪]의 고소장 접수, 두 번째로 방이
나붙는데 도찰사[都察使]·포정사[布政使]·안찰사[按察使]와 일반 문

무관의 고소장 접수, 세 번째로 방이 붙기를, 일반 백성의 호적과 혼인, 토지 등에 관한 송사를 접수한다는 것이었다. 안동은 방의 순서대로 들어갔다. 차례가 되어 계단 아래로 가서 꿇어앉았다. 좌우의 관리들이 묻는다.

"그래, 무슨 일이냐?"

이에 안동은 편지를 두 손으로 높이 바쳤다. 증어사가 대청 위에 앉아 있다가 분부한다.

"받아오너라!"

이방이 황급히 내려와 편지를 받아서는 어사의 책상 위에 올려놓았다. 어사가 뜯어 펼쳐보니, 과연 거기에는 무엇이 어떻게 쓰여 있었을까?

경성에 있는 후배 황미[黃美]가 삼가 글월을 적어 대주사[大柱史] 증소정[曾少亭] 선배 대인께 올립니다.

세월이 빨리도 흘러 이별한 지가 벌써 일 년이 되었습니다. 자기를 알아주는 사람은 만나기 힘들고 어렵게 만나더라도 항상 쉽게 이별합니다. 하지만 그리는 마음은 언제나 곁에 있는 듯합니다. 지난 가을 보내주신 편지를 받고 황홀하여 마치 장안에서 얼굴을 맞대는 듯했습니다. 매번 이러한 감회가 일 때면 시로 적어 가슴에 품는답니다! 얼마 전에 선배님께서 부모님을 뵈러 남행하신다는 소문을 들었습니다. 게다가 그 길로 옛 제나라와 노나라 땅을 시찰하신다니 기쁜 마음을 금치 못해 거듭 축하의 말씀을 드리는 바입니다! 선배님께서는 충효와 큰 절개를 지니시고 또 서릿발 같은 정조를 간직하여 마음을 연마했으니 그 빛남이 조정과 후세에 길이 남을 것입니다. 이번 순회 시찰은 관아의 그릇됨을 적발하여 풍기를 바로잡는 기회라고 여겨집니다. 이것이 그리는 마음속에서도 특히 잊을 수가 없는 점입니다. 평소 생각건대 선배님께서는 가히 큰 그릇이 될 포부를 지니셨고 마땅히 할 만한 연륜도 되었다고 생각됩니다. 게다가 현명하신 황제폐하를 만나셨고 또 춘부장께서 건장하게 계신 때입니다. 바라옵건대 재주와 포부를 맘껏 펼쳐 나라의 법과 기강을 널리 진양시켜주십시오. 문무의 관원들이 법을 함부로 하지 못하게 하시고, 간사한 무리들이 마음대로 활개치지 못하게 하시옵소서.

다름이 아니라 동평부에 법을 크게 어지럽히는 묘청이라는 자가 있습니다. 묘천수라는 자가 크게 억울함을 당하였습니다. 이 성스럽고 밝은 세상에서 이런 도깨비 같은 일을 만날 줄을 생각이나 했겠습니까? 선배님께서 마침 이 지방을 순찰하시니 부디 이 사건을 잘 살피시어 억울함을 풀어주시옵소서.

여기 안동이라는 하인을 시켜 별도로 고소장을 접수하오니 부디 살펴 처리해주시기를 앙망하나이다.

삼가 올립니다.

중추보름 다음 날

증어사가 편지를 다 읽고 물어보았다.

"고소장이 있느냐?"

아전들이 급히 내려가,

"어사께서 고소장이 있느냐 물으신다."

하니, 안동은 품에서 꺼내 바쳤다. 증어사는 읽어보고 붓을 들어 다음과 같이 썼다.

> 동평부의 관원들에게 고하노니 처음부터 새롭게 조사하고, 시체를
> 찾아 검사한 후에 상세히 보고할 것.

그런 후에 안동을 불러 명했다.

"동평부에서 기다리고 있거라."

이에 안동은 급히 인사를 하고 쪽문을 통해 나왔다. 한편 증어사
는 명령서와 고소장을 봉투에 넣고 관인을 찍은 뒤 동평부로 보냈다.
부윤 호사문은 상사의 명령서를 보고 당황해 어쩔 줄 몰랐다. 즉각
양곡현의 현승인 적사빈[狄斯彬]에게 명령해 처리하게 하니, 본시
이 자는 하남 무양[舞陽] 사람으로 사람됨이 강직하고 우직하여 돈
을 밝히지는 않으나 일을 처리함에 약간 흐리멍덩해 '적혼[狄混](적
멍청이)'이라고 불렸다. 명령서가 있자 적현승은 해안을 따라 묘천수
의 시체를 찾아 나섰다.

그런데 이 또한 하늘의 뜻이었는가! 적현승이 사람들을 이끌고 일
찍이 청하현 현내의 해안가를 순시하던 중이었다. 갑자기 말 앞에서
큰 회오리바람이 부는데 바람이 사라지지 않고 적현승이 탄 말을 계
속 따라오는 것이었다. 이에 현승이,

"괴이한 일일세!"

라면서 말을 멈추고 좌우에게 명했다.

"회오리바람을 따라가 행방을 찾아보거라."

이에 포졸들이 회오리바람을 따라가 보니 대부분이 신하구[新河
口] 부근서 사라지는 것이었다. 포졸은 돌아와 적현승에게 이 사실

을 보고했다. 적현승은 바로 동네 사람들에게 바람이 사라진 해안 일대를 곡괭이로 몇 자 깊이로 파보게 했다. 과연 시체 한 구가 발견되었는데 목에 칼자국이 있었다. 하여 정확하게 검사하라고 명하고,

"앞 마을은 어딘가?"

하니 포졸이 답했다.

"여기에서 멀지 않은 곳에 자혜사[慈惠寺]라는 절이 있습니다."

현승은 즉시 절의 중들을 불러오게 해 물어보았다. 모두가 한결같이 말하기를,

"작년 가을 시월경 연례행사로 강물에 연등을 띄워 보내는데 상류에서 시체 한 구가 떠내려와 강기슭에 있는 것을 발견했습니다. 주지 스님께서 자비를 베푸시어 시신을 거두어 묻어주었습니다. 무엇 때문에 죽었는지는 모르겠습니다."

하니 이에 현승은,

"분명히 너희 중들이 공모해 이 사람을 죽여서는 묻은 게야. 생각건대 죽은 자가 많은 금은보화를 지녔기에 사실대로 말하지 않는 것이다."

라면서 불문곡직하고 그중 대표 격의 중을 주리를 두 번 틀고 백여 대를 내리치고 나머지 중들도 곤장을 이십여 대씩 내리쳤다. 모두 끌고 와 옥에 가둔 뒤 이 사실을 보고했다. 중들은 모두 억울하다며 죄를 인정하지 않았다. 증어사는 생각하기를,

'만약 이 중들이 모의하여 살인했다면 그 시체를 필히 강물에 버렸을 터인데 어째서 반대로 해안에 파묻었을까?'

그러면서 다시,

'많은 사람이 했다는 것도 의심의 여지가 있어.'

라고 생각하고 중들을 가두어만 두라고 명을 내렸다. 그러고는 어언 두 달여가 지났는데 갑자기 안동이 고소장을 가지고 온 것이다. 그래서 즉시 관원에게 명해 안동에게 시체를 보여주게 했다. 안동은 시체를 보자마자 대성통곡하며 말했다.

"바로 저희 주인어른이십니다. 칼에 찔린 상처도 여기에 그대로 있습니다."

시체를 확인한 안동이 증공에게 보고하니, 증공은 바로 중들을 석방했다. 한편 다시 서류를 보내 진삼과 옹팔을 재심문하니 둘은 한결같이 묘청도 공모자라고 주장했다. 크게 노한 증어사는 바로 포졸을 보내 양주에 가서 묘청을 잡아오라고 명을 내리고, 제형원 관원 두 명을 뇌물을 먹고 법을 어겼다는 죄목으로 탄핵을 주청했다.

> 탐관오리들이 국가의 법을 어지럽히니
> 증공이 억울함을 깨끗하게 밝힌다.
> 서릿발 같은 호령을 했건만
> 꿈속 같은 싸움이라 결과는 알 수 없네.
> 汚吏贓官濫國刑 曾公判刷雪冤情
> 雖然號令風霆肅 夢裡輸贏總未眞

이 이야기는 여기에서 잠시 접어둔다.

왕륙아는 묘청의 일을 거들어주고 얻은 은자 백 냥과 옷 네 벌을 가지고 어떻게 할 것인지 남편 한도국과 밤새 상의했다. 비녀도 사고 재봉사도 불러 옷도 짓고 머리 장식도 다시 만들고, 열여섯 냥을 주어 춘향[春香]이라는 하인을 하나 사서 부리기로 했다. 한도국이 머지않아 이 아이를 자기 손에 넣은 것은 말할 것도 없다.

하루는 서문경이 한도국의 집에 찾아오니, 왕륙아는 안으로 모셔 차를 대접했다. 그러다 서문경이 뒤편에 소변을 보러 나갔다가 난간을 보고는,

"뉘 집 것이지?"

하고 묻자 왕륙아는,

"옆집 요삼 집의 노대[露臺](발코니)예요."

라고 하니 서문경은 왕륙아에게,

"그들에게 노대를 허물지 않으면 내가 헐어버리겠다고 전해. 왜 이 집의 좋은 풍수를 가로막는 게야? 만약 시킨 대로 허물지 않으면 내 아이들에게 허물라고 명령을 내릴 테니!"

라고 분부했다. 이에 왕륙아는 한도국에게 말했다.

"옆집에 어떻게 그런 말을 할 수 있겠어요?"

"그렇다면 나리를 속이는 수밖에. 니무를 사와 우리 쪽도 노대를 만들면 되잖아. 위쪽에는 장독대를 만들고, 아래쪽에는 마구간을 만들거나 화장실을 만들면 아주 좋을 거야."

"아이구, 생각이 없기는! 노대를 만들기보다는 차라리 벽돌과 기와를 몇 장 사와 두 칸짜리 작은 집을 짓는 게 어때요?"

"그럴 바엔 차라리 일층에 방 두 개짜리로 짓는 게 더 나을 것 같은데!"

둘은 은자 서른 냥을 써서 바로 집을 지었고, 서문경은 대안을 시켜 술과 고기, 떡을 보내주었다. 이 사실을 그 거리에서 모르는 사람이 없었다.

하제형은 수백 냥이나 되는 공돈이 생기자, 열여덟 된 아들 하승

은[夏承恩]을 무학[武學]에 보내 생원[生員]이 되게 했다. 그러고는 매일 선생과 친구들을 불러 궁술과 말 타기를 배우게 했다. 서문경은 유·설 두 환관과 주수비, 형도관, 장단련의 관원들을 불러 선물을 주거나 그림을 주며 축하했다.

또 서문경 집에서는 묘 주위에 새롭게 흙을 쌓아 산을 만들고 작은 집을 지었으나 관가를 낳고 천호를 하면서 눈코 뜰 새 없이 바쁘게 지내느라 여태 조상들에게 제사를 올리지 못했다. 하여 풍수지리를 보는 사람을 청해 새롭게 묘역에 이르는 문을 만들고 봉분까지 길을 닦고, 문 앞에는 버드나무를 심고 주위에는 소나무나 측백나무를 심고 양편에는 산봉을 쌓았다. 청명일에 성묘하기로 하여, 편액도 바꾸기로 했다. 제사를 지낼 돼지와 양도 잡고 네모진 탁자도 준비하게 했다.

마침내 삼월 초엿새 청명일에 먼저 초청장을 보내 많은 사람을 부르고 술이나 쌀과 반찬들을 사들였다. 악공들과 광대들도 부르니, 배우로는 이명·오혜·왕주·정봉이고, 가수로는 이계저·오은아·한금천·동교아였다. 남자 쪽 손님으로는 장단련·교대호·오대구·화대구·오이구·심이부·응백작·사희대·부회계·한도국·운리수·분지전과 사위 진경제 등 약 이십여 명이다. 여자 편 손님으로는 장단련의 부인·장 친가의 어머니·교대호 부인·주대관 부인·상거인 부인·오대구 부인·오이구 부인·양씨 이모·반금련 모친·화대구 부인·오씨 큰이모·맹씨 이모·오순신 부인 정삼저·최본의 처·단씨 아씨와 집안에서는 오월랑·이교아·맹옥루·반금련·이병아·손설아·서문경의 딸·춘매·영춘·옥소·난향과 관가를 안고 있는 유모 여의아로 가마가 거의 스물네댓 채 있어야 했다. 그래서 월랑이 서문경에게 말하기를,

"애는 성묘에 데려가지 말았으면 좋겠어요. 아직 첫 돌도 지나지 않았고, 애 받는 유노파 말에 따르면 아직 아이의 정수리 부근이 제대로 굳지 않았고 담도 작다고 해요. 이번 성묘 길은 멀어서 애가 놀랄까봐 걱정이 돼요. 제 생각에는 데려가지 않는 것이 좋겠어요. 유모와 풍노파를 집에 남겨두어 애를 보게 하고, 이번엔 어미만 데리고 가세요."

했으나 서문경은 듣지 않고 말했다.

"이번에 무엇 때문에 가는데? 어미와 애가 성묘를 하고 조상께 제사를 지내지 않는다면 무엇 때문에 가겠어? 당신은 그 늙은이가 하는 허튼소리만 믿고 애의 정수리가 다 아물지 않았다고 하다니! 만약 그렇다면 유모에게 포대기에 잘 싸서 가마 안에 앉아 있게 하면 되잖아. 그러면 애가 잘 앉아 있을 텐데 무엇을 걱정해?"

"사람 말을 듣지를 않다니, 당신 마음대로 하세요!"

그날 아침 여자 손님들은 집에 모여 가마를 타고 함께 출발했다. 남문 밖 오 리쯤에 있는 조상 묘를 향해 출발하는데 멀리 푸른 소나무가 빽빽이 우거지고 비취색 측백나무가 숲을 이루고 있었다. 새로 만든 묘문과 양편에 산등성이, 주위에는 돌담이 있고, 그 가운데로 묘로 통하는 길이 닦여 있다. 묘지의 집과 신대[神臺], 향로[香爐], 촉대[燭臺]는 모두 백옥으로 깎아 만든 것이었다. 분묘의 문 위에는 새로 단 편액이 걸려 있는데 '금의무략장군서문씨선영[錦衣武略將軍西門氏先塋]'이라고 큰 글씨로 쓰여 있었다. 묘지 안 정면에는 흙으로 만든 산이 둘러져 있고 나뭇가지가 서로 어우러져 있었다. 서문경은 붉은 사모관대를 하고, 돼지, 양을 삶아 제사용품으로 차려놓고 제사를 올렸다. 남자 손님들이 먼저 제사를 올린 후에 여자 손님들이 제사를 올렸다. 이러는 사이에 북과 징 소리가 일제히 울려 퍼졌다. 이에 깜짝 놀란 관가는 유모의 품속으로 더 파고들면서 씩씩 숨만 몰아 쉴 뿐 감히 꼼짝달싹 움직이지도 못했다.

이에 월랑은,

"여섯째, 어서 유모에게 애를 안고 안채로 가라 하지 않고 뭐하고 있어! 애가 놀란 걸 좀 봐요! 그러길래 애초에 데려오지 말자고 했는데, 그 고집쟁이 영감탱이가 남의 말을 듣지 않고 기어코 애를 데려와야 한다고 우기더니! 애가 놀라 어쩔 줄 모르는 것 좀 봐요!"

하니, 이병아는 급히 내려가 대안에게 북과 징을 울리는 것을 멈추라고 분부했다. 그러고는 아이를 꼭 끌어안고 귀를 막으며 급히 뒤채로 들어갔다. 제사를 마치고 서선생이 제문을 읽고 종이돈을 태웠다. 서문경은 남자 손님들을 앞채로 모시고, 월랑은 여자 손님들을 뒤채에 있는 천막으로 모셨다. 화원을 통해 들어가니 양편으로 소나무가 담장을 이루고, 대나무가 난간을 이루었다. 주위에 풀과 꽃이 무성하게 피어 있는데 그 끝이 보이지 않을 정도였다.

복숭아꽃은 붉고 버드나무는 푸른데 꾀꼬리가 분주히 날아드니, 모두 자연의 조화가 만들어낸 것이라네.


잠시 뒤에 배우들이 천막 안에서 분장을 하고 나와 여자 손님들에게 재주를 펼쳐 보였다. 또 배우 둘은 앞채 대청에서 한차례 노래를 불렀다. 가수 네 명은 번갈아가며 술을 따라 올렸다. 춘매, 난향, 옥소, 영춘은 모두 여자 손님들 주변에서 술 주전자를 들고 술을 따르다가 서문경의 큰딸 곁에 서서 함께 국을 마시거나 과자를 먹기도 했다. 이렇게 먹고 난 뒤에 금련과 맹옥루, 큰딸, 이계저, 오은아는 화원에 나가 그네를 탔다.

원래 서문경은 천막 뒤쪽에 세 칸짜리 온돌방을 만들어 안에 침대와 탁자, 의자, 화장대 등을 다 구비해놓았다. 여자 손님들이 성묘를 하러 왔을 때 화장도 고치고 쉴 수 있게 하기 위함이었다. 그뿐만 아니라 때로는 기녀들을 불러 재미도 보려 함이었다. 방 안은 설동처럼 아주 깨끗하게 정돈되어 있고 걸어놓은 글씨와 그림, 거문고와 바둑판이 더욱 빼어나 보였다. 유모 여의아는 관가를 보다가 금색을 칠한 침상에 작은 포대기를 깔고 잠을 재우려고 했다. 영춘도 그 곁에서 관가와 장난을 치고 있었다. 반금련이 홀로 화원 쪽에서 급히 오는 것이 보였는데 손에는 복숭아꽃을 한 가지 꺾어 들고 있었다. 집 안으로 들어서다가 영춘을 보고 말했다.

"여기 있느라 하루 종일 위에 가서 술시중을 들지 않았군."

"춘매, 난향, 옥소가 있어서 큰마님께서 저더러 여기 와서 관가나 잘 보라고 하셨어요. 그러면서 간식거리 두 섭시를 여의아와 함께 먹으라고 주셨어요."

금련이 탁자 위를 쳐다보니 거위 고기 한 접시와 돼지 족발 한 접시 및 과일 몇 가지가 놓여 있었다. 유모는 금련을 보고 바로 관가를 품에 안고 일어났다. 반금련은 관가를 놀려대며,

"귀여운 도련님, 방금 북과 징 소리에 놀라서 소리도 내지 못하던데, 사내가 그렇게 담이 작아서야 어디 쓰겠어요!"

그러면서 연꽃을 수놓은 비단 저고리를 풀어헤쳐 아기를 빼앗아 안고는 입을 맞추었다. 그런데 갑자기 진경제가 발을 걷어올리고 들어오다가 금련이 아기에게 입을 맞추는 것을 보았다. 금련은,

"작은 도사님, 매부에게도 입을 맞추어주려무나."

라고 말했다. 그런데 이상하게도 관가는 빙그레 웃으며 진경제를 쳐다보는 것이었다. 이에 진경제는 다짜고짜 빼앗아서는 연신 입을 맞추었다. 이에 금련은,

"급살 맞을 사람 같으니! 아기에게 입을 맞추라고 했지, 누가 남의 머리칼을 다 흩뜨리라고 했어요."

하고 욕을 하자 진경제도 장난을 치며 말했다.

"무슨 말씀을, 저는 입을 잘못 맞추지 않았는데요."

금련은 이를 듣고 혹시라도 하인들이 알아차릴까봐 일부러 장난을 치듯 손에 든 부채로 진경제의 등을 몇 번 내리치니 진경제는 물고기가 위로 치솟듯 깡총 뛰어올랐다. 금련이 다시,

"급살 맞을 사람 같으니! 누가 당신과 그런 농담을 하재요!"

하고 욕을 하자 진경제가 말했다.

"좀 사정을 보면서 때리셔야지. 지금 얇은 옷만 걸치고 있는데 그리 세게 때리시다니!"

"내가 왜 사정을 봐줘야 하나요? 다시 한 번 화나게 하면 계속 때려줄 거예요."

여의아는 두 사람이 장난치는 것을 보고 급히 관가를 받아 안았다. 금련과 진경제는 한참을 그렇게 장난을 치고 시시덕거렸다. 금련은 복숭아꽃 가지로 고리를 하나 만들어 가만히 진경제의 모자 위에 얹어놓았다. 일어나 막 밖으로 나가려는데 맹옥루와 서문경의 큰딸, 이계저가 맞은편에서 걸어오고 있었다. 큰딸이 보고서는,

"누가 이렇게 했어요?"

라고 물으니 경제는 바로 모자에서 꽃가지를 떼어버리고 한 마디도 하지 않았다. 여자 손님들이 보는 연극도 벌써 사 막째를 지나고 있

었다.

어느덧 창밖의 해는 순식간에 지나가고 연회석 앞의 꽃 그림자는 좌석 사이를 오가누나.

날이 어두워지자 서문경은 분사더러 먼저 가마꾼들에게 술 한 대접과 구운 떡 네 개, 고기 한 접시씩 주라고 분부했다. 배불리 먹인 후에 여자 손님들을 가마에 태워 출발시키고, 남자들은 말을 타고 갔다. 내흥과 부엌 일꾼들이 천천히 그릇을 지고 그 뒤를 따르고, 대안, 내안, 서동, 기동은 월랑 등의 가마를 따랐다. 금동과 포졸 넷은 서문경의 말을 뒤따랐다. 유모 여의아는 혼자 작은 가마에 앉아 관가를 포대기에 싸 품에 꼭 껴안고 성으로 들어왔다. 월랑은 안심을 못하고 화동에게 유모 곁을 꼭 지켜 성에 이르러 혼잡해도 놀라지 않게 하라고 당부했다.

월랑은 가마를 타고 성 안으로 들어오자마자 교씨 댁 여자 손님들과 헤어졌다. 집에 돌아와 먼저 가마에서 내려 집으로 들어갔다. 한참 지난 후에 서문경, 진경제가 말을 타고 도착했다. 평안이 문 앞에서 서문경과 진경제를 맞이하며,

"오늘 하제형 나리께서 친히 말을 타고 오셨다가 안 계셔서 돌아가셨어요. 그런 후에 하인을 두 차례나 보내 나리께서 돌아오셨냐고 물으셨는데 무슨 일인지 모르겠어요."

서문경은 이 말을 듣고 마음이 꺼림칙했다. 대청에 이르니 서동이 곁에서 옷을 받아 걸어주었다. 서문경이 물어보았다.

"오늘 하제형 나리께서 다녀가셨다는데 무슨 말이 없으셨느냐?"

"아무 말씀도 없으셨어요. 단지 '나리께서 어디 가셨느냐? 사람을 시켜 어서 빨리 모셔오너라. 내 긴히 할 말이 있다'라고만 하셨어요.

그래서 제가 '오늘 산소에 성묘하러 가셨으니 아마도 저녁 늦게나 돌아오실 거예요'라고 말씀드렸어요. 그랬더니 정오쯤에 다시 오겠다고 하셨는데, 후에 하인을 시켜 두 차례나 물어보시길래 아직 돌아오지 않으셨다고 했어요."

이 말을 듣고 서문경은 마음이 편치 않아,

"도대체 무슨 일일까?"

하며 의혹에 빠져 있는데 평안이 들어와,

"하나리께서 오셨습니다!"

라고 전갈했다. 때는 이미 저녁 황혼 무렵이었는데 하제형이 평복에 두건을 쓰고 하인 둘을 거느리고 말에서 내려 대청 안으로 들어와 인사를 했다.

"오늘 성묘를 하셨다고요?"

"선영에 가서 제를 올렸습니다. 영감께서 이렇게 오실 줄 몰라 제대로 영접을 못했으니 정말로 죄송합니다."

하제형은,

"아주 긴한 일이 있어, 영감께 알려드려야겠길래."

그러면서 다시,

"안채에 있는 객실에 들어가 얘기를 나누는 게 좋을 성싶군요."

라고 했다. 이에 서문경은 서동에게 사랑채 문을 열게 하고 그리로 가서 이야기를 나누기로 하고, 좌우의 하인들은 모두 물러가게 했다.

하제형이 말하기를,

"오늘 현에 있는 이대인이 저희 집에 와서 전하기를, 순안 어사가 새롭게 동경에 상소문을 썼는데 서문 장관과 제가 그 안에 포함돼 있다는군요. 제가 사람을 시켜 상소문을 베껴오게 했으니 일단 한번 보시지요."
하니 서문경은 대경실색하여 급히 베낀 상소문을 건네받아 등불 아
래 펼쳐보았다. 도대체 그 위에 뭐라고 쓰여 있을까?

> 순안산동감찰 어사 증효서 상소문
> 본인은 삼가 탐욕스럽고 방자하며 직책을 제대로 수행하지 않은
> 무관을 탄핵하여 직위에서 쫓아내 법과 기강을 확립하고자 합니다.
> 신이 듣건대 사방을 순시하며 풍속을 살피심은 바로 천자께서 순
> 수[巡狩](천자가 자기의 경내를 순시하는 일)하시는 일이라 합니다. 사
> 악한 관리를 탄핵하고 법과 기강을 펼치는 것은 바로 어사의 본분
> 입니다. 춘추에 기록되어 있기를 천자께서 사방을 순시하면 나라가
> 안정되고 백성의 풍속이 화기롭고, 왕도가 빛이 나며 모든 백성이
> 순응하고, 성스러운 정치가 이루어진다 했습니다.
> 신은 지난해부터 영을 받들어 산동의 제 땅과 노 땅을 순시했는데
> 거의 일 년이 되어갑니다. 여러 곳의 관아를 찾아가 문무관원 중에
> 서 누가 어질고 그렇지 못한지 실상을 파악하고 있습니다. 이제 저
> 의 임기가 거의 차가기에 그 성과를 감히 아뢰지 않을 수 없어 폐하
> 께 올리는 바입니다. 관아의 관원을 탄핵하는 것은 따로 주청을 올
> 리니 참고하시기 바라옵나이다. 특히나 산동 제형소에서 형부를 관
> 장하는 금오위 정천호[金吾衛 正千戶] 하연령[夏延齡]은 그 됨됨이가
> 미천하고 재주가 없는 데다 탐욕스럽고 비루한 행위를 일삼고 있
> 습니다. 오래전부터 사람들의 입에 오르내리고, 관원들의 품위에
> 누를 끼치는 자입니다. 일전에 경성에서 관리를 할 적에도 정사를
> 크게 어지럽혀서 수하들이 은밀히 하연령의 비리를 적발했습니다.

지금 산동에서 형부를 관장하며 옥사[獄事]를 맡아보는데 또다시 승냥이 같은 탐욕스러운 마음을 드러내 동료들이 견제하고 있습니다. 하연령의 아들 승은[承恩]은 무거[武擧] 출신이라 속여 사람을 고용해 대리 시험을 치러 선비들의 풍토를 어지럽혔습니다! 하인 하수[夏壽]의 말을 믿고 벼슬을 구하려는 자들의 돈을 갈취하니 군졸들의 원성이 자자해 제대로 정사를 돌보지 못하고 있습니다! 남을 대할 때는 언제나 아양을 떨고 굽신거려 '계집애'라는 별명이 있고, 사건을 처리할 때 줏대 없이 남의 말만 따라 하기에 '꼭두각시'라고도 불리는 자입니다.

또한 이형부천호[理刑副千戶] 서문경이라는 자는 본래 시정 건달잡배였으나 우연한 기회에 연줄을 잘 잡아 벼슬에 나서 무예가 있다고 떠벌리고 있습니다. 콩과 보리도 구분할 줄 모르고 낫 놓고 기역자도 모르는 일자무식한 자입니다. 처첩들을 함부로 거리를 나다니게 하는 등 제대로 집안 단속을 못하고 있습니다. 그뿐만 아니라 기생들을 껴안고 누각에 올라 술이나 마셔대며 관가의 위신에 흠집을 내고 있습니다. 또한 한씨 부인에게 손을 대 음행을 즐기니 그 행동거지가 바로잡을 수 없을 지경입니다. 게다가 묘청이라는 자를 야밤에 도주시켜주는 대가로 뇌물을 받고 사건을 은폐 조작했으나 그 흔적이 너무나 뚜렷합니다.

이 두 사람은 탐욕스럽고 비루한 자들로 제대로 직책을 수행치 못할 뿐만 아니라 오랫동안 청의[淸議]에 어긋난 자들이오니 한시도 그 자리에 둘 수 없는 자들입니다.

엎드려 바라옵건대 현명하신 덕으로 판단을 하시어 해당 부에 명령을 내려 다시 한 번 자세히 조사해보시옵소서. 만약에 신이 올린 말이 틀림이 없어 하연령 등에게 파직을 내리신다면 관원들이 믿는 바가 있을 것이고 성스러운 덕망이 영원토록 빛날 것이옵니다.

서문경은 다 읽고 너무나 놀란 나머지 아무 말도 못했다. 이에 하제형이 물었다.

"장관, 어찌하면 좋겠소?"

"속담에도 '병사가 오면 장군이 나서고, 물이 오면 흙으로 막는다' 하지 않았습니까? 일이 이 지경에 이르렀으니, 이제는 우리가 하기에 달렸지요. 어서 예물을 준비해 빨리 사람을 동경으로 보내 채태사 댁에 부탁을 드리는 수밖에 없지요."

이에 하제형은 급히 서문경과 작별을 하고 집으로 돌아가 은자 이백 냥과 은 술 주전자 두 개를 준비했다. 서문경은 금으로 상감을 한 옥 보석함과 은자 삼백 냥을 준비했다. 하제형 집에서는 하인 하수를, 서문경 집에서는 내보를 보내기로 했다. 서문경은 예물을 잘 꾸리고 적렴에게 보내는 편지 한 통을 쓰게 한 뒤, 하수와 내보를 주야를 가리지 않고 동경으로 가게 했다. 이 일은 잠시 접어둔다.

한편 관가는 성묘를 하고 돌아와 밤에는 그저 울기만 하고 젖도 먹으려 하지 않고 조금이라도 먹을라치면 바로 토해냈다. 당황한 이 병아는 바로 오월랑에게 알렸다. 이에 오월랑이,

"그래, 내 뭐라고 했어. 돌이 채 되지도 않은 애를 데리고 밖으로 나가는 게 아니라고 했잖아. 그 고집불통 영감이 죽어라고 말을 듣지 않고 '오늘 조상 묘에 가서 제사를 지내는 게 다 누구 때문인데, 관가가 가지 않으면 뭐 때문에 가나?' 하고 고집을 피우더니. 그 일 때문

에 우리 둘이 한바탕 소동을 벌였는데 애가 이 지경이 되었으니 어쩌면 좋지?"

하자 이병아도 뾰족한 방법이 없었다.

이때 서문경은 순안 어사의 탄핵 문제로 하제형과 앞채에서 심각하게 밀담을 나누며 동경으로 사람을 보내는 일 등을 의논하고 있었다. 마음도 언짢은데 아이까지 몸이 좋지 않았다. 월랑은 하인을 시켜 유노파를 부르고 또 소아과 의사를 불렀다. 이렇게 연신 문을 여닫으며 부산하게 하룻밤을 보냈다. 유노파가 보고,

"보아하니 놀란 기운이 뱃속으로 들어간 데다 오는 도중에 길에서 나쁜 걸 봤어요. 그리 중하지는 않으니 부적이나 태우면 바로 좋아질 거예요."

라면서 주사가 든 붉은 환약 두 알을 주고 박하등심탕[薄荷燈心湯]과 함께 먹이라고 했다. 약을 먹고 아기는 비로소 조용해졌다. 한숨 자고 나더니 놀라거나 울지도 젖을 토하지도 않았으나 몸에 열이 조금 남아 있었다. 이병아는 급히 은자 한 냥을 꺼내 유노파에게 주며 부적을 태워달라고 했다. 잠시 뒤에 유노파는 남편과 무당을 데리고 와서 사랑채에서 부적을 태우며 굿을 했다.

서문경은 일찌감치 오경쯤에 내보와 하수를 보내고 서둘러 하제형과 동평부에 있는 호지부에게 가서 묘청의 체포에 관한 소식을 탐문해보려 했다.

월랑은 유노파가 아기가 길에서 무언가에 크게 놀란 것 같다고 하자 여의아를 나무라며 유모가 제대로 아기를 보지 않아 이런 일이 생겼다고 하면서,

"틀림없이 가마 안에서 무언가에 크게 놀란 걸 거야. 그렇지 않다

면 어째서 이런 일이 생길 수가 있어?"

하자 여의아는 답했다.

"가마 안에서 포대기에 싸서 꼭 안고 있었고, 밖을 내보이지 않았어요. 마님께서 화동을 보내 가마를 뒤따르게 할 때에도 아주 좋았고 저도 아기가 고이 자는 걸 봤어요. 성으로 들어와 시끄러운 가운데 집 앞에 왔을 때 아기가 추워서 한 번 움찔하는 것을 느꼈을 뿐이에요. 그러고는 집에 와서 젖도 먹지 않고 울기만 하는 거예요."

이렇게 하여 집안에서 애를 위해 부적을 태우고 굿을 했다.

한편 내보와 하수는 밤낮을 달려 엿새 만에 동경 성내에 도착했다. 바로 태사부로 가서 적집사를 만나 두 집에서 보낸 예물을 건네주었다. 적렴이 서문경의 서신을 보고,

"증어사의 탄핵서가 아직 도착하지 않았으니, 잠시 여기 머물거라. 지금 태사 대감께서는 새로운 일 일곱 건을 상주하셨는데 아직까지 폐하의 하교가 없느니라. 전교를 내리시면 이 탄핵문을 올릴 것이니 증어사의 탄핵문이 도착하면 먼저 대감님께 말씀드려 이것을 관계 기관에게만 알리마. 그리고 다시 병부의 여상서[余尙書]에게 편지를 써 윗전에 알리지 못하게 하겠다. 그러니 돌아가 나리께 아무 걱정하지 말고 계시라고 전해드리거라."

그러고는 두 사람에게 술과 밥을 대접하고 숙소에 돌아가 쉬게 했다. 며칠이 지나고 채태사가 올린 상주문에 대한 황제의 성지[聖旨]가 내려왔다. 내보는 태사 집 문지기에게 부탁해 그 문서를 베껴 집으로 가지고 가 서문경에게 보여주려고 생각했다. 도대체 상주한 일곱 가지가 무엇인지 살펴보면 이렇다.

숭정전 대학사, 이부상서, 노국공[魯國公]인 채경[蔡京]의 상소문

어리석은 견해를 말씀드려 충성을 다 바치고 인재를 얻고, 실효를 거두어 재물을 넉넉히 하고 민심을 살피어 어진 정치를 더욱더 융성하게 하고자 합니다.

첫째, 과거로 인재를 뽑는 것을 폐지하고, 학교에서 학생들을 선발해야 합니다.

오랑캐의 문물이 성하고 풍속이 퇴폐하고 문란해진 것은 모두 진정한 인재를 얻지 못하고 교화를 제대로 하지 못했기 때문입니다. 『상서』에서도 '하늘이 백성을 만들 적에 임금을 만들고 스승을 만들었다'고 했습니다. 한대[漢代]에는 효렴[孝廉]으로 인재를 뽑고 당대[唐代]에는 학교가 흥성했습니다. 저희 대에 이르러 국가에서 처음으로 과거 제도를 실시하여 지방 시험을 거친 후 중앙에서 다시 시험을 쳐 관리를 뽑는 법을 시행했으나 고루함과 편견이 있어 진정한 인재를 얻지 못하니 백성들이 어찌 의지하고 따를 수 있겠습니까? 오늘날 황제께서 오매불망 인재를 구하시고 밤낮으로 나라를 잘 다스리려고 하십니다. 잘 다스리는 것은 현명한 사람을 양성하는 데 있고 현명한 자를 양성하는 데는 학교만 한 것이 없습니다. 이후에 인사를 뽑음에 있어서 모름지기 옛 법에 따라 학교에서 추천하게 해야 합니다. 주현[州縣]에서 성시[省試]를 보아 모든 자를 망라해야 합니다. 매년 진급 시험을 치를 적에 지공거[知貢擧]를 보내니 이는 성시와 같은 방식입니다. 또 여덟 가지 행실(여덟 가지 선행을 가리키는 것으로, 부모를 효로써 섬기고, 형제끼리 공경하고 사랑하며, 처가쪽 친척과는 화목으로, 외가쪽 친척과는 혼인의 인연으로 지내고, 친구 사이에는 믿음으로, 마을에서의 도움은 어진 마음으로, 임금과 신하 사

이에는 충성으로, 의리와 이로움을 나눔에 있어서는 화합으로 해야 한다는 것)을 통해 선비를 선발해야 합니다. 무릇 팔행이라는 것은 효[孝], 우[友], 목[睦], 인[嫻], 임[任], 휼[恤], 충[忠], 화[和]입니다. 선비들 가운데 이러한 것을 갖춘 자는 시험을 거치지 않고 바로 대학[大學]의 상급생으로 보충하는 것이 좋을 듯합니다.

둘째, 강의재리사[講議財利司](송 초에 설치한 것으로 재정 정책을 담당하던 기구)를 폐지해야 합니다.

건국 초에 도당[都堂](상서성尚書省 : 관리들이 온갖 정사를 총괄하는 곳)을 설치하고 강의재리사를 두었습니다. 이는 황제께서 낭비를 절제하고 백성들의 재물을 아끼는 마음에서였습니다. 지금 폐하께서는 즉위한 이래로 먼 곳의 물건을 함부로 취하지 않으시고, 백성들을 함부로 수고스럽게 하지 않으며 몸소 근검절약을 실천해 보이고 있습니다. 그러하니 좋게 돌아서지 않을 풍속이 없고, 절약하지 못할 재물이 없는 것입니다. 무릇 일을 하는 당사자들이 풍습을 따르고, 금하는 법령을 지켜야 할 것입니다. 처음을 소홀히 하지 않고 그 뒤를 느슨하게 하지 말아야 할 것입니다. 그리한다면 정사가 제대로 다스려지고 풍속이 아름다워져 천하가 태평하게 되고 백성들의 즐거움이 더없이 커질 것입니다. 그렇게 된다면 어찌 강의[講議]가 필요하겠습니까? 굽어 살펴 폐하소서.

셋째, 염초법[鹽鈔法](염초는 송대에 시행되는 소금에 관한 전매[專賣] 허가증임)을 고쳐야 합니다.

염초라는 것은 나라의 과세 제도로 변방의 방비에 이바지합니다. 허나 지금에 이르러서는 옛 조상의 법을 따를 필요가 없습니다. 운중[雲中], 섬서[陝西], 산서[山西]의 변방 세 곳에 조서를 내려 양식과 말들의 건초[乾草]를 관아에 상납하고 전에 가진 염초를 동남의 회[淮], 절[浙]의 새로운 염초와 바꾸어야 합니다. 새것은 삼 할을 지불하고, 옛것은 칠 할을 지불케 해야 합니다. 오늘날 상인들은 할당된 생산량에 따라 염전에서 소금을 지급받고 있으나, 이도 다법[茶法]과 같이 관리들이 공평하게 일을 처리하여 세금을 받아내고 허락서를 내어주며, 기일을 제한하여 소금 산지에서 판매해야 합니다. 만약 기한을 넘긴다면 허가증을 몰수해야 합니다. 이와 별도로 새롭게 판매하려는 자는 모두 사염[私鹽]에 속해야 됩니다. 그러면 국가가 징수하는 세금도 날로 늘 것이고 변방의 저축도 부족하지 않게 될 것입니다.

넷째, 전법[錢法]에 관한 것을 제정해야 합니다.

돈은 국가의 혈맥과 같은 것으로 유통되어야지 한 군데 뭉쳐 있어서는 안 되는 것입니다. 막아놓고 유통시키지 않는다면 백성들이 어찌 변통할 수 있고 국가의 세금은 어디에서 걷을 수 있단 말입니까? 진[晉]나라 말엽에 아안전[鵝眼錢]이 등장한 이후 건국 초에 이르기까지 자질구레한 돈이 많이 생겨 심지어는 아연과 철을 주석에 섞어 만들기도 했습니다. 변방 사람들은 돈을 오랑캐들한테 팔아 그것으로 병기를 만드니 그 해가 적지 않습니다. 그러니 아예 통용을 금해야 합니다. 황제께서 새롭게 만드신 큰돈 '숭녕 대관통보[崇寧大觀通寶]'는 가히 하나로 열 몫을 다해 서민들에게 통용을 시켜도 물가는 오르지 않을 것입니다.

다섯째, 결조표적법[結糶俵糴法](곡식을 사고파는 법)을 실행해야 합니다.

엎드려 생각건대 국가에서 곡식을 파는 것은 진휼[賑恤]하기 위한 것입니다. 최근에 수해와 가뭄이 겹쳐 백성들이 굶주리게 되자 폐하께서 백성들을 구하려는 진휼 조서를 내리셨습니다. 근자에 호부시랑[戶部侍郞] 한려[韓侶]가 다시 칙명을 보내 경내에 소속된 주현[州縣]에 사창[私倉]을 짓고 결조표적법을 시행토록 했습니다. 보[保]에서는 당[黨]으로, 당에서는 리[里]로, 리에서는 향[鄕]으로 가는데 이를 결[結]이라 합니다. 매 향은 삼호[三戶]로 편성됩니다. 상상[上上], 중중[中中], 하하[下下]로 구분합니다. 상호자[上戶者]는 곡식을 납부하고, 중호자[中戶者]는 상호자의 반을, 하호자[下戶者]는 다시 그 절반을 냅니다. 곡식을 거두는 데 있어 그 수량을 헤아리는 것을 표적[俵糴]이라 합니다. 이렇게 하면 세금도 고루 거두어들이고 구제도 되며 백성을 편하게 해주는 법이 시행되는 것이니 황제께서는 함부로 소비하지 않는다는 어지심을 펼쳐 보이시는 것입니다. 수령들을 독려하여 실행케 한다면 그 이로움이 적지 않을 것입니다.

여섯째, 천하에 조서를 내려 면부전[免夫錢](일명 면역전[免役錢])을 납부하게 하십시오.

국초에 외적이 어지러워 평정되지 않았을 때 천하의 장정들을 서울로 불러모아 일을 시키며 국가의 세를 굳건하게 해왔습니다. 지금은 평화가 오랫동안 지속되어 백성들이 평안히 생업에 종사하고 있습니다. 그러니 마땅히 천하의 주현 등 고을에 조서를 내리시어 매년 면부전을 납부하게 하십시오. 한 사람당 돈 서른 관을 거두어 서울로 보내 변방을 지키는 경비로 쓴다면 이득이 두 가지나 되어 백성들의 힘이 다소나마 소생할 것입니다.

일곱째, 제거어전인강소[提擧御前人矼所]를 설치해야 합니다.

황제께서는 즉위한 이래 음악이나 여자를 가까이한 적이 없으셨습니다. 오직 꽃과 돌[花石]을 좋아했으나 이 모든 게 다 산과 숲에 있는 것들로 사람들이 버린 것입니다. 이는 모시는 사람들의 잘못으로, 신하들의 안일함이 성스러운 다스림에 해가 되었습니다. 폐하께서는 함부로 쓰는 것을 아끼려 하시니 청컨대 제거어전인강소를 설치하시기 바랍니다. 모든 지출을 궁정의 내부 창고에서 하시며 필요한 것은 관리를 보내시기만 하면 됩니다. 그러면 주나 군에서도 번거로움이 없어질 것입니다.

엎드려 폐하의 재가를 바라옵나이다.

성지[聖旨]

경의 말은 지금 시기의 어려움을 잘 해결할 수 있는 방법이기에 짐의 마음이 기쁘기 그지없고 또한 경의 충성스러움을 능히 알아볼 수 있었다.

모두 그대로 시행하고, 각 부에 알리도록 하라!

　내보가 문서를 베낀 후 숙소에서 기다리고 있자 적렴이 회답과 여비 닷 냥을 주니 하수와 함께 산동 청하현으로 떠날 채비를 했다.

　며칠이 지나 집에 도착해 보니 서문경은 집에서 안절부절못하고 있었다. 하제형도 매일 한 번씩 와서는 소식이 없는지 물어보았다. 내보와 하수가 도착했다는 소식을 듣고 급히 안채로 불러들였다. 내보가 서문경에게 서울에서 있었던 일을 자세히 전했다.

　"부중에 가서 적집사께 나리의 편지를 전해드렸어요. 보시고 나서는 이 일은 별일이 아니니, 나리께 안심하시라고 전해드리랍니다. 또 증어사의 임기가 다 되어 새로운 순안 어사가 내려온답니다. 게다가 증어사의 탄핵서도 아직 도착하지 않았답니다. 탄핵서가 올라오면 자기가 채태사 대감께 말씀드려 증어사의 탄핵서가 아무리 엄중하다 할지라도 해당 관서에 알리기만 하겠답니다. 채태사 대감께서는 병부의 여상서에게 편지를 보내 증어사의 탄핵서는 접수만 해놓고 윗전에 올리지 못하게 한답니다. 그러면 용빼는 재주가 있어도 힘을 쓸 수 없는 게지요."

서문경은 내보의 말을 듣고 비로소 안심하면서 말했다.

"그런데 증어사의 탄핵서가 어찌 도착하지 않았을까?"

"주야로 말을 타고 가서 닷새 만에 서울에 도착했기에 그들보다 먼저 닿은 것 같습니다. 저희가 돌아올 적에 공문서를 전달하는 파발마가 급히 달려가는 것을 보았는데 누런 보자기를 등허리에 매고 꿩털을 꽂고 깃발 두 개를 펄럭이며 가는 것이 순안 어사가 서울에 보내는 공문인 듯합니다."

"증어사의 탄핵서가 늦어졌으니 일이 잘 해결되겠지. 나는 너희들이 늦게 갈까봐 걱정했다."

"나리, 안심하세요. 별일 없을 겁니다. 저희는 일을 잘 처리했을 뿐만 아니라 좋은 소식을 가지고 왔습니다."

"무슨 일인데?"

"채태사 대감께서 새로운 일곱 가지 정책안을 건의하셨는데, 성지가 내려 바로 실행키로 했답니다. 채태사의 친척이신 호부시랑 한대감께서 공표하셨는데, 섬서 등 변방 세 곳에 소금에 관한 전매권을 내고, 정부에서 각 부·주·군·현에 양식 창고를 만들어서 나라에서 곡식을 사들인답니다. 돈이 있는 사람은 창고에 곡식을 바치고 대신 숫

자를 적은 쪽지를 받게 되는데 쪽지에 따라 소금표가 배당된다고 합니다. 이전의 쪽지라면 칠 할을 주고, 새로운 것이라면 삼 할을 주게 되지요. 예전에 교씨 사돈댁과 고양현의 세관에 삼만의 양식을 바쳤다는 쪽지가 있으니 소금을 수령할 수 있는 소금 배당표를 받을 수 있을 겁니다. 다행히 채장원이 순염 어사[巡鹽御使](소금업을 감사하러 다니는 어사)를 맡게 되어 순시를 하시니 더욱 잘되었잖아요."

서문경이 듣고,

"정말로 그런 일이 있느냐?"

라고 물으니 내보가,

"나리께서 믿지 못하실 것 같아서 공문을 베껴왔어요."

라며 보따리 안에서 꺼내 서문경에게 보여주었다. 서문경이 받아보니 온통 까만 글씨투성인지라 바깥채에 있는 진경제를 불러서 읽어보게 했다. 진경제도 모르는 글자가 꽤 많아서 중간쯤 읽다가 멈추곤 했다. 다시 서동을 불러 읽게 하니 서동은 원래가 서생 출신인지라 흐르는 물처럼 막힘이 없이 줄줄 읽어내려 갔다. 과연 공문에 일곱 가지 안건이 다 언급되어 있었다. 다 듣고 난 서문경은 여간 기뻐하는 게 아니었다. 또 적집사의 편지를 읽어보고 예물이 제대로 전달되었고, 채장원이 양회[兩淮] 순염 어사로 임명이 되었음을 알고서는 흐뭇했다. 하수를 집으로 돌려보내면서 하제형께 상세히 말씀드리게 했다. 그러고는 수고를 한 내보에게 은자 닷 냥과 술 두 병, 고기한 덩이를 상으로 주고 집에 돌아가 쉬게 했다.

나무가 크면 바람을 부르고 바람은 나무를 훼손하니, 사람이 이름을 날리면 상처를 입게 되는 법.

시가 있어 이를 밝히나니,

득실과 흥망은 운명이니
모두 타고난 팔자에 실려 있다네.
가슴속에 품은 뜻을 펼치려 하나
주머니에 돈이 없으면 재주를 논하지 말라.
得失榮枯命里該 皆因年月日時裁
胸中有志終須到 囊內無財莫論才

# 중국 땅에 미륵 화상이 찾아오다

서문경은 송순안을 초청하고,
영복사 송별 잔치에서 호승(胡僧)을 만나다

마음을 툭 터놓고 사는 세월이 얼마나 될 것인가
사람의 삶과 죽음은 모두 눈앞에 있다네.
높고 낮은 벼슬도 운명이고
장수하건 단명하건 원망치 말라.
있든 없든 탄식치 말지니
가난이나 부유함도 모두 하늘이 정한 것.
평생 입고 먹는 것과 봉록도 다 팔자이니
하루를 한가히 보낸다면 그날은 신선이라네.
寬性寬懷過幾年 人死人生在眼前
隨高隨下隨緣過 或長或短莫埋怨
自有自無休嘆息 家貧家富總由天
平生衣祿隨緣度 一日淸閑一日仙

하수는 집에 돌아와 말을 전하고 하제형은 바로 서문경에게 달려
와 고맙다고 하면서,
"장관은 소생의 목숨을 살려주신 은인이십니다. 장관께서 든든한

뒷배경이 없었다면, 어찌 이번 일을 무사히 넘길 수 있겠습니까?"
하니 서문경은 웃으며,

"안심하십시오. 우린 잘못한 게 없으니 마음대로 떠들게 내버려둡
시다. 채태사 대감께서 알아서 잘 처리해주실 겁니다."

그러고는 대청에서 식사를 하며 저녁 늦게까지 담소를 나누다가
집으로 돌아갔다. 다음 날 예전과 다름없이 관아에 등청하여 일을 보
았다.

한편 순안 어사 증효서는 서문경과 하제형이 중간에서 뇌물을 써
서 자기의 상소문이 조정에 제대로 올라가지 못한 걸 알고 크게 분노
했다. 게다가 채태사가 상주한 일곱 가지 안건이 사실 태반이 이치에
맞지 않으며, 모두 아랫사람들이 손해를 보고 윗사람들이 이익을 보
는 것이라고 생각했다. 그래서 즉시 상경하여 조정에 복명[覆命]하
여 상주문을 올렸다.

> 천하의 재물은 모름지기 유통되어야 합니다. 백성의 피와 땀을 취
> 해 서울로 모이게 하는 것은 실로 태평시대의 정치가 아닙니다. 민
> 간에서 결조표적의 법을 실행하는 것은 옳지 않습니다. 또 열 냥에
> 해당하는 큰돈을 쓰는 것도 옳지 않으며, 염초법도 자주 변경해서
> 는 아니되옵니다. 신은 백성이 이미 도탄의 지경에 이르렀다고 듣
> 고 있사온데, 누구와 함께 나라를 지키겠습니까?

이에 채경은 대경하여 자신도 다시 휘종 황제에게 증어사가 쓸데
없는 말을 함부로 퍼트려 나리의 일을 방해하고 있다고 상주했다. 그
리하여 증어사를 이부에 회부하여 감찰한 후에 섬서 경주[慶州]의

지주[知州]로 좌천시켜버렸다. 당시 섬서 순안 어사인 송반[宋盤]은 바로 학사[學士] 채유[蔡攸]의 처형이었다. 이에 채태사는 몰래 송반으로 하여금 증효서의 사사로운 문제를 탄핵케 하고 또 증효서의 하인을 체포해 없는 사실을 날조해 기어이 효서의 벼슬을 떼어버리고 영남으로 추방해 그 원한을 갚았다. 이것은 나중의 일이니 여기서 거론하지 않겠다.

한편 서문경은 한도국과 교대호의 친조카인 최본[崔本]을 시켜 창고의 곡식 인수증을 가지고 고양[高陽] 세관의 이부[吏部]에 있는 한 영감한테 빨리 가서 등록하라고 시켰다. 그러고는 내보에게 집에 남아서 음식을 사들여 큰 잔치를 준비하고, 채어사가 언제쯤 항구에 도착할지 소식을 알아보게 했다. 그러던 어느 날 내보는 채어사가 이번에 새로 순안 어사로 임명된 송교년[宋喬年] 어사와 함께 배를 타고 서울을 떠나 동창부[東昌府]에 와 있다고 사람을 시켜 먼저 전갈을 했다. 이에 서문경은 바로 하제형과 함께 영접을 나갔다. 부, 주, 현의 장관들과 각 관원들이 모두 영접에 나서니 사람과 말이 길을 꽉 메웠다. 내보는 동창부의 항구에서 배에 올라 먼저 채어사를 뵙고 선물과 서문경의 명함을 바쳤다. 그런 후에 서문경과 하제형이 교외 오십 리쯤 되는 곳에서 영접했다. 신하구의 백가촌[百家村]에 배가 도착하니 먼저 채어사의 배에 올라 인사를 하고는 송어사도 함께 초대했다. 이에 채어사는,

"잘 알겠습니다, 송어사와 함께 가지요."
했다. 그런 후에 동평의 호지부 및 주, 현의 각급 관리들과 승려, 도사에 이르기까지 모든 사람이 공동으로 이름을 적어 올리고 영접했다.

주수비, 형도감, 장단련은 갑옷 차림으로 말을 타고 호위하며 앞뒤의 길을 모두 비키게 하니 개와 닭들도 모두 자취를 감추었고, 북과 징을 치며 송어사가 동평부의 관아로 들어섰다. 각처의 관원들을 만나 본 뒤에 문서들을 접수하고 그곳에서 하룻밤을 편히 지냈다. 다음 날 아침 문지기가 들어와,

"순염의 채어사께서 오셨습니다."

하고 전하자, 송어사는 즉시 문서를 걷어치우라 이르고는 급히 옷을 차려입고 밖으로 나가 영접했다. 둘은 서로 인사를 나눈 뒤 자리에 앉았다. 잠시 뒤 차를 내와 마시면서 송어사가 물었다.

"연형[年兄](향시[鄕試]나 회시[會試] 등의 과거에 같이 급제한 사람들끼리의 경칭[敬稱])께서는 언제쯤 임지로 떠나시렵니까?"

이에 채어사는,

"하루 이틀 있다가 가려 합니다."

히고는 다시,

"청하현에 아는 사람이 있습니다. 서문천호라는 사람인데, 이곳의 거부[巨富]입니다. 사람됨이 깨끗하고 진중하며, 돈이 있으나 예를 아는 사람입니다. 또 채태사의 문하인으로 저와는 안면이 있습니다. 일부러 먼 곳까지 마중도 나와주었고 해서 온 김에 찾아가 인사나 할까 합니다."

라고 말했다. 송어사가 다시 물었다.

"어느 서문천호인지요?"

"이곳 제형소의 천호입니다. 아마 어제 연형께 인사했을 텐데…"

이에 송어사는 어제 손님들이 가져온 방명록을 살펴보니 과연 서문경과 하제형의 이름이 있었다. 그것을 보고 말했다.

"혹시 적운봉과 친척 되는 분이 아닙니까?"

"예, 맞습니다. 지금 밖에서 기다리고 있는데 저에게 연형을 자기 집으로 모셔 식사를 대접했으면 좋겠다고 간청하고 있습니다. 연형께서는 의향이 어떠하신지요?"

"저는 이곳이 처음이라, 가지 않는 것이 좋을 듯합니다."

"무엇을 꺼리세요? 적운봉의 얼굴도 있고 하니 함께 가는 게 뭐 어떻겠어요?"

그러고는 가마를 준비시켜 함께 길을 떠나면서 한편으로 이 소식을 밖으로 전했다. 서문경은 소식을 듣고서 내보, 분사와 함께 말을 달려 먼저 집에 돌아와 술좌석을 준비했다. 대문에 환영 아치를 만들어 건 뒤 악사와 광대들을 불러 주악을 연주케 하고 「해염희[海鹽戲]」(명대 중엽 절강성 해염에서 시작된 연극)도 공연하기로 했다. 송어사는 시중드는 사람과 말이 있었으나 단지 몇몇 사람들만 대동하고 채어사와 큰 가마 두 채를 타고 양산을 받치고 서문경의 집으로 떠났다. 송어사가 서문경 집에 온다는 소식은 동평부뿐만 아니라 청하현의 온 고을을 진동시키는 사건으로 순안 어사까지도 서문대인을 알아주어 그 집에 술을 마시러 온다고 고을 사람들은 숙덕거렸다. 급히 소식을 들은 주수비, 형도감, 장단련도 사람과 말들을 이끌고 각 거리를 오가며 경호했다. 서문경은 푸른 옷에 관을 쓰고 허리띠를 두르고 멀리까지 나와 영접했는데 양편에서는 악사들이 주악을 울렸다. 대문에 이르러 가마에서 내려 안으로 들어왔다. 송어사와 채어사는 모두 붉은 어사 복장인 해치[獬豸]를 입고, 사모관대에 검은 신, 붉은 허리띠를 두르고 시종들이 큰 양산을 들고 뒤따랐다. 다섯 칸짜리 대청 위에는 발을 드리우고 비단 병풍을 둘러놓았다. 중앙에 놓인 두 개의 식탁 위에는 먹음직스러운 과일을 십분 정갈하게 차려놓았다.

두 어사는 서로 먼저 들어가라고 사양하면서 대청에 들어서서는 서문경과 인사를 나누었다. 채어사는 하인을 시켜 예물을 가져오게 했는데, 호주[湖州]산 비단 두 필, 문집[文集] 한 부, 차 네 봉지, 단계석[端溪石]으로 만든 벼루 하나였다. 송어사는 단지 '시생송교년배[侍生宋喬年拜]'라고 쓰인 붉은 명함 하나를 건네주었다. 그러면서 서문경에게 말하기를,

"오래전부터 존함은 익히 들었습니다. 이곳이 처음이라 아직 이곳 사정도 잘 모르고 해서 마땅히 폐를 끼치지 말아야 하나 채어사의 간곡한 청을 뿌리치지 못하고 이렇게 찾아뵈었습니다."

하니, 이에 당황한 서문경은 급히 몸을 굽혀 절을 하며,

"저는 일개 무관 말직으로 어사의 휘하에 있는 사람입니다. 오늘 이렇게 미천한 곳을 찾아주시니 실로 평생의 영광이옵니다."

그리면서 다시 허리를 굽혀 공손하게 인사를 올리자 송어사도 답례를 했다.

채어사는 송어사를 왼편에 앉게 하고, 자기는 오른편에 앉았다. 서문경은 단지 고개를 숙이고 그 옆에 서 있었다. 차와 국이 나오니, 섬돌 밑에서 주악이 울려퍼지기 시작했다. 서문경은 술잔이 돌기 시작하자 주방에 명해 갖은 음식을 내오게 하니 실로 안주는 산해진미요, 국은 개천을 이루는 듯하고, 술은 금잔에 넘쳐흘렀다. 정말로 음악소리 드높고, 음식은 사치스럽고 맛있는 것들이었다.

서문경은 두 사람을 따라온 시종이 많다는 것을 알고 계단 아래 가마를 메고 온 사람들에게 술 쉰 동이와 과자 오백 근, 삶은 고기 백 근을 내려주었다. 그 밖의 사람들에게는 따로 사랑채에서 먹고 쉬게

했다. 그날 서문경이 술좌석에 쓴 돈은 은자로 거의 천 냥이 되는 액수였다.

송어사는 강서 남창[南昌] 사람으로 성질이 매우 급해 오래 앉아 있지 못하고 연극 한 막이 끝나자 바로 자리에서 일어났다. 당황한 서문경이 재차 만류했다. 채어사도 곁에서,

"연형, 별일 없으시면 좀 더 앉았다 가시지요. 어찌 그리 바삐 돌아가시려 합니까?"

하니 이에 송어사가 말했다.

"연형께서는 좀 더 앉아 계시지요. 저는 찰원에 돌아가 처리해야 할 일이 조금 있습니다."

서문경은 급히 하인들에게 명을 내려 탁자 위에 있던 음식을 금은 식기와 함께 잘 싸게 하니 상자가 스무 개나 되었다. 서문경은 하인을 시켜 이를 동평부 찰원까지 잘 가지고 가게 했다. 송어사의 음식 탁자 위에는 술 두 동이와 양 두 마리, 금비녀 한 쌍, 붉은 비단 두 필, 금 쟁반 하나, 은 주전자 두 개, 은 술잔 열 개, 은식기 두 개, 상아젓가락 한 쌍도 있었다. 채어사에게도 모든 예물 목록을 적어주었다. 송어사는 재차 사양하면서,

"제가 어찌 그것을 받을 수 있겠습니까?"

하면서 채어사를 보았다. 채어사는,

"연형께서는 이 고장을 다스리는 어사이시니 받으셔도 괜찮지만, 저야말로 어찌 받을 수가 있겠습니까?"

하자 서문경이 말했다.

"보잘것없는 것으로 약간의 술일 뿐인데 어찌 그리 사양하십니까?"

서로 사양하는 사이에 이미 물건은 밖으로 내보내졌다.

송어사는 어쩌지 못하고 하인들에게 예물 목록첩을 받아두라고 명하고, 서문경을 향해 감사를 표하면서,

"오늘 이렇게 처음 찾아뵙고 융성한 대접에 또 푸짐한 선물까지 받으니 죄송하기 그지없습니다. 이 고마움 잊지 않고 갚겠습니다!"

그러면서 채어사를 향해,

"연형은 더 앉아 계시지요. 저는 먼저 일어나겠습니다."

하고서 몸을 일으켰다. 서문경이 더 멀리까지 배웅하려고 했으나 송어사는 급히 만류하며 가마를 타고 갔다. 서문경은 안으로 들어와 채어사와 함께 옷과 띠를 풀어 편히 하고 다시 사랑채로 자리를 옮겼다. 그리고 악공들은 모두 돌려보내고 광대들만 남게 했다. 서문경이 좌우에 명해 술상을 다시 차리니 산해진미에 진귀한 과일을 안주로 두 사람은 다시 술을 마셨다. 채어사가 말하기를,

"오늘 송년형을 따라와서 공연히 폐만 끼치는군요. 게다가 그런 좋은 물건까지 받으니 정말 감당키 힘들군요!"

하니, 이에 서문경은 웃으며,

"보잘것없는 물건으로, 단지 성의 표시일 뿐입니다."

그러면서,

"송어사의 존호[尊號]는 어떻게 되는지요?"

하고 묻자 채어사는,

"송원[松原]이라 합니다."

그러면서 다시,

"처음에는 안 오려 했어요. 그래서 제가 사천의 됨됨이를 말하고 또 채대감과도 잘 안다고 하자 겨우 왔어요. 송어사도 댁과 적운봉이

친척간이라는 것을 알고 있던데요."

하니 이에 서문경은,

"아마도 적사돈께서 귀띔하셨을 겁니다. 제가 보기에 송어사 사람됨이 꽤 깐깐할 것 같던데요."

하자 채어사는,

"송어사가 비록 강서 사람이긴 해도 그리 까다롭지는 않아요. 처음이라 조금 서먹서먹해서 그래요!"

하고는 활짝 웃었다. 서문경은 바로 말했다.

"오늘은 날도 이미 늦었으니, 여기서 쉬시지요."

"내일 아침 일찍 배를 타고 먼길을 떠나야 합니다."

"누추하지만 오늘 밤 이곳에서 머무시면 내일 아침 일찍 장정[長亭](교외에 설치된 휴게소)에서 송별연을 열어드리겠습니다."

이에 채어사는,

"그렇게 말씀하시니, 그럼 하룻밤 신세를 질까요?"

그러면서 하인들에게 분부했다.

"너희들은 모두 돌아갔다가 내일 나를 맞이하러 오너라!"

시중들 하인 둘만 남고 나머지는 모두 돌아갔다. 서문경은 채어사의 수하들이 모두 물러가자 술자리에서 잠시 나와 대안을 불러 귀에 대고 살며시 말했다.

"기원에 가서 동교아와 한금천을 불러오너라. 뒷문을 통해 가마를 타고 들어오게 하고, 절대로 다른 사람들이 알지 못하게 하거라."

이에 대안은 대답하고 물러났다. 서문경은 다시 술자리로 돌아와 채어사와 함께 술을 마셨다. 해염희를 하는 광대들이 곁에서 노래를 불렀다. 서문경이 물었다.

"어사께서는 집에 가셨다가 얼마 만에 오셨습니까? 노마나님께서도 건강하신지요?"

"모친께서는 건강하십니다. 집에서 반년 정도 있다가 조정에 들어가 보니 뜻밖에도 조화[曹禾]에게 탄핵을 받아 소생과 같이 사관에 있던 열네 명이 동시에 지방으로 쫓겨나게 된 것입니다. 그리해서 소생은 어사로 선임되어 새롭게 양회[兩淮]의 소금을 관찰하는 일을 맡게 되었습니다. 그리고 송어사는 귀 지방의 순안 어사로 임명된 것인데, 그 역시 채태사의 문하생입니다."

"안대인은 어디에 있습니까?"

"안봉산[安鳳山]은 지금 공부주사[工部主事]로 승진해 황궁에서 쓸 목재를 가지러 형주 땅으로 갔습니다. 곧 올 때가 되었습니다."

말을 마치자 서문경은 해염극을 하는 사람들을 위로 올라오게 해 술을 주었다. 채어사가,

"「어가오[漁家傲]」라는 것을 좀 불러다오."

하자 광대들은 손뼉을 치며 곁에서 노래를 불렀다.

이별 후에 소식 없어
아픔이 없는 이 병은 더욱 치료하기 어렵네.
처량하게 여관에 있으니 누가 그 마음 알아주랴
소식 전해주는 물고기도 기러기도 보이지 않누나.
삼산[三山]*의 미인은 어느 곳에 있는가
자나 깨나 그대만을 생각하니
이 마음 누구를 위한 것인지.

---

* 전설상 신선이 살고 있다는 봉래[蓬萊]·방장[方丈]·영주[瀛州] 세 산

애간장 태우며 야위어가니
마치 바람 속 버드나무 가지인 듯
언제나 다시 그대와 만날 수 있을는지!
別後杳無書 不疼不痛病難除
恨淒淒 旅館有誰相知
魚沉不見雁傳書 三山美人知何處
眠思夢想 此情爲誰
懕懕憔瘦 一似風中柳絮
知他幾時再得重相會

〈조라포[皂羅袍]〉
국화꽃이 사방에 처음으로 피었는데
어이 도연명은 돌아오지 않는 걸까.
눈이 빠지게 기다리는데
님은 어찌 행방조차 알리지 않나.
그대와 이별한 뒤에
그리는 마음 고질병이 되었네.
혼미함이 마치도 술에 취한 듯
눈물이 줄줄 흐르네.
언제나 그대와 다시 만날 수 있을는지.
滿目黃花初綻 怪淵明怎不回還
交人盼得眼睛穿 冤家怎不行方便
從伊別後 相思病纏
昏昏如醉 汪汪淚漣

知他幾時再得重相見


내 사랑하는 님은 복사꽃 같은 얼굴에

죽순같이 나긋한 열 손가락

내 사랑하는 님은

봄 산에 어렴풋이 피어오르는 버드나무 같은 눈썹에

내 사랑하는 님은

맑고 잔잔한 가을 파도가 이는 듯한 잔잔한 눈

검은 머리를 틀어올리고

비취색 비녀로 장식하고

아름다운 눈썹에

붉은 연지 바른 얼굴

그대를 생각하니 애간장이 녹아내리는 듯하네.

我愛他桃花爲面 箏生成十指纖纖

我愛他春山淡淡柳拖煙

我愛他淸俊一雙秋波眼

烏鴉堆鬢 靑絲翠綰

玳鉤月釣 丹霞襯臉 交人想得肝腸斷


변방에서 북소리 둥둥 울리고

누대 위까지 화각[畵角] 소리 들려오네.

침상을 밀치고 베개를 고쳐 베기를 수천 번

긴 한숨을 수없이 내네.

머리는 어지럽고

두서없이 말하네.
끼니도 잊고 자는 것도 잊고
오직 소맷자락에 눈물만 흘리네.
종일토록 혼미하여 흐리멍덩하기만 하네.

戍鼓鼕鼕初轉 聽樓頭麗角聲殘

捶床搗枕數千番

長吁短嘆千遍 精神撩亂 語言倒顚

忘餐廢寢 和衣淚漣 終朝懜憧昏沉倦


내 그대를 하루 종일 생각하건만
어디에서 즐겁게 놀고 있나요?
홀연히 생각이 나니 더욱 그립네
한 번 생각날 때마다 원망도 이네.
은혜는 바다만큼 깊고
정은 산과 같이 무겁다네.
아름다운 시절도 우연이 아니고 이별이야말로 가장 어렵다 했던가
그러기에 속담에도 '연뿌리는 끊어져도 실은 끊어지지 않는다'*고
했구려.

我爲你終朝思念 在那里耍笑貪歡

忽然想起意懸 一番題起一番怨

恩深如海 情重似山

佳期非偶 離別最難

常言道 藕斷絲不斷

---

\* 사람과는 비록 이별했으나 정은 아직 끊어지지 않았음을 비유

이렇게 한참 노래를 부르고 있을 적에 대안이 들어와 서문경에게 말했다.

"동교아와 한금천을 뒷문으로 데리고 왔는데, 지금 큰마님 방에서 기다리고 있어요."

"남들이 눈치 채지 않게 가마를 한옆으로 치워놓거라."

"이미 치워놨습니다."

서문경이 안방으로 건너오니 두 기녀가 앞으로 나와 절을 올렸다. 서문경이,

"오늘 너희 둘을 부른 것은 저녁에 정원 별당에서 채어사를 모시기 위함이다. 지금 그분은 순안 어사이시니 모시는 데 있어 조금이라도 소홀함이 있어서는 안 된다. 각별히 명심하여 잘 모시면 내 따로 너희들에게 후한 상을 내리마."

하니, 이에 한금천이 웃으며 답했다.

"말씀 안 하셔도 잘 알아서 모실게요."

"그분은 남쪽이 고향인지라 남색[男色]을 좋아하시지. 그렇다고 공연히 배배 꼬지 마라."

하니 동교아도 말했다.

"마님께서도 듣고 계신데, 나리께서는 남쪽 담 모퉁이에 있는 파 뿌리가 갈수록 점점 매워진다고 하잖아요. 나리께서 그러신 것 같아요. 남색을 좋아하는 그런 사람까지도 비위를 맞춰야 하니, 이제 이 짓거리 못 해먹겠어요."

이에 서문경은 웃으며 앞채로 걸어나왔다. 중문쯤 나왔을 적에 내보와 진경제가 문서를 들고 와 서문경에게 보여주었다. 그러면서 말하기를,

"방금 교씨 사돈 영감님이, 채어사께서 한가로울 적에 말씀을 드려달랍니다. 내일이면 어사께서 떠나시니 바쁘실 거라면서요."

하자 서문경은,

"그럼 진사위에게 자네들 이름을 적게 하고 내보는 나를 따라오너라."

했다. 이에 내보는 서문경을 따라 들어와 대청 밖에 무릎을 꿇고 대령했다. 술을 마시던 서문경이 말했다.

"실은 한 가지 일이 있는데, 감히 번거로울까 봐서…."

"무슨 일이 있으면 말씀을 하세요. 할 수 있는 일이라면 무엇이든 도와드리겠습니다."

"작년에 제 친척 되는 사람이 변방에서 곡물을 상납하고 소금 교환표를 받았는데, 마침 어사께서 관할하시는 양주에서 소금을 지급받기로 되어 있습니다. 바라옵건대 그곳에 부임하시어 좀 생각을 해두었다가 조금 일찍 수령할 수 있게 해주신다면, 두터운 은혜로 알겠습니다."

그러면서 서문경은 문서를 올려 바쳤다. 채어사 받아보니 위에 쓰여 있기를,

상인 내보, 최본은 소금 삼만 인[三萬引]을 수령받을 자들이니, 조속히 수령할 수 있게 선처를 바랍니다.

이를 보고 채어사는 웃으며 말했다.

"이게 무슨 어려운 일이라고?"

이에 서문경은 꿇어앉아 있던 내보를 가까이 불러,

"어서 와서 채어사님께 절을 올리거라."

하고 분부했다. 채어사는,

"내가 양주에 가면, 곧바로 찰원으로 찾아오거라. 그러면 다른 상
인보다 한 달 정도 빨리 소금을 수령할 수 있게 해주겠다."

하니 이를 듣고 서문경이 말했다.

"열흘만 빨리 내주셔도 됩니다."

채어사가 문서를 접어 소맷자락에 집어넣자, 서동이 곁에서 술을
따라 올렸다. 배우들이 또 「하산호[下山戶]」라는 노래를 불렀다.

중추절이 가까워지니
점차 마음이 심란해지누나.
창문을 통해 달빛이 비추나
님이 돌아오는 것은 보이지 않네.
뚝딱뚝딱 다듬이 소리 귓가에 맴돌고
외로운 기러기 북에서 남쪽으로 돌아가니
어찌 님 그리는 마음이 더 괴롭지 않겠는가?
그리고 사무치는 마음으로 세월을 보내누나.
황혼 후에 촛물도 다하고
은 등잔 촛불 심지도 다하면 비로소 잠이 드네.
中秋將至 漸覺心酸
只見穿窗月 不見故人還
聽叮噹砧聲滿耳 嘹嚦嚦北雁南還
怎不交人心中慘然
料想相思 斷送少年

黃昏後 更漏殘 把銀燈剔盡方眠

처음에는 손을 마주 잡고
달빛 아래 어깨를 나란히 하고
산과 바다에 맹세하며
하늘에 대고 기도했지.
만약 누가 이 언약을 어긴다면
일찌감치 구천으로 보내달라
그런데 어이해 소식 하나 없고
나로 하여금 공연히 동전 점이나 보게 하고
잠자는 것도 먹는 것도 다 잊었는데 누가 불쌍히 여겨줄거나?
황혼 후에 촛물도 다하고
은 등잔 촛불 심지도 다하면 비로소 잠이 드네.
當初攜手 月下幷肩
說下山盟海誓 對天禱言
若有個負意忘恩 早歸九泉
一向如何音信遠
空敎我卜金錢 廢寢忘餐有誰見憐
黃昏後 更漏殘 把銀燈剔盡方眠

〈마지막 가락[尾聲]〉
하늘이시여 만약에 할 수만 있다면
조속히 사랑하는 님을 베개맡에 보내주어
서생이 홀로 잠들지 않게 해주소서.

蒼天若肯行方便

早遣情人到枕邊

免使書生獨目眠


노래가 끝나니 어느덧 등불을 밝힐 때가 되었다. 채어사는,

"하루 종일 폐만 끼치고… 술도 그만 마실까 합니다."

라며 자리에서 일어나 좌우 하인들에게 등불을 켜려고 했다. 서문경은 하인들에게 잠시 등불을 켜지 말라고 명한 뒤 채어사에게 말하기를,

"안채로 드셔서 옷을 갈아입으시지요."

하며 화원을 구경시키고 비취헌으로 안내했다. 그곳에는 주렴이 드리워져 있고, 은 촛대로 은은히 불을 밝히고, 새롭게 술상이 준비되어 있었다. 서문경이 해염극을 공연하던 배우들에게 술과 음식을 잘 차리라고 분부한 뒤 따로 은자 두 냥을 상으로 주어 보낸 것이다. 서동은 별채 식기들을 잘 거두고 쪽문을 걸어 잠갔다.

이윽고 채어사가 비취헌에 오르니 기녀 둘이 화장을 곱게 하고 계단 아래에 서 있다가 날아갈 듯이 허리를 굽혀 인사를 하니, 그 모습이 이랬다.


아름다운 얼굴에 금실로 화려하게 장식한 옷

먼지 하나 내지 않고 계단 아래 서 있네.

때가 되어 치마 끝이 젖을 때면

마치 무산[巫山]*에서 비를 맞고 돌아가는 듯하네.

---

* 양왕[襄王]과 무녀[巫女]가 무산에서 만났다는 전설

綽約容顏金縷衣 香塵不動下階墀
時來水濺羅裙濕 好似巫山行雨歸

　채어사가 보고는 나아가지도 물러서지도 못하며 어찌할 줄 몰라
했다. 그러면서,
　"사천, 어찌 이리 환대를 하십니까. 도무지 몸 둘 바를 모르겠군
요!"
하니 서문경은 웃으며 말했다.
　"전에 동산에서 놀던 때와 무엇이 다르겠습니까?"
　"저는 안석[安石](동진[東晉] 시대의 정치가 사안[謝安]) 같은 재주도
없는데, 형씨는 왕우군[王右君](진[晉]나라의 유명한 서예가 왕희지[王
羲之]. 동진 목제[穆帝] 9년(353년) 삼월 사흗날, 왕희지·사안·지둔 등 몇
사람이 회계산에 있는 난정에 모여 즐겁게 연회를 가진 일이 있음)의 높은
풍치를 지니고 계시군요."
　그러면서 달빛 아래 두 기녀의 손을 잡으니 황홀하기가 유신[劉
晨]과 완조[阮肇](한[漢] 명제[明帝] 때 두 사람이 천태산으로 약을 캐러
갔다가 선녀를 만나 반년쯤 놀다 와 보니 인간세상은 이미 백 년이 흘러갔
다는 이야기)에 비할 바가 아니었다. 그래 바로 비취헌 안으로 들어가
니 문방사우가 전날 그 모습대로 놓여 있었다. 이에 시정[詩情]이 일
어 붓을 들어 한 수 쓰려 하자, 서문경이 즉시 서동에게 명해 단계[端
溪] 벼루를 가져와 먹을 진하게 갈게 하고 비단 천을 펼쳐놓았다. 채
어사는 장원 출신인지라 붓을 손에 들어 점 하나도 더 보태지 않고
쓰는데 그 글씨가 마치 용과 뱀이 기어가는 듯했다. 등불 아래에서
일필휘지로 시 한 수를 지었다.

그대의 집에 들른 지 반년이 되었건만
별채 안 문물은 예전과 변함이 없네.
비가 지나가니 서동은 화원 뜰을 열고
바람이 휘도니 미인은 화단을 거니네.
마시면 취하는 곳인데 술잔이 어찌 급한가
시를 짓고 나니 시간은 더욱 깊어만 가네.
이번에 떠나면 새로운 원망만 생길 터
모르겠네, 언제 다시 찾아올 수 있을는지.

不到君家半載餘 軒中文物尙依稀

雨過書童開藥圃 風回仙子步花臺

飮將醉處鍾何急 詩到成時漏更催

此去又添新帳望 不知何日是重來


　다 쓰고 나서 서동에게 벽 위에 붙여 기념으로 삼게 했다. 그러면서 기녀들에게 물었다.
　"그래, 이름이 무엇이지?"
　"소인의 성은 동[董]이옵고 이름은 교아[嬌兒]라 하옵고, 저 애는 한금천이라 하옵니다."
　채어사는 다시 물어보았다.
　"두 사람은 호가 있느냐?"
　동교아가,
　"소인들은 무명 기생들인데 어찌 그런 호가 있겠습니까?"
하니 채어사는,
　"너무 겸손하구나."

라며 두세 차례 더 묻자 한금천이 곁에서,

"저의 호는 옥경[玉卿]이옵니다."

했고 동교아도 말했다.

"저의 미천한 호는 미선[薇仙]이라 하옵니다."

채어사는 '미선'이라는 두 글자를 듣고는 속으로 대단히 기뻐하며 마음 깊이 잘 새겨두려고 했다. 그러고 나서 금동에게 바둑판을 가져오게 해 동교아와 바둑을 두었다. 서문경은 곁에서 구경했고 한금천은 금잔에 술을 따라 올렸다. 서동이 손뼉을 치며「아름다운 연꽃[玉芙蓉]」을 불렀다.


동풍에 버드나무 가지 날리고
섬돌 아래 난초의 새싹이 돋네
이 봄 풍경의 아름다움을 말로써 묘사키 어렵구나.
담장 안 아리따운 여인의 웃음소리
뛰던 그네 멈추고 향기로운 땀을 훔치네.
향기를 찾아서라면 먼길도 사양치 않으리
주막 깃발이 살구밭 사이로 보이누나.
東風柳絮飄 玉砌蘭芽小
這春光艶冶 巧鬪難描
牆頭紅粉佳人笑 蹴罷鞦韆香汗消
尋芳興 不辭路遙
我只見酒旗搖曳杏花稍


노래를 마칠 즈음 채어사가 바둑에서 이기니, 이에 동교아는 벌주를 한 잔 마시고 채어사에게 한 잔을 따라 권했다. 한금천도 잔에 술을 따라 서문경에게 건네주고는 같이 한 잔을 마셨다. 서동이 다시 노래를 불렀다.

바람이 불어 파초 잎이 너풀대고
비 내려 연꽃 위에 옥구슬이 어지럽네.
틀어올린 여인의 머리는 마치 매미처럼
어여쁜 얼굴을 부채로 가리고
소매를 가볍게 소만[小蠻]*처럼 흔드누나.
눈웃음치는 얼굴이지만
두 사람 사이의 정을 잇기는 정말로 어렵구나.
사람의 마음 쓸쓸하고 적막하니 눈물만 하염없이 흐르누나.
風吹蕉尾翻 雨灑荷珠亂
見佳人盤鬢如蟬
湘紈半掩芙蓉面 彩袖輕飄賽小蠻
秋波臉 兩情牽好難
引的人意遲寂寞淚闌干

술을 한 잔씩 마시고 둘은 다시 바둑을 두었다. 이번에는 동교아가 이기자 바로 술을 따라서 채어사에게 한 잔 권했다. 서문경도 곁에서 같이 한 잔 마시고 서동은 또다시 노래를 불렀다.

국화가 사방에 피었으나

---

* 당[唐]나라 때 백거이가 데리고 있던 시녀로 춤을 잘 췄다고 함

다른 꽃은 모두 시들었네.
작은 귀뚜라미만 빈 섬돌 아래에서 우는구나.
견우는 밤마다 기다리고 있건만
직녀는 어이 오지를 않나.
생각에 지쳐 있는데 꿈속에서 만나면 어찌할거나
그대 그리워 눈물 흘리며 봉황을 수놓은 신을 기억한다네.
黃花遍地開 百草皆凋敗
小蛩吟唧唧空階 牛郎夜夜依然在
織女緣何不見來 了懨懨害 糊突夢怎猜
我爲他淚滴濕 表記鳳頭鞋

　　노래를 마치자 채어사가,
　"사천, 밤도 깊었고 술도 이제 더 못 마시겠군요."
하며 밖으로 나와 꽃밭 속에 서 있었다. 때는 바야흐로 사월 중순경
인지라 달이 막 떠오르고 있었다. 서문경이,
　"어사님, 아직 좀 이르잖아요. 게다가 한금천에게는 아직 한 잔도
안 주셨어요."
하니 채어사가 말했다.
　"그렇군, 불러주세요. 이 꽃밭에 서서 한 잔 마셔야겠어요."
　이에 한금천은 금으로 만든 복숭아 모양의 큰 잔에 한 잔 가득 따
라 섬섬옥수로 바치고, 동교아는 곁에서 과일 안주를 들고 서 있었
다. 서동이 손뼉을 치며 네 번째 노래를 불렀다.

　　배꽃이 흩어져 날리건만

벌은 보이지 않네.

작은 창 앞 마른 가지 위에 까치가 앉아 있네.

눈 내리는 가운데 근심스레 매화를 찾으나

홀연히 동 바라가 시간이 깊었음을 알리네.

마음이 아픈 것은

이별하고 혼자 생각하기 때문.

나 그대에게 편지를 쓰지만

붓끝에 담을 수가 없구나!

梨花散亂飛 不見游蜂翅

小窗前鵲踏枯枝

愁聞冒雪尋梅至 忽聽銅壺更漏遲

傷心事 把離情自思

我爲他寫情書 閣不住筆尖兒

채어사는 쭉 들이켠 뒤 한 잔을 따라 한금천에게 건네주었다. 그러고 나서,

"사천, 오늘 술을 너무 마신 것 같아요. 그만 마셔야겠어요."

하며 서문경의 손을 잡고 다시 말한다.

"선생께서 베풀어주신 두터운 정과 덕망은 영원히 기억하겠습니다. 선비끼리의 골육 같은 만남이 아니라면 어찌 이럴 수가 있겠습니까? 일전에 제가 빌렸던 것은 마음속에 잘 새겨두었고, 경성에서 운봉에게도 말을 해놓았습니다. 나중에 제가 좀 더 출세하면 그 고마움 잊지 않고 보답하겠습니다!"

"어사께서는 무슨 말씀을 그리 하십니까? 전혀 개의치 마십시오."

이때 한금천은 채어사가 동교아의 손을 잡고 있는 것을 보고서 눈치를 채고 슬며시 안채로 들어갔다. 안방으로 가자 월랑이,

"어째 채어사와 함께 자지 않고 왔어?"

하고 물으니 한금천은 웃으며 말했다.

"동교아에게 마음이 있어요. 제가 거기 남아서 뭐 하겠어요?"

잠시 뒤에 서문경도 채어사에게 편히 쉬라 하고는 안채로 들어왔다. 그리고 내흥을 불러 분부했다.

"내일 아침 오경쯤에 술과 밥, 그 밖의 음식들을 준비하거라. 그리고 요리사들을 불러 함께 성 밖 영복사에 가서 채어사 송별연을 준비하고 노래꾼도 두 명 부르거라. 절대로 착오가 있어서는 안 된다!"

"그럼 집에서 둘째 마님 생신 준비를 할 사람이 없는데요."

"기동더러 남아서 물건을 사게 하고, 요리사를 안채로 불러 음식을 만들면 돼."

잠시 뒤에 서동과 대안이 먹은 음식 그릇들을 챙겨 왔다. 좋은 차한 주전자를 화원으로 보내 채어사가 양치질을 하게 했으며 비취헌 서재에는 좋은 요와 이불로 잠자리를 준비해놓았다. 채어사가 보니 동교아가 윗면에 난초에 개울이 흐르는 모양이 그려진 금빛 부채를 쥐고 있었다. 동교아가,

"죄송하지만 어사님께서 부채에 시를 한 수 적어주세요."

하자 채어사는,

"마땅한 제목이 없으니, 네 호인 미선으로 지어주지."

하고 내흥을 시켜 등을 밝히게 한 뒤 붓을 들어 부채 위에 네 구절을 썼다.

작은 별채는 한가롭고 뜰도 조용하며
연못 위에 뜬 달이 창가에 스며드네.
서로의 만남에 날은 아직 저물지 않았고
자미랑이 자미선을 만났구나.*
小院閑庭寂不嘩 一池月上浸窗紗
邂逅相逢天未晚 紫薇郎對紫薇花

다 쓰고 나니 동교아가 연신 고맙다고 인사하고 둘은 바로 잠자리에 들었다. 서동과 대안 그리고 채어사의 하인들은 바깥채에서 잠을 잤는데 이날 밤의 일은 접어두겠다.

다음 날 이른 아침 채어사는 동교아에게 은자 한 냥을 붉은 종이에 싸서 주었다. 동교아가 안채로 가져가 서문경에게 보여주니 미소를 지으며 말하기를,

"문관 직에 있는 분이 어디 그런 큰돈이 있어서 주었을까? 네가 봉을 잡았구나!"

그런 후에 월랑에게 말해 기녀들에게 닷 전씩 주고 뒷문으로 조용히 빠져나가게 했다. 채어사는 서동이 떠다준 물로 세수를 하고 머리를 빗고 옷을 갈아입은 뒤에 떠날 채비를 했다. 서문경과 대청에서 함께 죽을 먹는데 하인들이 말을 끌고 맞이하러 왔길래 작별 인사를 하며 거듭 고맙다고 했다. 서문경은,

"저도 다시 편지 올리겠지만 어사께서 부임지에 가시거든 부디 어제 제가 드린 말씀을 신경쓰셨다가 보살펴주시면 정말로 감사하겠

---

* 당[唐]나라 때 중서성[中書省]을 자미성[紫薇省]이라고도 칭했고 중서사인[中書舍人]을 자미랑[紫薇郎]이라고 불렀음. 채어사가 원래는 한림사관으로 중서사인에 상당하는 지위에 있었으나 뒤에 탄핵을 받아 쫓겨났는데 기녀 동교아의 호가 미선이라는 것을 듣고 은연중에 자신의 신분을 나타냄

습니다."

하고 말하니 이에 채어사가 답했다.

"공연히 편지를 쓰실 필요는 없습니다. 단지 이름 석 자만 적어 보
내주시면 제가 다 알아서 처리하겠습니다."

얘기를 마치고 둘은 말에 올랐다. 좌우에 하인들이 그들을 따라
성 밖 영복사에 도착하여 방장의 방을 잠시 빌려 송별연을 준비했다.
내흥은 요리사들과 함께 미리 와서 음식들을 다 준비해놓았다. 또한
이명과 오혜도 이미 대령해 노래 부르며 흥을 돋우고 있었다. 술잔이
몇 번 돌고 잠시 앉아 있다가 채어사가 몸을 일으켜 출발했다. 말과
가마는 산문 밖에서 기다리고 있었다. 떠날 즈음 서문경은 묘청의 일
을 꺼냈다.

"소생이 아는 사람인데 어찌어찌하여 전에 순안 어사로 있던 증어
사가 자백을 강요해 억울하게 죄를 뒤집어썼습니다. 지금쯤 영장이
양주에 전달되어 그곳에 가 있는 묘청을 체포하려 할 겁니다. 송어사
를 만나셔서 꼭 한 말씀 해주시면 그 은혜 잊지 않겠습니다."

채어사는,

"별것 아닙니다. 송어사를 보면 설사 묘청을 잡았다 할지라도 놓
아주게 하지요."

하니 이 말을 듣고 서문경은 크게 절을 하며 고맙다고 했다.

여러분, 내 말 좀 들어보소. 후에 송어사가 제남으로 가다가 뱃길
에서 또다시 채어사를 만났는데 이미 포졸들이 양주에서 묘청을 체
포한 뒤였다네. 채어사가,

"이건 증어사가 담당하던 일인데, 왜 손을 대려 하십니까?"

그러면서 서문경이 했던 얘기를 해주니, 송어사는 바로 묘청을 풀

어주었다. 그리고 동평부에 연락해 진삼과 옹팔을 즉시 처형하고, 안동은 풀어주게 했다.

사람 일도 이와 같고, 하늘의 도가 그렇지 않은 것도 있구나!

인간의 이러한 면을 꼬집은 시가 있으니,

공도[公道]와 인정[人情]은 두 가지 시비[是非]

인정과 공도는 가장 어려운 것이라네.

만약에 공도에 의지하면 인정을 잃게 되고

인정을 따른다면 공도를 잃게 된다네.

公道人情兩是非 人情公道最難爲

若依公道人情失 順了人情公道虧


호지부는 이미 서문경과 하제형의 부탁을 받았던 터라 위의 분부를 따르지 않을 수 없었다. 이 일은 사실 나중의 일이다.

그날 서문경이 배 위까지 채어사를 전송하려고 했으나 채어사가 극구 만류했다.

"여기서 작별할 테니 현공께서는 나오지 마세요."

서문경이,

"그렇다면 부디 옥체 보중하소서. 일간 하인을 보내 문안을 올리겠습니다."

하고 말을 마치자 채어사는 가마를 타고 떠났다.

서문경이 방장의 방으로 돌아오니, 장로[長老]가 차를 마시고 있었는데 머리에는 승려 모자를 쓰고 몸에는 가사를 걸치고 작은 사미승이 차를 내와 시중을 들고 있다가 서문경을 보고 합장하며 인사를 했다. 서문경도 답례를 하면서 장로의 눈썹이 눈처럼 하얀 것을 보고 물어보았다.

"스님께서는 연세가 얼마쯤 되셨는지요?"

"올해 일흔다섯입니다."

"그런데 그렇게 건강하십니까?"

그러면서 다시 물었다.

"법호는 무엇인지요?"

"도견[道堅]이라 합니다."

"제자가 몇이나 있는지요?"

"둘뿐이며, 본사에는 승려가 서른 분 정도 있습니다."

"이 절이 꽤 크긴 하지만, 손볼 데가 많군요."

"솔직히 말씀드려, 이 절은 주수[周秀] 영감께서 세우셨는데 세월이 흘러 많이 훼손되었으나 돈이 여의치 않아 손을 보지 못하고 있습니다."

"아! 원래 주수비 나리의 향화원[香火院]이었군요. 제가 보기에 그 댁은 멀지 않으니 그리 큰일은 아니군요. 주나리께 시주를 걷겠다고 말씀드리고 여러 사람에게 시주하게 하시지요. 그리하면 저도 얼마를 시주할 테니 말입니다."

이 말을 듣고 도견은 황급히 합장하며 고맙다고 인사했다. 서문경은 대안에게 분부해 돈주머니에서 은자 한 냥을 꺼내 주라 하고는 스님한테 고맙다고 인사를 했다.

"오늘 장로가 계신 이곳에서 너무 시끄럽게 했습니다."

"소승은 나리께서 오시는 줄 모르고 음식도 제대로 준비하지 못했습니다."

"잠시 뒤편에 가서 소변 좀 보고 싶은데….'

이에 도견은 급히 사미승을 불러 서문경을 안내했다. 서문경이 소변을 보다가 방장이 머무는 방 뒤편에 다섯 칸짜리 승당[僧堂](승려들이 모여 좌선[坐禪]을 하는 곳)을 봤는데, 천하를 주유하는 많은 스님들이 목탁을 두들기며 경을 읽고 있었다. 서문경은 자기도 모르는 사이에 그곳으로 다가가 안을 들여다보았다. 괴이한 형상에 험상궂어 보이는 한 승려가 눈에 띄었다. 표범 같은 머리에 눈이 푹 들어갔고 자줏빛 혈색이었다. 닭벼슬 모양의 모자를 쓰고, 붉은 가사를 걸치고 있었으며, 턱 밑에 수염이 어지럽게 나 있고, 머리는 빛을 발하는 대머리였다. 불같은 애꾸눈에 정말로 그 괴이한 모습은 나한상[羅漢像]과 같았다. 참선하는 침상 위에 꾸부정하게 앉아 있었는데, 고개를 숙이고 목을 가슴까지 움츠리고 코에서는 콧물이 입에서는 침이 흘러내렸다. 서문경이 이를 보고 마음속으로,

'이 중이야말로 틀림없이 법력[法力]이 뛰어난 고승[高僧]일 게야. 그렇지 않으면 어찌 이런 특이한 모양을 할 수 있을까? 깨워서 사실인지 알아봐야지.'

라고 생각하고,

"어디서 온 고승이시오? 어떻게 이곳에 왔소?"

하고 한 차례 불러도 대답이 없었다. 이에 두 번을 더 불러봐도 역시 대답이 없다가 세 번을 불러서야 침상 위에서 크게 기지개를 켠 뒤에 허리를 쭉 펴고 하나밖에 없는 눈을 크게 뜨고 벌떡 뛰어 일어나 서문경을 향해 고개를 끄덕여 인사하고 거친 목소리로 말했다.

"그런 건 왜 묻소? 소승은 다녀도 이름을 바꾸지 않고, 앉아도 성을 고치지 않소. 서역천축국밀송림제요봉한정사[西域天竺國密松林

齊腰峰寒庭寺]에서 온 호승[胡僧]으로 천하를 주유하다 이곳에 와서 약으로써 중생들을 구제하고 있소. 무슨 볼일이 있어 부르셨습니까?"

"기왕에 약으로 중생들을 구제한다 하니, 저도 보약을 좀 구해볼까 하는데 가지고 있는지요?"

"있고 말구요! 있고 말구요!"

"그렇다면 우리 집으로 모시고 싶은데 가실 수 있을는지?"

"가지요! 물론 가지요!"

"기왕에 간다고 했으니, 지금 바로 갑시다."

이에 호승은 바로 몸을 일으켜 침상 머리에 세워둔 철 지팡이를 집어 들고 어깨에 행낭을 들쳐 메었다. 행낭 안에는 약을 담은 호로병이 두 병 들어 있었다. 선당을 내려와 곧장 밖으로 나와 서문경이 대안에게 이르기를,

"나귀를 두 마리 불러온 뒤 스님과 먼저 내려가거라. 내 바로 뒤따라가마."

하고 분부했다. 이에 호승은,

"그러실 필요가 없어요. 나리께서 먼저 말을 타고 가시면 소승은 말을 타지 않고 가더라도 나리보다 먼저 도달할 거예요."

하니 이 말을 듣고 서문경은 속으로,

'듣고 보니 법력이 대단한 고승임에 틀림없어. 그렇지 않다면 어찌 그런 호언장담을 할 수 있겠어?'

생각하고는 호승이 가버릴까봐 대안에게 집으로 잘 모셔오라 일렀다. 그리고 방장스님에게 작별을 고한 뒤 하인들을 데리고 곧장 성 안의 집으로 돌아왔다.

그때는 사월 열이렛날로, 바로 왕륙아의 생일이기도 하고, 집안에서는 또한 이교아의 생일이기도 하여 여자 손님들을 초대해 술을 대접하고 있었다. 점심때가 지나서 왕륙아는 집에 심부름을 시킬 사람이 없자 동생 왕경[王經]에게 서문경을 불러오도록 했다. 그러면서 이르기를 서문경 집에 가서 대안을 찾아 그러한 말을 전하면 된다고 했다. 가보니 대안이 보이지 않자, 왕경은 하는 수 없이 문가에 서서 거의 한 시간쯤 기다리고 있었다. 이때 오월랑과 이교아가 기원에 있는 이씨 할멈을 전송하러 나왔다가 열대여섯쯤 되어 머리를 땋아올린 소년이 있는 것을 보고 물었다.

"어디서 왔니?"

이에 소년은 아무것도 모른 채 월랑 앞으로 달려가 절을 하면서 말했다.

"저는 한씨 집에서 왔는데 안[安]형님께 전할 말이 있습니다."

월랑이,

"어느 안형님인데?"

하자, 곁에 있던 평안은 왕륙아가 보낸 꼬마라는 걸 알까봐 조바심이 났고, 무슨 쓸데없는 말을 할지 몰라 꼬마를 한옆으로 끌어당기고는 월랑에게,

"한지배인 집에서 심부름을 보내 대안을 찾는데, 한지배인이 언제쯤 돌아올지 물으러 왔어요."

이렇게 얼버무리자, 월랑은 아무 말도 하지 않고 안채로 들어갔다.

잠시 뒤에 대안과 호승이 먼저 대문 앞에 도착했는데, 어찌나 달렸는지 대안은 양다리가 다 시큰거리고 온몸에 땀이 흐르니 끊임없이 불평을 했다. 그런데 호승은 태연자약했고 숨도 몰아쉬지 않았다.

평안은 왕륙아가 왕경을 시켜 나리를 찾는다고 대안에게 말해주었다. 그러면서,

"그런데 뜻밖에도 큰마님께서 기생집 이씨 할머니를 전송하러 나왔다가 문가에서 가마를 태워주고 있는데, 그 눈치도 없는 자식이 주책없이 앞으로 달려나와 큰마님께 넙죽 절을 하잖아. 마님께서 그 녀석에게 '누구냐'고 묻자, '한씨 집에서 왔다'고 대답하기에 내가 곁에서 있다가 한켠으로 잡아당겨 말을 못하게 했지. 그래 마님께서 내게 묻길래 '한지배인 집에서 보낸 아이인데 한지배인이 언제쯤 돌아오는지 알아보러 온 것입니다' 하고 대답했더니 더 묻지 않으시더군. 그렇지 않았으면 일이 들통날 뻔했어. 만약 잠시 뒤에 마님께서 너에게 묻거든 이렇게 대답해."

했으나, 이때 대안은 하도 정신없이 달려온지라 듣는 둥 마는 둥 연신 부채질만 하고 있었다. 그러면서 불평했다.

"오늘은 정말로 재수가 없는 날이군. 왜 하필이면 나리님께서 나더러 저 까까머리 호승을 안내하라고 했지. 웬만큼 멀어야지! 그 절에서 집까지 걸어오더라도 먼 길인데 중간에서 한 번도 쉬지 않잖아. 그냥 걷더라도 제대로 숨도 못 쉬면서 올 거리인데! 나리께서 나귀를 타고 가라 해도 걸어가겠다고 하는 통에 난 양다리가 다 쑤시고 저리단 말이야! 게다가 신발도 구멍이 나고 발에는 물집까지 생기니… 망할 놈의 까까중 같으니라구!"

"그래 집으로 불러 뭘 하시겠대?"

"누가 알아? 무슨 약을 얻으려고 하시는 것 같던데!"

이렇게 말을 하고 있는데 길을 비키라고 외치는 소리가 들렸다. 서문경이 도착해 호승이 대문에 서 있는 것을 보고,

"대사야말로 신에 견줄 만한 분이시군요. 말씀대로 저보다 먼저 도착하셨군요."

하면서 호승을 대청으로 들게 해 자리를 권했다. 서문경은 서동을 불러 옷을 받아 걸게 하고 모자를 바꾸어 쓴 뒤에 호승과 함께 자리했다.

호승이 눈을 크게 뜨고 사방을 살펴보니 대청은 높고 깊숙했으며 뜰 안은 조용하고 문 위에는 거북이 모양의 푸른색 주렴이 드리워져 있고, 땅바닥에는 사자가 구슬을 가지고 노는 모양을 수놓은 양탄자가 깔려 있었다. 그 위에는 잠자리 다리 모양의 발을 한 탁자가 있고, 탁자 위에는 고리 모양의 대리석 병풍이 있었다. 또 사방에는 미꾸라지 모양을 한 의자가 있고, 양 벽에는 모두 자주색 대나무 액자에 그림이 걸려 있었는데 마노[瑪瑙]로 축을 해놓은 것들이었다. 그야말로 거북껍데기와 좋은 그림이 집안에 가득하고, 탁자 위에는 술과 그릇들이 즐비했다.

호승이 사방을 둘러보고 나자 서문경이 물어보았다.

"대사께서는 술을 드시는지요?"

"빈승은 고기와 술 모두 즐깁니다."

이에 서문경은 하인에게 분부했다.

"안채에 가서 술과 음식을 모두 내오너라!"

이날은 마침 이교아의 생일인지라 주방에는 술과 음식이 두루 갖추어져 있었다. 펴놓은 탁자 위에 과일 네 접시와 마른안주 네 접시를 내왔다. 이어 술안주 네 접시가 나왔는데, 생선 한 접시·절인 오리고기 한 접시·오골계 요리 한 접시·농어 한 접시였다. 또 밥반찬으로네 접시가 나왔는데, 양파에 호두와 고기를 넣고 볶은 요리 한 접시·

잘게 썬 돼지고기 요리 한 접시·기름진 양곱창 볶음 한 접시·미끈한 미꾸라지 볶음 한 접시였다. 이어 국과 밥이 나왔는데 한 그릇에는 고기를 다져 만든 완자 두 개와 기다란 모양의 고기를 꽂은 요리가 있었다. 그것은 마치 용이 구슬 두 개를 가지고 노는 모양과 흡사하다 하여 '일룡희이주탕[一龍戲二珠湯]'이라 불렸다. 서문경은 호승에게 음식을 권하고 서동을 불러 닭 모양의 술 주전자에 요주[腰州]에서 만든, 붉은 진흙으로 마개를 한 하얀 술을 가져오게 해, 연꽃이 보이는 발이 높은 잔에 가득 부어 호승에게 주니 단숨에 들이켰다. 바로 안주 두 가지가 더 나왔으니, 하나는 말 곱창 요리였고, 다른 하나는 거위 목 지짐 요리였다. 이런 희귀한 음식을 안주로 하여 호승은 다시 한 잔을 들이켰다. 포도 한 접시와 복숭아가 나오고 잠시 뒤에 생선을 넣어 만든 국수와 야채를 넣어 싸 먹는 빈대떡이 나왔다. 모든 음식을 순식간에 먹어치운 호승은 눈이 툭 튀어나올 지경이 되어 말했다.

"빈승은 술과 밥을 더는 못 먹겠소이다."

이에 서문경은 좌우에 탁자를 내가라 명한 뒤 방술[房術]에 관한 약을 물어보았다. 호승은,

"제가 약을 하나 갖고 있는데 이것은 노자[老子]가 만들고 서왕모[西王母]가 조제 방법을 전한 것입니다. 임자가 아니면 제조하지 않고, 인연이 없으면 전하지 않으니, 오직 인연이 있는 자에게만 전하는 것이지요. 나리께서 이렇게 후하게 대우해주시니 제가 몇 알 드리지요."

하면서 행랑에서 호로병을 꺼내 백여 알을 꺼내주면서,

"한 번에 한 알만 드세요. 그 이상은 안 됩니다. 그리고 꼭 소주와

함께 드세요."

그러고는 다른 배낭에서 붉은 고약을 두 돈 한 푼 정도 뜯어내 서문경에게 건네주면서,

"한 번에 이 리[二厘]만 쓰세요. 더는 안 됩니다. 만약 너무 부어오를 것 같으면 손으로 꽉 쥐어 양편 무릎에 대고 한 백여 대를 때리면 좀 가라앉을 것입니다. 아껴 쓰시고, 절대 남에게는 얘기하지 마십시오."

하니, 서문경은 두 손으로 그것을 받아 들고 물었다.

"그래, 이 약은 어떠한 효험이 있는지요?"

"모양은 계란과 같고 색은 누렇습니다. 노자가 세 차례나 구웠고 서왕모가 친히 전한 것입니다. 겉보기에는 하찮아 보이나 자세히 안을 살펴보면 옥보석보다도 귀하답니다. 금을 준다 한들 어찌 바꿀 수 있으며 옥과 비교한들 어찌 옥이 따르겠습니까? 설사 그대가 화려한 옷을 입고, 고대광실에서 살고, 좋은 말을 타고, 좋은 재주를 지녀 국가의 동량이 되는 것에 비하겠습니까? 이 약을 복용하고 나면 몸이 가벼워져서 여인의 방에 들게 되지요. 방에 들면 언제나 봄일 것이며 모든 풍물에 향기가 그윽하지요. 아름다운 용모는 피곤함이 없고 단전에는 밤새 빛이 있지요. 처음엔 상쾌함이, 두 번째는 혈기가 왕성해집니다. 어여쁜 아가씨라면 열두 미녀도 상대할 수 있지요. 나리 마음대로 교접할 수 있으며 밤새도록 해도 딱딱한 것이 마치 창과 같지요. 오래 복용하면 비장[脾腸]과 위[胃]가 좋아지고, 신장[腎臟]에 자양분을 주어 양기를 부양해줍니다. 백 일이 지나면 머리칼이 까매지고 천 일이 지나면 몸이 튼튼해져서 이가 단단해지고 눈이 밝아지며 양기가 동하면 잠자리를 한 연후에야 비로소 사그라집니다. 만약

나리께서 믿지 못하시겠다면 밥에 버무려 고양이에게 먹여보세요. 사흘이 지나면 교배한 수를 셀 수 없을 정도이고, 나흘이 지나면 열을 감당하지 못하고, 흰 고양이가 검어지고 오줌똥이 마르게 되지요. 여름에는 바람 속에서 자고 겨울에는 물속에 숨어버릴 정도로 열이 많답니다. 이렇게 해도 다 쏟아내지 못하면 털이 모두 벗겨지게 되지요. 매번 일 리 반을 먹게 된다면 양기가 점점 더 강해져서 하루 저녁에 열 여자를 상대해도 정력이 영원히 쇠하지 않습니다. 늙은 여자는 눈살을 찌푸리게 되며 음부와 창녀도 당해내지 못하게 됩니다. 시간이 흘러 권태로움을 느끼면 바로 물건을 거두어들이면 됩니다. 이때 냉수를 한 모금 마시면 양기는 다시 살아나고 정력은 상하지 않습니다. 쾌락을 통해 느끼는 희열은 밤새 사그라지지 않을 것이며 춘색이 방 안에 그득할 겁니다. 저를 알아주는 분께만 특별히 드리는 것이니 길이 보신의 처방으로 사용하십시오.”

서문경은 이를 듣고 처방을 구하려고,

“의원을 청하려면 명의를 청하고, 약을 주려면 처방까지 전하라고 하지 않았습니까? 스님께서 처방을 전해주지 않으신다면 제가 이 약을 다 먹고 난 후에 어디로 스님을 찾아가야 합니까? 만약 스님께서 얼마를 달라고 하시면 기꺼이 드리겠습니다.”

그러면서 대안을 불러,

“안채로 가서 백금 스무 냥을 가져오너라.”

하고 분부했다. 서문경은 호승에게 주면서 약 처방을 가르쳐줄 것을 청했다. 이에 호승은 웃으며,

“빈승은 출가하여 사방을 주유하는 사람인데, 이런 돈을 얻어 무엇에 쓰겠습니까? 어서 거두시기 바랍니다!”

하며 몸을 일으키려 했다. 서문경은 호승이 처방을 전하지 않는 것을 보고,

"마침 길이가 긴 네 장짜리 포목이 있습니다. 스님께서 돈을 받지 않겠다고 하시니 그걸로 옷이나 지어 입으시지요."
하며 좌우에 명해 포목을 가져오게 해 두 손으로 받들어 호승에게 건네주었다. 호승도 그제서야 고맙다고 인사를 하고 받았다. 떠나기 전 다시 한 번 당부하기를,

"절대로 많이 사용하지 마세요! 절대로요!"

말을 마치고 배낭을 짊어지고 지팡이를 짚고 대문을 나서 홀연히 떠나갔으니, 지팡이에 의지하여 달과 해를 바라보며 짚신을 신고 천하를 두루 주유하는 모습이 아닐 수 없다.

시가 있어 이를 밝히나니,

중국 땅에 미륵 화상이 찾아오니
배낭을 짊어지고 지팡이를 짚네.
설사 그대 몸이 천 번을 변한다 해도
한 몸에는 한 몸만큼의 근심이 있다네.
彌勒和尙到神州 布袋橫拖拄杖頭
饒你化身千百化 一身還有一身愁

# 여인들을 찾아 가까운 이웃이 되다

금동은 사랑의 밀어를 엿듣고,
대안은 호접(蝴蝶) 거리에서 즐기다

하늘이 내려준 연지를 붉은 입술에 바르고
동풍에 얼굴 가득 웃음이 감돈다.
여인의 마음은 스스로 정에 만족하여 즐겁고
취한 얼굴에 항시 기쁨과 새로운 기운이.
미인은 정이 있으나 사랑에 인색하며
말없이 웃음으로 남자를 속인다.
풍진 세상에서 근심을 지닌 자 얼마던가
여인들이 있는 곳을 찾아 가까운 이웃이 되누나.
天與胭脂點絳唇 東風滿面笑欣欣
芳心自是歡情足 醉臉常含喜氣新
傾國有情偏惱客 向陽無語笑撩人
紅塵多少愁眉者 好入花林結近鄰

이날은 이교아의 생일이라 관음암[觀音庵]의 왕비구니가 연화암
[蓮花庵]의 설비구니를 초청하니, 설비구니가 제자 묘봉[妙鳳]과 묘
취[妙趣]를 데리고 왔다. 설비구니가 불도에 능한 비구니라고 들었

기에 설비구니가 왔다는 말에 급히 맞이했다. 설비구니는 깨끗한 승모[僧帽]에 회색 가사를 입고, 푸르름이 돌 정도로 머리를 빡빡 깎았고 몸은 약간 비대하며 양볼이 축 늘어졌다. 들어오면서 월랑과 여러 사람들을 향해 합장하며 인사를 했다. 왕비구니가,

"이분이 큰마님이시고 또 여러 마님들이십니다."

하자, 월랑을 위시한 여러 여인들도 다급히 인사를 했다. 설비구니가 눈썹을 내리깔고 입 주위를 씰룩거리는 것을 보고 사람들은 모두 설야[薛爺]라고 높여 불렀다. 설비구니도 월랑을 '집에 계시는 보살님[家菩薩]' 혹은 '나리의 마님(관인낭자[官人娘子])'이라고 불렀다. 이를 듣고 월랑은 대단히 기분이 좋아 설비구니를 십분 공대했다. 그날은 오대구 부인, 양고모도 와 있었다. 월랑은 차를 내와 설비구니에게 대접했다. 그런 후에 야채로 만든 음식 몇 가지와 과자 등을 내와 큰 탁자 위에 차리니 평소보다도 훨씬 푸짐했다. 어린 비구니 묘봉과 묘취는 열네댓쯤 되어 보였는데 이주 맑고 청아해 보였다. 어린 비구니들은 탁자 머리맡에 서서 음식을 먹었다. 차를 마신 후에 모두 안방으로 들어가 앉았다. 월랑, 이교아, 맹옥루, 반금련, 이병아, 서문경의 큰딸이 모두 앉아 설비구니의 설법을 들었다. 이때 서동이 바깥 사랑채에서 쓰던 그릇들을 정리하고 들어왔다. 월랑이,

"바깥 사랑채에서 술과 고기를 드시던 스님은 가셨느냐?"

하고 물었다. 이에 서동은,

"방금 떠나셨어요. 나리께서 배웅하셨어요."

하니 이에 오대구 부인이 물었다.

"어디서 청해 온 스님이지?"

월랑이,

"영감께서 오늘 성 밖으로 채어사를 전송하러 나가셨다가 영복사에서 만나 모시고 온 스님인데 술도 마시고 고기도 먹어요. 그 스님께 부탁해 무슨 약 처방을 얻으려고 했는데 돈도 필요 없다고 받지 않더래요. 그 스님이 뭐 하는 사람인지 누가 알겠어요? 여태껏 술과 음식을 먹고 좀 전에 떠났어요."

하니, 이 말을 설비구니가 듣고는,

"술과 고기는 참으로 끊기 어려운 거예요. 우리 같은 비구니들은 그런대로 율법을 지키고 있지요. 하지만 화상들이야 어디 그런 계율을 지키려 하나요? 대장경[大藏經]에서도 '네가 만약 한 입 먹으면, 내세에 반드시 갚아야 한다'고 하잖아요."

했다. 오대구 부인이 듣고서,

"우리처럼 매일 고기를 먹는 사람들은 내세에서 얼마나 많은 업보를 갚아야 하는지 모르겠군요."

하니 설비구니가 말했다.

"여러 마님들은 모두 보살과 같으셔서 전생에 닦아온 덕으로 복을 받고, 영화를 누리고 부귀를 누리실 팔자입니다. 오곡[五穀]과 같은 것으로 봄에 씨를 뿌리지 않는다면 가을이 되어 어찌 거두어들일 수 있겠습니까?"

한편 서문경이 호승을 배웅하고 들어오자 대안이 슬그머니 다가와서 말했다.

"방금 한씨 아주머니 쪽에서 사람을 보내 나리를 찾으셨어요. 오늘이 자기 생일이라면서 한번 다녀가시면 좋겠대요."

서문경은 마침 호승에게서 약을 얻은 터라 마음속으로 왕륙아에게 한번 실험해보리라 마음먹고 있었다. 그런데 마침 왕륙아가 자기를 청하니 여간 기쁜 게 아니었다. 즉시 대안에게 말을 준비시키고 금동 편에 먼저 술을 한 동이 보냈다. 그러고는 반금련의 방으로 건너가 잠자리할 때 쓰는 음기구[陰器具]를 꺼내 챙겼다. 그리고 작은 모자와 얼굴 가리개를 쓴 후 대안을 데리고 곧장 왕륙아 집으로 건너갔다. 말에서 내려 안으로 들어가며,

"금동은 여기 남아 시중을 들고, 너는 말을 끌고 집에 돌아가거라. 내가 어디 갔냐고 물으면, 사자가에 있는 가게에서 장부 정리를 한다고 말하거라."

하고 분부했다. 이에 대안은,

"잘 알겠습니다."

라고 대답하고 바로 말을 끌고 돌아갔다.

왕륙아는 쪽머리에 금장식을 한 빗과 비취색 비녀를 꽂고 구슬 귀고리를 하고, 이마는 드러내놓고 옥색 비단 조끼에 얇은 적삼을 걸치고 흰 비단 주름치마를 입고 나왔다. 서문경에게 고개를 다소곳이 숙여 절을 하고는 가까이 다가와 앉았다.

"별일 없으시면 건너오셔서 좀 쉬었다 가시라고 청했어요. 그런데 술까지 보내주시다니 정말로 감사드려요."

이에 서문경은,

"오늘이 네 생일인 줄 깜빡 잊었구나. 성 밖까지 손님을 배웅하러 나갔다가 좀 전에야 겨우 돌아왔어."

그러고는 소맷자락에서 비녀 한 쌍을 꺼내 건네주며 말했다.

"생일 선물로 주는 거야."

왕륙아가 받아 살펴보니 금으로 수[壽] 자 모양으로 만든 비녀였기에,

"너무 예쁜데요!"

라며 급히 고맙다고 인사했다. 서문경은 다시 은자 닷 냥을 주면서,

"닷 푼을 달아서 하인 애들을 시켜 남소주[南燒酒]를 한 병 사오게. 내가 좀 마실 테니."

하니, 이에 왕륙아가 웃으며,

"이제 다른 술은 싫증나신 모양이지요. 갑자기 남소주를 드실 생각을 하시다니."

라고 말하고는 급히 은자 닷 푼을 달아 금동에게 술심부름을 시켰다. 왕륙아는 서문경에게 옷을 벗게 하고는 방으로 들어가 앉기를 권했다. 손을 씻고 손톱을 깎은 후에 과일을 깎고 차를 끓여 서문경에게 주었다. 방에는 작은 탁자가 있었는데 잠시 골패놀이를 하다가 거두어 치우고는 술을 마셨다. 이 얘기는 잠시 접어둔다.

한편 대안은 말을 끌고 돌아오니 하루 종일 고생하며 화상을 따라다닌 탓에 피곤해서 바깥 사랑채에 들어서자마자 곧바로 드러누워 잠을 잤다. 그렇게 자다 등불을 켤 무렵에 비로소 깨었다. 눈을 비비고 보니 이미 날이 어두워진 터라 바로 안채로 들어가 등롱을 가지고 서문경을 마중 나가려고 했다. 잠시 서 있노라니 월랑이 대안을 보고 묻는다.

"방금 나리께서 화상을 배웅하셨는데, 안채로 들어와 옷도 갈아입지 않고 어디로 가셨는지 알 수가 없구나. 정말로 누구 집에서 술을 드시는지 모르느냐?"

대안은 솔직히 말을 하기도 곤란해 둘러댔다.

"나리께서는 다른 데 가신 게 아니라, 사자가에 있는 가게에서 장

부 정리를 하고 계세요."

"장부 정리를 하는데 무슨 놈의 하루가 걸린다냐?"

"장부 정리를 다 하신 후에 한잔하신다고 하셨어요."

"같이 마시는 사람도 없이 어째서 혼자 술을 드신단 말이냐? 두 눈을 뜨고 거짓말을 하다니! 좀 전에 한도국네 집에서 온 아이가 너에게 무슨 말을 하더냐?"

"한씨 아저씨가 언제쯤 돌아오시냐고 물었어요."

그러자 월랑은 욕을 하며,

"나쁜 놈의 자식! 네가 무슨 수작을 부리는지 알 게 뭐야!"

하니, 이에 대안은 감히 말을 못했다. 월랑은 소옥에게 등불을 가져 오게 해 대안에게 건네주라면서,

"가서 집에서 둘째 마님이 생일 축하를 기다리고 있다고 하거라."

하니, 소옥이 대안에게 능불을 건네주었다. 앞채 가게로 와보니 서동과 부지배인이 앉아 있는데, 돈을 넣은 궤짝 위에 술 한 병과 술잔 두 개와 젓가락, 접시 몇 개와 소 내장 한 접시가 놓여 있었다. 평안이 생선 조림 두 병을 가지고 들어왔다. 막 마시려는데 대안이 들어와서 등롱불을 바닥에 내려놓으며,

"내가 정말 먹을 복이 있구나!"

그러면서 서동을 보고 놀렸다.

"요 음탕한 마누라가 예서 뭘 하는 거지? 찾아도 없더니 알고 보니 여기 숨어서 술을 마시고 있구나!"

"찾아 무엇하게? 내 손자 노릇을 하려구?"

대안은 욕을 하며,

"요 싸가지 없는 놈이 함부로 입을 놀리다니! 내 네놈을 찾아 네놈

궁둥이에 물건을 집어넣으려고 그런다."

하면서 앞으로 다가가 의자에 잡아끌어 앉히고 입을 맞추었다. 이에 서동은 대안을 밀어젖히면서 화를 냈다.

"에이 더러워, 이빨을 다 뽑아버려야겠어. 모자까지 떨어뜨리고 난리야!"

부지배인은 대안의 모자가 떨어진 것을 보고,

"새 모자 같은데 빨리 줍거라."

라면서 평안더러,

"네가 주워라, 잘못하면 밟겠다."

하니, 서동은 평안이 주워주는 것을 확 낚아채 온돌 위에 집어던지고 는 얼굴이 붉어졌다. 대안이,

"요 귀여운 놈이, 장난을 쳤다고 화가 났나?"

라며 다짜고짜 서동의 다리를 번쩍 들어 온돌 위에 넘어뜨리고 힘을 다해 서동의 입 속에 침을 한 움큼 뱉었다. 그 바람에 술병이 쓰러져 넘어지고 돈궤 위에 흘러내렸다. 부지배인은 장부가 젖을까봐 급히 수건을 꺼내 닦았다. 그러면서,

"무슨 짓들이야, 장난들 그만 쳐!"

하자 대안이,

"요 귀여운 놈이, 오늘 누구를 믿고 이렇게 까불어?"

하니, 이때 서동은 풀어진 머리를 매만지면서,

"장난은 장난이고, 농담은 농담이지. 왜 더러운 침을 남의 입에 뱉는 거야!"

라고 따지자 대안은,

"투덜대기는, 오늘 처음으로 침 맛을 봤지만 앞으로 얼마나 먹을

지 누가 알아!”

했다. 평안은 술을 한 잔 가득 따라 대안에게 주면서 말하기를,

“빨리 마시고 나리를 모시러 가봐. 할말 있으면 갔다 와서 하고.”

하니 대안은,

“알았어, 내 나리를 모시고 돌아온 후에 다시 따지기로 하지. 요 싸가지 없는 놈이 사람을 제대로 알아보지 못하고 날 겁내지 않는단 말이야! 사람 새끼 같지 않아서 내 침 좀 한 번 뱉었기로서니 따지고 들다니. 겨우 침 한 번 뱉은 걸 가지고 말이야!”

하며, 술을 한 잔 들이키고는 문간방에 있는 꼬마를 불러 등불을 들게 하고 자기는 말을 타고 왕륙아 집으로 갔다. 문을 두들겨 열게 하고 금동에게,

“나리께서는 어디 계시지?”

하니 금동은,

“방에서 주무시고 계셔요!”

했다. 둘은 문을 잠그고 뒤채 부엌으로 갔다. 풍노파가,

“대안이 왔구나. 한씨 아주머니가 널 기다리다 오지 않자, 이것을 네 몫으로 남겨두라고 했어.”

하면서 찬장에서 당나귀 고기 한 접시, 구운 닭고기 한 접시, 생일 국수 두 그릇, 그리고 술 한 병을 내왔다. 대안은 혼자 먹다가 금동을 불러 같이 술 마실 생각이 들었다.

“이리 와, 나 혼자서는 다 못 마시겠어. 같이 마시자구!”

“네 몫으로 남겨둔 것이니 너 혼자 먹어!”

“나도 방금 한 잔 마셨어.”

둘은 함께 먹고 마셨다. 그러다가 대안은,

"풍할머니, 할말이 있는데 들으시고 화내지 마세요! 여섯째 마님 집에 있을 적에는 여섯째 마님을 모셨잖아요. 그런데 지금은 한씨 아주머니를 모시잖아요. 하지만 내 집에 돌아가 여섯째 마님께 다 말씀 드릴 거예요."

이 말을 듣고 풍노파는 대안의 몸을 한 대 탁 후려치면서,

"요 주둥이만 살아 있는 놈이! 말 같지도 않은 소릴 하고 있어! 집에 가서 그런 말을 하면 마님께서 평생토록 미워하실 게야. 나도 감히 뵐 수 없고."

이렇게 대안과 풍노파가 말을 주고받는 사이에 금동이 안방 창문 밑으로 살그머니 다가가 방 안 풍경을 엿보았다.


서문경은 소주에다 호승이 준 약을 한 알 먹은 뒤 옷을 벗고 침대 위에 올라 왕륙아와 그 짓거리를 하려 했다. 침상 끝머리에 앉아서 먼저 음기구를 담은 보자기를 풀어서는 은탁[銀托]을 꺼내 물건 밑에다 묶고, 물건 위에는 유황권[硫黃圈]을 씌웠다. 그리고 은으로 만든 작은 상자에서 호승이 준 붉은 고약을 꺼내 일 리 반을 떼어 말 눈에 넣으니, 약 기운이 뻗쳐오르며 물건이 갑자기 노한 듯 커지면서 끄떡이는데 눈을 부라리며 힘줄이 팽팽하게 치솟고 색은 자줏빛을 띠고 길이가 육칠 촌은 되는 것이, 그 크기가 보통 때와 비할 바가 아니었다. 서문경은 호승이 준 약이 보통 약이 아님을 깨닫고 기뻐했다. 왕륙아는 옷을 다 벗고 서문경의 품에 안겨 한 손으로 서문경의 물건을 살살 어루만지면서,

"어쩐지 소주를 마시려 한다 했더니, 이런 데 쓰려고 했군요!"

그러면서 다시,

"그 약은 어디서 난 거예요?"

하고 물었다. 서문경은 호승에게 약을 얻은 전후 사정을 자세하게 말해주었다. 그러고는 부인을 침대 위에 엎드려 눕게 하고 허리 밑에 베개 두 개를 받쳐주고 손으로 물건을 잡아 그 안으로 밀어 넣었다. 거북의 머리가 하도 커져서 한참 동안 여인의 분비물로 적셔준 후에야 비로소 겨우 집어넣을 수 있었는데 잠시 뒤 여인의 정액이 왈칵 쏟아져 거북 머리를 집어삼켰다. 서문경은 술기운이 서서히 발하면서 깊게 밀어 넣었다가 다시 살며시 빼내며 화합을 이루니 그 맛이란 말로 다할 수 없었다. 왕륙아도 음심에 취해 사지가 나른하여 침상 머리에 앉아 입으로 끊임없이 신음 소리를 내었다. 그러면서 계속 입으로는,

"물건 큰 나리님, 제가 오늘 죽겠군요."

라고 말하며,

"제발 천천히 뒤쪽에서도 해주세요."

하니, 서문경은 이에 왕륙아를 침대 위에 거꾸로 엎어 엉덩이를 하늘로 향하게 하고 왕륙아의 그곳을 벌려 자기 물건을 힘껏 밀어 넣으니 질펀한 소리가 연달아 났다. 왕륙아는 밑에서,

"오라버니, 제발 멈추지 말고 그렇게 넣고 빼주세요. 힘들면 등불로 비춰보면서 노세요."

라고 애원했다. 서문경은 등불을 가까이 가져와 밑에 있는 왕륙아의 다리를 쫙 벌리게 하고는 위에서 낮게 꿇어앉는 자세를 취했다. 왕륙아는 밑에서 한 손으로 자신의 음부를 만지면서 엉덩이를 들썩이며 야릇한 신음 소리를 내었다. 서문경은 왕륙아를 보면서,

"네 남편이 돌아오면 내보, 최본과 함께 양주로 소금을 받아오라

제50화 여인들을 찾아 가까운 이웃이 되다

고 보내야겠어. 그 소금을 다 판 후에는 호주로 보내 비단 장수나 시키려고 하는데 네 생각은 어때?"

하니 이에 왕륙아가,

"나리께서 좋으실 대로 하세요. 그 멍청한 사람이 집에서 뭘 하겠어요?"

그러면서 물어보았다.

"그럼 가게는 누구에게 맡기지요?"

"분사더러 하라고 하지 뭐."

"그렇군요, 분사에게 맡기면 되겠네요!"

이렇게 두 사람이 정사를 하며 즐기는 모습을 금동이 창 밖에서 모두 엿듣고 있을 줄이야 그 누가 알았겠는가!

대안이 안채로 들어오다가 금동이 엿듣고 걸 보고서는 가까이 다가가 한 대 갈기면서,

"무엇을 엿듣고 있어? 나리께서 나오시기 전에 밖에 나가 있자."

하니, 이에 금동은 대안과 함께 나왔다. 대안이,

"뒤쪽 골목에 여자 애 둘이 새로 왔어. 방금 말을 타고 지나오다가 보니 노장퇴[老長腿]의 집에 있더구나. 하나는 금아[金兒]라 하고, 다른 애는 새아[賽兒]라 하는데 많아 봐야 열일곱 정도밖에 안 돼 보이더라고. 애들보고 이곳을 지키고 있으라 하고 우리 한번 놀러 가보자."

하면서 꼬마 애를 불러서는,

"이곳을 좀 보고 있거라. 우리는 화장실 좀 갔다 와야겠다. 나리께서 찾으시면 뒤쪽에 있는 작은 골목길로 와서 부르면 돼."

이렇게 말을 해놓고 둘은 달빛 아래 좁은 뒷골목 쪽으로 들어섰다.

원래 이 골목은 호접항[蝴蝶巷](나비 골목)이라 하고, 안쪽으로 열 댓 가구가 사는데 모두 여자들이 손님 받는 장사를 하며 생활하고 있었다. 대안은 술도 마셨는지라 술기운에 호기 있게 문을 열라고 한참을 두들기니, 한참 만에 문이 열렸다. 한 건달이 노장퇴 노파와 희미한 등불 아래서 누런 저울로 은을 달고 있었다. 험상궂게 생긴 남자 둘이 거칠게 들어오자 건달은 급히 등불을 입으로 불어 껐다. 건달은 대안이 제형소 서문 나리의 하인이라는 것을 알아보고 자리를 권했다. 대안이,

"아가씨 둘을 불러 노래 좀 들려줘요. 듣고 나서는 바로 갈 테니."

하자 건달이 대답했다.

"한 발 늦으셨군요. 그 둘은 이미 손님을 받았어요."

이에 대안은 불문곡직하고 곧장 안으로 들어갔다. 들어가 보니 등불 한 점 켜 있지 않아 어둠침침한 온돌 위에 흰 털모자를 쓴 술 제조업자들이 있었다. 하나는 온돌 위에서 잠을 자고, 하나는 막 신을 벗고 있는 중이었다. 대안을 보고,

"누군데 안으로 들어오는 게야?"

라고 물었다. 대안은,

"지랄하고 자빠졌네."

하면서 다짜고짜 한 대 후려치니, 취객은 한 대를 얻어맞고는,

"어이쿠!"

소리를 지르며 신도 제대로 신지 못하고 '걸음아 나 살려라' 하며 줄행랑을 쳤다. 온돌 위에서 잠을 자던 사람도 살그머니 일어나더니 잽싸게 달아났다. 대안은 등불을 켜라고 일렀다.

"더러운 놈의 자식들, 도대체 내가 누군 줄 알고 그래! 만약 잡았

더라면 머리털을 다 뽑아버렸을 텐데, 잽싸게 도망쳐버리다니! 아니면 아문으로 끌고 가 주리를 틀었을 텐데!"

노장퇴는 앞으로 나와 등불을 비추면서 거듭 인사를 했다.

"두 분 나리, 제발 고정하시고 화 푸세요. 그들은 외지인인데 어떻게 두 분을 알아볼 수 있겠어요."

그러면서 급히,

"금아와 새아는 어서 나와 두 분께 인사 올리고 노래를 불러드리거라."

하니 둘은 모두 머리를 틀어올리고, 깨끗이 빨래한 흰 저고리에 붉은색과 녹색 치마를 입고 있었다. 앞으로 나와 절을 올리면서,

"오늘 나리님들께서 오실 줄 몰랐고 날도 늦었는지라 준비를 제대로 못했습니다."

하고는 마른안주 네 접시를 내오고 또 다른 몇 접시를 내왔는데 오리, 닭, 새우, 튀긴 고기, 절인 생선, 돼지 머리 누른 것, 내장 등이었다. 대안은 새아를 끌어안고, 금동은 금아를 껴안았다. 대안은 새아가 붉은 향주머니를 달고 있는 것을 보고 소매에서 손수건을 꺼내 교환했다. 잠시 뒤에 술이 데워져 나왔다. 새아는 잔을 가져와 술을 따라 대안에게 권했다. 그러고 나서 금아는 비파를 가져와 목소리를 가다듬고 「언덕 위의 양[山坡羊]」을 부르기 시작했다. 금아는 술을 들어 금동에게 권하면서 노래했다.

기원[妓院]에서의 생활은 정말로 힘들다오.
한가히 앉아 있는 날은 드물고
날마다 손님을 맞이한다오.

온 집안의 먹고 입는 것을
다 나 한 사람한테 의지하지요.
밤에 일수 돈과 집세를 내야 하니
모든 것이 나를 핍박한다오.
주인 할멈은 나 죽고 사는 것은 전혀 상관치 않고
문간에 서서 어두울 때까지 손님 부르니
밤이 되어 그 누가 밥 먹었냐고 물으리오.
기원에서 몇 년을 사노라면
사는 이는 적고 죽는 자는 많으니
나도 모르게 눈물이 흐르네.
꽃나무에 꽃이 필 때쯤이면
나는 끝장이라네.

煙花寨 委實的難過

白不得淸涼倒坐

逐日家迎賓待客

一家兒吃穿全靠着奴身一個

到晚來印子房錢逼的是我

老虔婆 他不管我死活

在門前站到那更深兒夜晚

到晚來有那個問聲我那飽餓

煙花寨再住上五載三年來

奴活命的少來死命的多 不由人眼淚如梭

有英樹上開花 那是我收圓結果

금아가 노래를 부르자 새아가 다시 한 잔 따라 대안에게 주고 비파를 건네받아 노래를 불렀다.


방 안에 들어서 사방을 둘러보니
하얀 벽에 비파가 걸려 있구나.
비파 위에 먼지가 앉아 있는 것을 보고
소매에서 수건을 꺼내 먼지를 털어내네.
품에 끌어안고 줄을 고르고
애달픈 곡조를 타보노라니
눈물이 용솟음치는구나.
님과 함께 있다면 얼마나 기쁠까
님은 가고 나만 홀로 남겨지니 비파와 같네.
그와 같이 있다면 노래 부르고 연주하며 즐길 텐데
지금은 나만이 홀로 남겨져
나도 모르게 애달프게 눈물만 흐르네.
물건은 여전히 그대로 있는데
내 님은 어디에 계실까.
進房來 四下觀看
我自見粉壁牆上 排着那琵琶一面
我看那琵琶上塵灰兒倒有
那一只袖子里掏出個汗巾兒來 把塵灰攤散
抱在我懷中定了定子弦 彈了個孤恓調竄淚似湧泉
有我那冤家何等的歡喜
冤家去撇的我和琵琶一樣

有他在同唱同彈裡來 到如今只剩下我孤單 不由人雨淚兒傷殘
物在存留 不知我人兒在那廂


한참 노래를 부르는데 갑자기 꼬마 애가 찾아와서 둘은 급히 자리
에서 일어났다. 대안은 새아를 보고,

"내 다시 보러 올게."

라고 말하고는 급히 왕륙아의 집으로 갔다. 서문경은 그때 자리에서
일어나 왕륙아와 함께 술을 마시고 있었다. 부엌으로 들어가 대안이
풍노파에게 물어보았다.

"나리께서 우리를 찾으셨어요?"

"찾지는 않으시고 단지 말이 왔느냐고 물으셨어. 내가 왔다고 하
자 아무 말씀 안 하시던데."

둘은 풍노파에게 차를 청해 마셨다. 차를 한 잔 마신 후에 꼬마 하
인에게 등불을 들게 하고 말을 끌고 나왔다. 서문경이 몸을 일으켜
떠나려는데 왕륙아가,

"나리, 술을 따스하게 데워놓았으니 한 잔만 더 들고 가세요. 집에
가셔서 또 술을 드시지 않겠어요?"

하니 서문경은,

"집에 가서는 안 마시지."

하면서 잔을 받아 쭉 마셨다. 왕륙아가 다시,

"지금 가시면 언제쯤 다시 오실는지요?"

물으니 서문경은,

"내 한도국을 양주로 보낸 후에 다시 오지."

라고 말하는데 하인이 찻물을 내오길래 양치질을 했다. 왕륙아는 문

앞까지 전송하고 서문경은 비로소 말을 타고 집으로 돌아왔다.

한편 반금련은 여러 사람들과 함께 월랑의 방에서 설비구니와 두 제자가 부르는 불곡[佛曲]을 듣다가 아홉 시쯤에 자기 방으로 돌아왔다. 월랑이 대안을 꾸짖으며 하던 말을 곰곰이 생각해보니 영감이 또 무슨 농간을 부리는 듯싶었다. 침상머리를 더듬어 음기구를 넣어둔 주머니를 찾아보니 보이지 않자 춘매를 불러 물어보았다.

"치우지 않았어요. 아까 마님께서 계시지 않을 적에 나리께서 들어오셔서 침대 머리맡에 있는 서랍을 뒤져 무엇인가를 꺼내 가지고 나가셨어요. 그런 꾸러미가 있는 줄 알기나 했겠어요?"

"나리께서 언제 오셨지, 어째 내가 알지 못했을까?"

"마님께서 안채에 설비구니의 설법을 들으러 가셨을 때예요. 나리께서 작은 모자를 쓰시고 들어오셨어요. 제가 웬일이시냐고 물어도 아무 말씀도 하지 않으시던 걸요."

"그 물건들을 가지고 아마도 기생집의 그 음탕한 계집한테 가셨을 거야. 돌아오면 내 한번 따져봐야지."

그날 밤 서문경은 늦게 돌아왔는데 바로 안채로 들어가지도 않았다. 금동에게 등불을 들리고 화원 쪽문을 지나 이병아 방으로 갔다. 그런 후에 금동은 등불을 소옥에게 건네주었다. 그때 월랑과 이교아, 맹옥루, 반금련, 이병아, 손설아, 서문경의 큰딸과 두 비구니는 안방에 앉아 있었다. 월랑이 금동에게 물었다.

"나리께서 돌아오셨느냐?"

"오셔서 앞채에 있는 여섯째 마님 방으로 가셨어요."

"하여튼 이렇게 제멋대로라니깐! 사람들이 눈이 빠져라 기다리는데 들어오지 않다니."

이 말을 듣고 이병아는 다급히 방으로 건너가 서문경에게,

"둘째 형님 생일이라 나리께서 축하해주시기를 기다리고 있어요. 그런데 어쩌자고 안채에 들어오지 않으시고 제 방에 계시는 거예요?"

라며 다그쳐 묻자 서문경은 웃으며,

"내 오늘은 취했으니, 내일 축하해주기로 합시다."

라고 했다. 이병아는,

"아무리 취하셔도 안채에 들어가 술 한 잔쯤은 받아주셔야지요. 가지 않으시면 둘째 형님께서 화가 나지 않으시겠어요?"

하면서 서문경을 잡아 이끌고 안채로 들어왔다. 이교아가 잔을 올리자 월랑이,

"그래, 오늘은 어디를 쏘다니다가 이렇게 늦게 돌아오시는 거예요?"

하니 서문경은,

"응백작과 함께 마셨어."

하자 월랑은,

"물론 그러셨겠지요, 내 어찌 나리께서 혼자서 술을 드시겠냐고 했어요."

그렇게 몇 마디 하고는 월랑은 더 말하지 않았다. 서문경은 잠깐 앉아 있다가 자리에서 일어나 비틀걸음으로 앞채에 있는 이병아 방으로 건너갔다.

왕륙아 집에서 호승이 준 춘약을 먹고 아직까지도 약기운이 남아 있었다. 왕륙아와 하루 종일 그 짓을 했는데도 아무 짓도 안 한 것처

럼 물건이 가면 갈수록 뻣뻣해지고 마치 쇠몽둥이와 같은 형상이었다. 방에 들어가 영춘에게 옷을 벗기게 하고는 침대 위에 올라 이병아와 잠자리를 하려고 했다. 그런데 이병아는 서문경이 오지 않을 줄 알고 관가와 침대 위에서 자려 하고 있었다. 고개를 돌려 서문경을 보고는,

"안채에서 주무시지 또 왜 나오셨어요? 애도 방금 잠이 들어 곤히 자고, 저는 마음이 편치 않은 데다가 달거리도 있어 몸 상태가 좋지 않아요. 그러니 다른 방에 건너가 주무시는 게 어떠세요? 공연히 여기서 시끄럽게 하지 마시고요."

하니, 이 말을 듣고서 서문경은 병아의 목을 꼭 끌어안고 입을 맞추면서,

"귀여운 것, 그래도 나는 너하고 자고 싶은데…."

라면서 남자의 그 물건을 꺼내 이병아에게 보여주었다. 놀란 이병아는 물건을 보고 어찌할 줄 모르며,

"아야! 어떻게 했길래 물건이 이렇게 커졌지요?"

하고 물었다. 이에 서문경은 웃으며 호승이 준 약을 먹은 일을 자세히 얘기해주었다. 그러면서,

"나와 자지 않으면, 확 죽어버릴 거야."

하자 이에 이병아가 말했다.

"이걸 어쩐다지요? 달거리를 시작한 지 이틀밖에 안 됐는데… 달거리가 끝난 다음에 함께 자요. 오늘은 다섯째 방에 가서 주무세요. 다 마찬가지잖아요."

"오늘은 왠지 꼭 너와 자고 싶은걸. 죽는 닭처럼 빌 테니 제발 함께 자자고. 하인 애더러 물을 떠오래서 잘 씻은 다음에 자면 되잖아."

"정말 우스워 죽겠네요. 오늘 어디에서 술을 드셨어요? 어디서 마시고는 취해서 이렇게 못살게 달달 볶는 게지요! 설사 씻는다 해도 깨끗하지 않아요. 여인네들의 달거리 피가 남자들 몸에 묻으면 더럽기도 하고 재수가 없다잖아요. 그러니 제가 내일 죽게 되면 당신도 죽을지 몰라요."

그래도 서문경이 계속 졸라대므로 어쩌지 못하고 영춘을 불러 물을 떠오게 해서 그 부근을 깨끗하게 씻은 후에 침대에 올라 서문경과 잠자리를 하려 했다. 그런데 기이하게도, 이병아가 꼭 껴안고 재운 관가가 고개를 돌려 눈을 빠끔히 뜨고서는 쳐다보는 것이었다. 다시 다독거려 잠을 재우고 일을 시작하려는데 눈을 뜨고 보채기를 서너 차례 반복했다. 이에 이병아는 영춘을 불러 놀이 방울을 주어 아이를 달래게 한 후에 유모 방으로 안고 가게 했다. 그런 후에 두 사람은 비로소 장난을 치기 시작했다. 서문경이 휘장 안에 앉자, 이병아는 말처럼 기어 다가가니 서문경은 자기 물건을 뒤쪽에서 이병아의 질 안으로 밀어 넣었다. 그러고 나서 등불 아래에서 이병아의 하얀 엉덩이를 두 손으로 붙잡고 질 속을 왕복운동했다. 서문경이 움직이는 물건을 바라보고 있노라니, 자기 물건이 반쯤 삼켜졌다 다시 빠져나오는 모습이 이루 다 표현할 수 없을 만큼 흥겨웠다. 이병아는 서문경의 물건에 피가 묻어 나올까봐 계속 손수건으로 닦아주었다. 그러기를 한 시각쯤 한 후에 그제야 두 손으로 부인의 엉덩이를 붙잡고 물건을 문질러대는데 물건이 질 안 깊숙이까지 들어오고 배꼽 아래의 털까지 엉덩이를 찔러 자극하니 그 짜릿함과 쾌감이란 정말 그 어느 것과도 비교할 수 없었다. 이병아는,

"좀 살살해주세요. 안이 다 얼얼해 죽겠어요."

하니 서문경은,

"그렇게 아프면, 내 이제 그만두지."

라면서 탁자 위에 있는 식은 차를 끌어당겨 한 모금 마시니 갑자기 정액이 용솟음치듯이 쏟아져나왔다.

실로 사지가 나른한 것이 모든 것이 따스한 봄이로세.

서문경은 호승이 준 약의 효험이 대단하다는 것을 알았다. 일을 마치고 잠자리에 드니 삼경쯤 되는 시각이었다.

한편 반금련은 서문경이 이병아 방에 건너가 자는 것을 보고서는 서문경이 음기구 꾸러미를 가져가 이병아와 즐기려 한다고 지레짐작을 했을 뿐, 서문경이 바깥에서 다른 여인과 오입질을 하고 돌아온 줄은 전혀 알아채지 못했다. 반금련은 그저 깊어가는 밤에 홀로 이를 갈다가 문을 잠그고 잠이 들었다. 월랑은 설비구니, 왕비구니와 함께 안방에서 잤다. 왕비구니는 갓 태어난 남자 아기의 탯줄로 만든 것과 설비구니가 가져온 약을 잘 싸서 살그머니 월랑에게 건네주었다. 설비구니는 월랑에게 임자[壬子]일을 택해 술에 녹여 마시고 그날 밤에 바깥양반과 잠자리를 하면 바로 태기가 있을 것인데, 절대 다른 사람에게 말하지 말라고 신신당부했다. 월랑은 급히 약을 받아 잘 챙기고 두 비구니에게 고맙다고 인사를 했다. 월랑은 왕비구니에게 말했다.

"정월에 몹시 기다렸는데 오시지 않더군요."

"말씀 잘하셨어요. 와서 뵐까 하다가 사월에 둘째 마님 생일도 있고 약을 구해 설스님도 모시고 겸사겸사 오려고 했어요. 그런데 아기의 탯줄을 구하는 게 여간 힘들지 않았어요. 어느 집 며느리가 첫 애를 낳는다는 소식을 듣고 설스님께서 잘 아는 산파에게 몰래 은자 석 냥을 주고 겨우 손에 넣었지요. 그런 다음에 백반을 탄 물에 담가 졸인 후에 깨끗이 닦아 곱게 빻고, 원앙을 새긴 새 토기 그릇에 넣어 처방대로 볶았지요. 그러고는 명주 두 겹을 씌운 체에 곱게 받친 후 다른 약재와 반죽해 가져온 것이지요.”

이를 듣고 월랑은,

“두 분 스님께 너무나 많은 폐를 끼쳤군요.”

그러면서 두 비구니에게 각기 은자 두 냥씩 주어 사례했다.

“나중에 아기가 생기면 가사를 해 입을 수 있게 설스님께 누런 비단 한 필을 드릴게요.”

이에 설비구니는 합장을 하며,

“나무관세음보살, 제발 좋은 소식이 있기를!”

이라고 축원했다.

속담에 ‘열흘 동안 비늘 한 짐은 팔 수 없어도, 하루에 갑옷 한 짐은 팔 수 있다(옳은 말은 받아들이기 어렵지만, 거짓말은 쉽게 믿는다는 뜻)’고 했다.

만약 이러한 무리들이 불도를 이룬다면
천하의 승려, 비구니는 물처럼 많으리라.
若敎此輩成佛道
天下僧尼似水流

# 더없이 깊고, 미묘하고도 오묘한 법

오월랑은 금강경 강연을 듣고,
계저는 서문경 집에 몸을 숨기다

거울에 아름다운 얼굴을 부끄러이 비춰 보고
손으로 턱을 받치니 잠이 오지 않네.
야윈 나머지 비춰 허리띠 헐겁고
눈물을 흘리니 분 바른 얼굴에 금비녀 떨어진다.
박정한 그 사람이 그리워 우수에 잠기네
애틋한 마음 어지러워 한[恨]만 끝없어라.
언제 저 바람을 빌려서
사랑하는 낭군[郞君]을 베개맡에 불러오는지.
羞看鸞鏡惜朱顔 手托香腮懶去眠
瘦損纖腰寬翠帶 淚流粉面落金鈿
薄幸惱人愁切切 芳心撩亂恨綿綿
何時借得來風便 刮得檀郞到枕邊

  금련은 서문경이 음기구를 담은 꾸러미를 가지고 이병아 방에서
잘 것을 생각하느라 속을 태우며 밤새 한잠도 못 자고 뜬눈으로 지새
우며 한을 품었다. 다음 날 서문경이 관문으로 등청하고 이병아는 방

에서 머리를 손질하고 있다는 소식을 전해 듣고 일찌감치 안채의 월랑에게 가서 말했다.

"여섯째 동생이 등뒤에서 형님을 헐뜯고 있어요. 큰형님께서 아량이 넓은 포주 할망구처럼 행동하지만 실상은 잔소리를 늘어놓으며 남의 생일잔치까지 간섭한다고 말이에요. 또 영감께서 술에 취해 자기 방에 왔을 적에 자기는 안채의 방에 있었는데 공연히 자기가 영감을 꼬드겨 불러들인 것처럼 말해 망신을 주었다나요. 그래서 화가 나서 바로 바깥채의 자기 방으로 달려가 영감님을 안채로 쫓아버렸대요. 그런데 잠시 뒤에 어인 일인지 나리께서 안채로 가지 않고 다시 자기 방으로 건너오셨대요. 듣자 하니 둘이 어제 밤새도록 즐겁게 놀았다 하더군요. 그러니 무슨 말인들 안 했겠어요? 그저 오장육부만 까집어주지 못했겠죠!"

이 말을 듣고 월랑은 대단히 화가 나 오대구 부인과 맹옥루에게 말했다.

"어제 일은 자네들도 보았지만, 내가 여섯째에게 무슨 말을 하던가? 하인이 등불을 가지고 들어오길래 단지 '나리께서 돌아오셨느냐?' 하고 물으니, 하인 애가 '여섯째 마님 방으로 가셨어요' 하길래 내가 '둘째 마님이 기다리고 있는데, 모른 체하고 들어오지를 않는 걸까?'라고만 했을 뿐 수다스럽게 말하거나 비꼬지도 않았는데 왜 내가 뭘 그랬다고 할까? 내가 음탕한 포주 할멈 같다고? 지금껏 여섯째를 좋게 보아왔는데, '사람 얼굴만 봐서는 알 수 없고, 겉만 보아서는 속을 알 수 없다'더니만! 숨 속의 바늘이 살을 찌른다 하더니! 여섯째가 등뒤에서 그 양반한테 거짓 혓바닥을 놀릴 줄을 누가 알았겠어? 어제 여섯째가 재빨리 일어나 바깥채로 나가길래 좀 이상하다고 여겼지. 어리석기는, 그 양반이 하루 종일 자기 곁에 붙어서 떨어지지 않을 줄 아는 모양이지. 나는 그런 것에는 시샘이나 미동도 하지 않는 걸 모르는 모양이지. 영감을 그들에게 건네주고 그들이 하자는 대로 내버려두고는 외롭게 지내왔잖아! 이 집에 들어와서 모든 걸 참고 견디지 않았다면 어찌 지금까지 살아올 수 있었겠어."

이에 오대구 부인은 곁에서,

"올케, 됐어요. 어린애를 봐서 용서해줘요. 자고로 '재상의 배[腹] 안은 배[船]를 띄울 수 있고(도량이 매우 넓다는 뜻), 주부의 배[腹]는 구정물 항아리(아무리 궂은일이라도 꾹 참고 견딘다는 뜻)다'라고 하니, 좋은 일도 가슴에 접어두고, 나쁜 일도 다 가슴에 접어두세요."

하니 오월랑은,

"그렇지만 내 언제 이 일에 대해서는 따져봐야겠어요. 내가 어째서 포주 할멈처럼 행세하며 수다를 떨었다고 하는지!"

이 말을 듣고 금련은 당황하며 말했다.

"큰형님이 참고 용서하세요! 옛말에도 '윗사람은 아랫사람의 잘못을 탓하지 않는다!'고 하잖아요. 소인 중에서 죄를 짓지 않는 사람이 어디 있겠어요? 여섯째가 남 몰래 영감을 충동질해 우리를 물 먹이려고 하지만 누가 그런 시샘 어린 충동질에 끄떡이나 하나요? 여섯째와 벽 하나를 사이에 두고 지내지만, 제가 일일이 따지고 들었다면 일이 벌어져도 아마 크게 벌어졌을 거예요, 이게 다 아들을 낳았다고 유세 떠는 거예요! 자기 애가 이다음에 크면 '은혜는 은혜로, 원수는 원수로 갚겠다'고 하더군요. 그때 가서 우리는 모두 굶어 죽거나 거리로 내쫓길 운명이라고요. 그런 사실을 큰형님만 모르고 계셨던 거예요!"

오대구 부인은,

"아이구 맙소사! 그런 말까지 했을라고요?"

했으나 월랑은 아무런 말도 하지 않고 가만히 앉아 있었다. 속담에도 '길이 평탄하지 않으면, 불과 등이 있어야 한다'고 하지 않던가?

서문경의 큰딸과 이병아는 평소에 매우 가깝게 지냈기에 가끔 가죽신을 지을 때 부족한 게 있으면 이병아는 아끼지 않고 비단이면 비단, 가죽이면 가죽을 주곤 했다. 좋은 손수건이 있으면 두세 개씩 주기도 했으며, 돈도 마찬가지로 아끼지 않았다. 그러니 이러한 말을 듣고 어찌 이병아에게 알려주지 않을 수 있겠는가? 이병아는 그때 방에서 단오절에 아이 몸에 지니게 할 비단으로 만든 부적 호패와 각양각색의 작은 주머니 그리고 머리에 얹어 마귀를 쫓는다는 애호[艾虎]를 만들고 있었다. 큰딸이 들어오자 이병아는 자리를 권하며 자기가 만든 것을 보여주었다. 그러고는 영춘을 불러 차를 내오라고 분부했다. 차가 나오자 마시기를 권하니 큰딸이 물어보았다.

"방금 안채에서 차를 마시러 오라고 청했는데, 어째 들어오지 않으셨어요?"

이병아는,

"나리 등청하는 채비를 돕고 날씨가 선선할 때 애가 가지고 놀 잡다한 것을 만드느라 못 갔어요."

하니 이에 큰딸이 말했다.

"제가 알려드리지 않을 수 없는 일이 생겼어요. 여섯째 어머니께서 큰어머니가 유세나 떠는 포주 할멈 같고 공연히 무게나 잡는다는 말을 했다고 다섯째 어머니가 고해바쳤어요. 여섯째 어머니가 뒤에서 큰어머니를 헐뜯고 다닌다고 말이에요. 그래서 어머니께서 단단히 벼르고 계세요! 절대 제가 얘기해주었다고 하지 마세요. 그랬다가는 제가 혼날 테니깐요. 여하튼 미리 잘 준비하셨다가 대처하세요."

이병아는 이 말을 듣고 손발이 부들부들 떨리고 사지의 온 힘이 다 빠져 손에 들고 있던 바늘도 제대로 들지 못할 정도로 맥이 다 빠지면서 한참 동안 아무런 말도 하지 못했다. 한참 만에 겨우 큰딸을 보고 눈물을 뚝뚝 흘리며 말했다.

"큰아씨, 알다시피 내가 어떻게 그런 말을 한마디라도 했겠어요! 어제 안채의 큰마님 방에 있다가, 하인이 나리께서 돌아오셔서는 제 방에 왔다는 말을 듣고서 부리나케 건너와 재촉해서 나리를 안채로 들어가시게 했는데 누가 무슨 말을 더 했다는 거예요? 큰마님께서 그토록 잘 돌봐주시는데 제가 어찌 나쁜 마음을 먹을 수가 있고, 좋고 나쁜 것도 분간을 못하며, 감히 그런 말을 할 수 있겠어요? 설사 그런 말을 했다면 누군가를 붙잡고 했을 터이니 증인이 있을 것 아니에요?"

"큰어머니가 조만간 직접 그런 말을 한 적이 있는지 물어보겠다고 하자 다섯째가 어찌나 당황하던지! 나 같으면 당장에 직접 대면해서 누가 거짓말을 하고 있는지 시비를 가리고 말겠어요. 어때요?"

"내가 어디 다섯째의 입심을 당해낼 수 있겠어요? 모든 것을 다 하늘에 맡기는 수밖에! 밤낮으로 나에게 해코지하려고 별별 수를 다 쓰고 있잖아요. 언젠가 우리 두 모자는 다섯째한테 당하고 말 거예요!"

이병아는 말을 마치자 울음을 터트렸다. 큰딸은 곁에서 울지 말라고 한참을 달랬다. 그때 소옥이 와서는 건너와 식사하라고 전했다. 이병아는 바늘을 내려놓고 큰딸과 함께 안채로 들어갔다. 그러나 밥을 삼키지 못하고 바로 방으로 돌아와 침상에 엎드려 곧 잠이 들었다. 서문경이 관아에서 퇴청해 이병아 방에 왔다가 잠을 자고 있는 것을 보고 영춘에게 무슨 일이 있었느냐고 묻자 영춘은,

"마님께서는 하루 종일 아무것도 드시지 않았어요!"

라고 대답했다. 깜짝 놀란 서문경은 침상 머리맡으로 다가가서는,

"왜 밥을 안 먹었지? 무슨 일인지 내게 말해봐요."

라고 말을 건넸다. 이병아의 눈이 울어서 붉게 충혈이 된 것을 보고 다시 물었다.

"도대체 무슨 일이야? 말해봐요."

이병아는 다급하게 일어나 눈을 비비면서,

"눈이 좀 아파서 그래요, 별일 아니에요. 오늘은 별로 밥 생각이 없네요."

라고 할 뿐 다른 말은 전혀 꺼내지 않았다.

가슴속에 숱한 사연이 있지만 모든 것은 무언[無言] 중에 있다네.

시가 있어 이를 증명하나니,

미인은 모두 어리석다고 말하지 마오.

총명하고 영리하다 해도 이익은 없다오.

인간사의 모든 것을 알고 나니

수심과 근심만이 가슴속에 가득 쌓이네.

莫道佳人總是癡 惺惺伶俐沒便宜

只因會盡人間事 惹得閒愁滿肚皮

한편 큰딸은 안채에서 월랑에게,

"제가 여섯째에게 물어보니, 자기는 전혀 그런 말을 하지 않았다

고 하더군요. 감히 누구에게 그런 말을 하겠느냐면서요! 맹세코 그런 말을 한 적이 없으며, 만약 했다면 천벌을 받을 거라면서 저를 보고 울더군요. 큰마님께서 자기를 그토록 잘 돌봐주시는데 어찌 감히 험담할 수 있겠느냐면서요."

하니, 이에 곁에 있던 오대구 부인도,

"저도 믿지 않아요, 여섯째는 심성이 착한데 어찌 그런 허튼 말을 했겠어요?"

하자 이에 월랑이,

"모르긴 해도 둘이 단단히 틀어진 모양이야. 남자를 꼬드겨도 안 되니 공연히 안채로 들어와 입을 놀려 까불다니. 내가 다소곳이 있다고 아무것도 모르는 줄 아는 모양이지!"

하니, 이에 오대구 부인이 말했다.

"앞으로는 다른 사람의 말을 곧이곧대로 믿지 말아요. 뒤에서 할 말은 아니지만 반씨 같은 사람은 백 명이라도 이씨 하나에 미치지 못해요. 심성이 좀 좋아요. 우리 집에 온 지 이삼 년이 되었는데 언제 한 번이라도 경우에 어긋난 적이 없잖아요."

이때 금동이 큰 보따리를 등에 메고 들어왔다. 이를 보고 월랑이 물어보았다.

"그게 무엇이냐?"

"소금 인출증 삼만 장이에요. 한지배인과 최본 아저씨가 방금 세관에 가서 등록하고 돌아왔어요. 영감마님께서 두 사람에게 식사를 차려주라고 하셨어요. 그리고 은을 달아 잘 싼 다음 스무날쯤에 세 사람을 양주로 보내신다고 하셨어요."

오대구 부인이,

"영감님이 들어오실지 모르니, 나와 비구니 두 분은 둘째 방으로 건너가겠어요."

했으나 말이 채 끝나기도 전에 서문경이 발을 걷고 들어오니, 오대구 부인과 설, 왕 두 비구니가 이교아 방으로 건너가지 못해 당황해서 엉거주춤하다 살그머니 방을 빠져나갔다. 서문경이 세 사람을 재빠르게 쳐다보고서,

"아니 저 설비구니, 음탕한 뚱보 땡중이 여기 뭐하러 왔지?"

하고 물었다. 월랑이 말했다.

"무슨 말을 그리 험하게 하세요! 설비구니가 당신께 뭘 어쨌다고 요? 그런데 어떻게 성이 설인 걸 알고 있지요?"

"당신은 아직도 저 사람이 한 짓을 모르고 있는 모양이군! 저 땡중은 진삼정의 딸을 칠월 보름날에 지장암[地藏菴]으로 끌어들여 완삼이란 자와 몰래 놀아나게 했단 말이야. 그런데 뜻밖에도 완삼이 그녀의 배 위에서 죽어버렸지. 저 땡중이 은자 석 냥을 먹고 그들을 이어준 게 들통이 나서, 관아에 끌려왔을 때 내가 땡중의 옷을 벗기게 하고는 곤장을 스무 대 내려치라고 분부한 뒤 환속해 시집이나 가라고 말했지. 그런데 어찌 아직까지 환속하지 않고 있는 걸까? 정히 말을 안 듣는다면 다시 관아로 잡아가 몇 차례 주리를 틀어야겠군!"

"그게 뭐 중요하다고 설비구니를 그렇게 헐뜯고 훼방하는 거예요? 설비구니는 부처님의 제자로 아직도 착한 데가 많아요, 그런데 왜 공연히 환속을 하겠어요? 당신은 저이의 도행[道行]이 얼마나 크고 넓은지 잘 몰라요!"

"뭐 도행이 있다고? 그럼 설비구니한테 하루 저녁에 남자를 몇이나 받을 수 있는지 물어봐요?"

월랑은,

"공연히 험담하지 마세요. 정말로 어처구니가 없어서 당신과 더 말을 못하겠어요!"

그러면서 물었다.

"그건 그렇구 언제쯤 소금을 받아오게 보낼 건가요?"

"내 그렇지 않아도 방금 내보를 교사돈 댁에 보냈어. 스무날이 좋은 날 같으니 교사돈 댁과 내가 오백 냥씩 내서 그날 출발시키려고 해."

"그럼 비단실 가게는 누가 보게 하지요?"

"가게는 분사가 보면 돼."

말을 마치자, 월랑은 상자에서 은자를 꺼내어 달아서 세 사람에게 건네주었다. 행랑채에서 짐을 꾸리고 있을 적에 사람들에게 은자를 닷 냥씩 주고 집에 돌아가 여행에 필요한 짐을 꾸리게 했다.

마침 이때 응백작이 사랑채로 들어오다가 서문경이 짐 싸는 걸 감독하는 것을 보고 물었다.

"형님, 뭘 싸고 계세요?"

이에 서문경은 스무날에 사람들을 양주로 보내 소금을 받아오는 일을 자세하게 말해주었다. 응백작은 손을 들면서,

"형님, 축하드립니다! 이번에 갔다 오면 꽤 많은 이익을 보게 될 겁니다."

하니 서문경은 응백작에게 앉으라 권하고 차를 내와 같이 마셨다. 그러면서,

"그래, 이지와 황사가 돈을 언제 돌려준다던가?"

하고 물으니 백작이 답했다.

"이 달 안으로 줄 거예요. 어제 저를 찾아와 말하기를 동평부에서 향나무를 이만 그루 정도 납품하라고 해서, 우선 형님께 오백 냥 정도 빌려 급한 것을 막았으면 좋겠다고 하더군요. 납품해서 받은 돈은 하나도 건드리지 않고 모두 여기로 가져오겠답니다."

"자네도 알다시피 사람을 양주로 보내는데 나도 돈이 없어 교씨 사돈댁에 부탁해 오백 냥을 빌려왔다네. 그런 판인데 돈이 어디 있겠나?"

"둘이 저한테 수차례 말하기를, 다른 사람한테 신세질 수도 없으니 제발 형님께 잘 말씀드려 살려주는 셈치고 한 번만 더 봐달라고 하더군요. 하기야 그 작자들이 여기가 아니면 어디 가서 돈을 빌릴 수 있겠어요?"

"성 밖에 있는 서사[徐四]의 가게에서 일전에 돈을 빌려간 적이 있는데 거기다 오백 냥을 달래서 빌려줘야겠군."

"그럼 되겠군요!"

이때 평안이 편지 한 통을 가져왔다.

"하영감님 댁의 하수가 편지를 가지고 왔어요. 내일 나리를 초청한답니다."

서문경이 편지를 뜯어 읽어보니 초대한다는 내용이었다. 백작이 말했다.

"오늘 형님께 재미있는 일을 말씀드리려고 왔어요. 형님께서는 이계저의 일을 알고 계세요? 최근에 여기 오지 않았지요?"

"정월에 오고는 안 왔던 것 같은데? 무슨 일이 있는지 잘 모르겠는걸."

"왕초선부[王招宣府]의 셋째 아들은 원래 동경 육황태위[六黃太

尉]의 조카사위이지요. 정월에 동경에 세배를 드리러 갔는데 노대감이 은자 천 냥을 주고 그들 내외더러 설이나 보내라 했다더군요. 형님께서는 이 육황태위의 조카딸이 얼마나 예쁜지 모르실 거예요. 그림을 반쯤만 그려도 얼마나 어여쁜지 모른답니다. 그런데 이 남편이란 작자는 집안을 잘 지키기는커녕 허구한 날 손과취, 축일념, 소장한과 어울려 기방을 들락거리다가 이조암[二條菴]에 있는 제향[齊香]의 머리를 얹어 자기 계집으로 만들고 또 이계저까지 눈독을 들였지요. 그러다가 자기 마누라의 머리 장식까지 모두 저당을 잡혔어요. 화가 난 신부가 집 안에서 목을 매기도 했답니다. 얼마 전 노대감 생일에 동경에 올라가 이 사실을 고하자 화가 난 노대감은 몇 사람의 이름을 적어 주태위에게 보내고, 주태위는 이 명단을 바로 동평부로 넘겨 본현에서 체포하라고 지시했지요. 그래서 어제 손과취, 축일념과 소장한이 모두 이계저 집에서 붙잡히고, 이계저는 옆집의 주씨 집에 건너가 숨어서 하루를 보냈다고 하더군요. 그래서 오늘 형님께 살려달라고 부탁하겠다고 하던데요."

"어쩐지 내 정월에 계저를 붙잡아두려고 했는데 기를 쓰고 가더라니, 그런 짓을 하려고 이곳 저곳 사람들한테 돈을 빌려 썼군. 그래놓고선 축곰보는 아직까지도 나를 속이다니!"

"저는 가겠어요, 잠시 뒤에 이계저가 올지도 모르니까요. 봐주건 안 봐주건 다 형님이 알아서 하세요. 제가 있는 걸 보면 무슨 허튼소리를 한 줄 알 거예요."

"내 할 얘기가 있으니 가지 말고 잠시 더 앉아 있지. 이지한테는 잠시 말하지 말고 있게. 돈을 받아 가져오거든 자네한테 말해줄 테니."

백작은,

"잘 알겠어요."

그렇게 대답하고 떠나가자, 이계저가 가마를 타고 도착해 안으로 들어왔다. 서문경은 진경제에게 분부해 나귀를 타고 성 밖 서사의 집에 가서 빚을 독촉해 받아오라고 시켰다. 이때 금동이 사랑채로 들어와서는,

"마님께서 안채에서 찾으세요. 이계저가 왔다면서요."

해서 서문경이 안채로 들어가 보니 차 색깔 옷을 입은 이계저가 보였다. 흰 수건으로 감싼 머리는 헝클어 있었고 얼굴은 분을 바르지 않아 더욱 초췌해 보였다. 이계저가 서문경을 보자 절을 하고는 울면서 말했다.

"영감마님, 어쩌면 좋지요? 무슨 놈의 조화인지 모르겠어요! '문을 잠그고 안에 앉아 있어도 재앙이 하늘에서 내려온다'고 하더니만… 왕삼관이란 작자를 저는 알지도 못해요. 손과취랑 축곰보가 왕삼관을 데리고 우리 집에 와서 가끔 차를 마셨어요. 언니는 집에 없고 해서 제가 접대했는데 누가 이런 화를 불러올 줄 알았겠어요? 게다가 우리 어머니도 망령이 든 것 같아요. 일전에 영감님 댁으로 마님의 생일을 축하하러 간 날도 그래요. 가마를 보냈으면 그만이지, 축곰보가 주위에서 얼쩡거리는 것을 보고서는 저보고 '애야, 너는 가지 말고 저들에게 차나 대접하렴, 그래야 저 사람들이 덜 난감해할 게 아니냐' 그러고는 문을 걸어 잠그고 저를 밖으로 나가지 못하게 하시는 거예요. 그런데 누가 생각이나 했겠어요? 갑자기 사람들 한 무리가 들이닥쳐서는 세 사람을 다 잡아가지 않았겠어요. 왕삼관은 옆문으로 슬그머니 도망치고, 저는 옆집으로 건너가 숨어 있었는데, 집 안에 누가 남아 있겠어요? 내보를 시켜 겨우 어머니를 모셔오게 했지

요. 어머니가 집에 와 보시고는 놀라 나자빠져 거의 죽을 뻔했지요. 그런데 오늘 아침에는 관아에서 체포 영장을 가지고 와서 어머니를 끌고 갔어요. 그러면서 조만간 저도 체포해 동경으로 보낸다고 하더군요. 영감님, 제발 저를 불쌍히 여기시어 한 번만 살려주세요. 제가 어찌해야 좋을까요? 마님도 옆에서 무슨 말씀 좀 해주세요."

이 말을 듣고 서문경은 웃으며,

"일어나거라."

하면서 물어보았다.

"그래 그 체포 영장에는 또 누구의 이름이 있더냐?"

"제향이의 이름이 있었어요. 왕삼관이 제향이의 머리를 얹어주고 손에 넣느라 그 집에 돈을 처박았으니 그야 당연한 것이지요. 그렇지만 저희가 왕삼관의 돈을 땡전 한 닢이라도 받았다면 눈알을 빼도 할 말이 없을 거예요! 또 왕삼관과 털끝만한 접촉이라도 했다면 몸에 큰 종기가 나 죽도록 고생할 거예요!"

월랑이 서문경에게,

"됐어요, 쓸데없는 말 그만 하게 하고 당신께서 잘 알아서 처리해 주세요."

하니 서문경이 다시 물었다.

"제향이는 잡아갔느냐?"

"제향이는 지금 왕황친 댁에 숨어 있어요."

서문경은,

"그렇다면 너도 우리 집에서 이삼 일 숨어 있거라. 사람들이 너를 찾아오면 내가 사람을 시켜 현에 가서 잘 얘기해주마."

라고 말하고는 서동을 불러 일렀다.

"빨리 편지 한 통을 써서 현에 가 이지사를 뵙고, 계저가 우리 집에 머물고 있으니 선처를 바란다고 말씀드리거라."

서동은 옷을 갈아입고 바로 출발했다. 잠시 뒤에 이지사에게 다녀와 말했다.

"이지사께서 다른 사건 같으면 말씀대로 적당히 처리할 수가 있으나, 이번 일은 동경에 있는 상사[上司]가 공문으로 현에 위임해 체포를 명한 것이라서 자기 마음대로 어떻게 할 수가 없답니다. 단지 나리의 체면을 보아 체포를 이삼 일 미룰 수는 있답니다. 일을 없던 것으로 처리하려면 아무래도 동경에 가서 말씀하셔야 할 것 같답니다."

서문경은 이를 듣고 잠시 생각을 하더니,

"내보가 하루이틀 사이에 길을 떠나야 하는데, 동경에 보낼 사람이 없구나."

하자 월랑이 말했다.

"그럼 두 사람을 먼저 보내고 동경으로 내보를 보내 이번 일을 처리하게 한 후 바로 뒤따라가게 해도 늦지는 않을 것 같은데요. 놀라서 벌벌 떨고 있는 저 애를 좀 보세요!"

이 말을 듣고 계저는 급히 서문경과 월랑에게 절을 올렸다. 서문경은 사람을 시켜 내보를 불러서는,

"스무날에 다른 두 사람을 먼저 보내게. 그리고 자네는 내일 즉시 동경에 가서 계저 일을 처리해야겠어. 적집사를 보거든 이러저러한 것이라 말씀드리고 현에 사람을 보내 잘 처리해주십사 하고 부탁드리게나."

하니 계저는 급히 고개를 숙여 인사를 하며 부탁했다. 당황한 내보도 고개를 숙이고 한 걸음 뒤로 물러나며,

"계저 아가씨, 내 갔다 올게요."

했다. 서문경은 먼저 적집사에게 '전일 증순안 어사의 일에 너무나 많은 신경을 써주셔 감사하다'는 편지를 쓰게 하고 은자 스무 냥을 편지와 함께 싸서 내보에게 건네주었다. 계저도 매우 기뻐하며 은자 닷 냥을 꺼내 내보에게 여비에 보태라고 주었다. 그러면서 다시,

"돌아오시면 저희 어머니께서도 후히 사례할 거예요."

했으나 서문경은 됐노라 하면서 다시 이계저에게 돌려주었다. 그러면서 월랑에게 일러 따로 은자 닷 냥을 가져다 내보가 여비에 보태 쓰게 했다. 이에 계저는,

"죄송하게 어찌 그렇게 할 수가 있겠어요. 나리께 사정을 봐달라고 어려운 부탁을 드리는 판국인데 여비까지 주시다니요."

그러자 서문경은,

"그럼 내가 이 은자 닷 냥이 없어서 네 돈을 쓸 줄 알았더냐?"

하니, 이에 비로소 이계저는 돈을 거두었다. 그리고 내보에게 다시 인사를 하며 말했다.

"공연히 오라버니께 폐를 끼치는군요. 내일 늦지 않게 아침 일찍 출발해주세요."

내보는,

"내일 아침 해뜨기 전에 출발할게요."

그러고는 편지를 받아 바로 사자가의 한도국 집으로 갔다. 그때 왕륙아는 집 안에서 한도국의 옷을 꿰매고 있다가 창 너머로 내보가 오는 것을 보고서,

"무슨 할말이 있으세요? 들어와 앉으세요. 남편은 바느질집에 맡겨놓은 옷을 찾으러 갔는데 바로 올 거예요."

그러면서 금아를 불러,

"맞은편 서씨 바느질집에 가서 아저씨를 모셔오너라. 내보 어른께서 오셔서 기다리신다고 전하거라."

하니 내보가,

"내가 내일 갈 수 없다는 말을 해주려고 왔어요. 또 시끄러운 일이 터졌어요. 나리 대신 동경에 가서 이계저의 어려운 사정을 처리해야 해요. 계저가 방금 나리와 마님께 수차례 절을 하며 제발 살려달라고 애원하고 또 나한테도 부탁했어요. 그래서 나리와 마님께서 할 수 없이 '좋아, 자네가 동경에 한번 가서 이 일을 잘 처리하게. 한지배인과 최씨는 먼저 보내지. 자네가 일을 처리하고 가더라도 늦지는 않을 게야' 하시더군요. 그래서 내일 아침 일찍 떠나야 해요. 동경에 가서 전해줄 편지도 여기 있어요."

그러면서,

"그런데 지금 뭐하세요?"

하고 묻자 왕륙아는,

"바깥양반의 속옷을 깁고 있어요."

하자 내보가 말했다.

"남편더러 옷은 적게 가지고 가라 하세요. 비단이나 명주가 나는 곳에 가는 건데 무슨 입을 옷 걱정을 하세요?"

이때 한도국이 들어와 서로 인사를 나누고 전후 사정을 얘기했다. 내보는,

"내가 나중에 양주에 가면 어디에서 당신들을 찾지요?"

하고 물으니 한도국은,

"나리께서 우리보고 부둣가에 있는 중개상인 왕백유[王伯儒]의 가

게에 머물라 하셨지. 돌아가신 영감님과 왕백유의 부친이 교류가 있
으셨고, 가게 안의 방도 넓고, 오가며 머무는 상인들도 많아, 물건을
놓아두더라도 걱정을 안 해도 된다는군. 그리로 찾아오면 될 걸세."
하니 내보는,

"아주머니, 제가 동경에 가는데 따님한테 뭐 소소한 물건이라도
보내줄 게 없는지요?"
하자 왕륙아는,

"뭐 특별한 건 없어요. 단지 제 아버지가 비녀 두 쌍을 만들어놓았
고, 신 두 켤레가 있는데 수고스럽더라도 딸에게 전해주세요."
라면서 비녀와 신을 잘 싸서 내보에게 건네주었다. 그러고는 왕륙아
는 하던 일을 잠시 멈추고 춘향을 시켜 안주를 준비하고 술을 데우라
고 한 후에 바로 상을 차렸다. 내보가,

"아주머니, 신경 안 쓰셔도 돼요. 바로 갈 거예요. 집에 가서 짐을
꾸려놔야 내일 일찍 떠날 수가 있어요."
하니 이를 듣고 왕륙아는 웃으며,

"에이! 남의 집에 와서 왜 멋없이 빼는 거예요! 지배인 나리가 길
을 떠난다고 하니 우리가 한잔 올릴게요!"
하면서 한도국에게도,

"이런 답답한 양반 봤나, 상이 아직 제대로 준비가 안 되어 있으니
내보 아저씨한테 앉으라고 좀 권할 것이지, 하는 짓을 보면 정말 아
무것도 모르는 사람 같다니깐!"
하는 사이에 안주가 나오자 내보에게 술을 따라서 주었다. 왕륙아는
내보 곁에 앉아 술을 마셨다. 내보는 몇 잔을 마시고는,

"그만 가야겠어요. 늦으면 문을 일찍 잠그거든요."

하자 한도국이,

"그래 볼일은 다 끝났나?"

하니 내보는,

"내일 아침 일찍 끝나요."

그러면서,

"가게 안의 열쇠와 장부는 모두 분사에게 넘겨줘요. 그래야 당번을 안 설 테니. 집에서 좀 푹 쉬다가 길을 떠나세요."

하니 한도국은,

"지배인 말이 맞아. 내일 분사에게 넘겨야겠어."

그러자 왕륙아가 다시 술을 한 잔 따라주면서,

"내보 아저씨, 한 잔만 더 들고 가세요. 더는 붙잡지 않을게요."

하자 내보는,

"아주머니, 기왕에 줄 거라면 좀 뜨겁게 데워주시구려."

하니, 이에 왕륙아는 급히 술잔의 술을 주전자에 붓고 금아에게 뜨겁게 데워가지고 오게 한 후에 다시 잔에 따라 두 손으로 내보에게 건네주면서 말했다.

"아저씨가 드실 만한 안주가 없군요."

"아주머니는 무슨 말씀을! 서로 아는 사이인데 무슨 예를 그리 차리세요."

내보는 잔을 들어 왕륙아에게도 권하며 단숨에 들이마시고는 인사를 하고 비로소 자리에서 일어났다. 왕륙아는 여자용 신발을 내보에게 건네주면서,

"수고스럽지만 가시는 길에 사돈댁에 들러 딸애가 잘 있는지 한번 알아봐주시면 제가 안심이 될 것 같아요."

라면서 고맙다고 인사를 하고 내보를 문 밖까지 전송했다. 내보가 짐을 꾸려 다음 날 일찍 동경으로 떠난 일은 이쯤에서 접어둔다.

한편 월랑은 안방에서 이계저에게 차를 대접하는데 오대구 부인, 양고모, 두 비구니도 함께 있었다. 이때 오대구가 안으로 들어와 서문경에게 말했다.

"동평부에서 공문을 보내왔는데, 우리들 천호[千戶]에게 사창[社倉](난민 구제 양식 창고)을 수리하라고 황상이 재가했는데 유월까지 공사를 완공하면 일 계급 진급하고, 만약 기한을 어기면 순안 어사의 감사를 받아야 돼요. 자형께서 돈을 잠시 빌려주시면 먼저 공사를 시작하고, 나중에 공사비용이 내려오면 갚을까 합니다."

이에 서문경은,

"필요하신 만큼 가져다 쓰세요."

하자 오대구는,

"우선 한 스무 냥만 있으면 되겠어요."

하니 서문경은 안채로 들어가 월랑에게 이런 얘기를 해주고는 은자 스무 냥을 가져다 오대구에게 건네주고 차를 마셨다. 그런데 안채에는 여자 손님들만 있는지라 앉아 있기가 거북해 서문경은 오대구를 이끌고 대청으로 나와 술을 마셨다. 술을 마시고 있을 적에 진경제가 들어와 말했다.

"성 밖 서사네가 꿔간 돈은 이삼 일 안에 갚겠답니다."

"무슨 소리야! 당장 돈을 쓰려고 하는데 이틀 후에 갚겠다니! 다시 한 번 가서 그 개자식들을 닦달하게나!"

진경제는 그렇게 하겠다고 대답했다. 오대구가 진경제더러 앉으라 하니 진경제는 인사를 한 후에 옆에 앉았다. 금동이 급히 잔과 젓가락을 내와 함께 술을 마셨다.

한편 안채에서는 오대구 부인, 양고모, 이교아, 맹옥루, 반금련, 이병아, 서문경의 큰딸이 모두 이계저를 위로하며 월랑의 방에서 함께 술을 마셨다. 먼저 욱씨 아가씨가 「장생유보탑[張生遊寶塔]」이라는 「서상기」 중의 일부분을 노래하고 비파를 내려놓았다. 맹옥루가 곁에서 술을 따르고 안주를 집어 욱씨 아가씨에게 건네주면서 말했다.

"요 앙큼한 사람이! 하루 종일 노래를 해놓고도 내가 자기를 아껴주지 않는다고 하네."

반금련도 큰 젓가락으로 고기를 집어 욱씨 아가씨의 콧잔등 위에 놓으며 장난을 쳤다. 계저가,

"옥소 누이, 욱씨 아가씨의 비파를 좀 건네줘요. 내가 한 곡조 뽑아 들려드릴게요."

하니 이에 월랑이 말했다.

"계저야, 속도 편치 않을 텐데 부르지 마려무나."

"괜찮아요, 한 곡 부를게요. 나리와 마님께서 저를 위해 사람을 보냈는데 무슨 걱정을 하겠어요."

이 말을 듣고 맹옥루가 웃으며 말했다.

"계저 누이, 역시 기원에 몸을 담고 있는지라 다르긴 다르군요, 금방 마음을 진정시키다니. 아까만 해도 양미간을 잔뜩 찌푸리고 물도 제대로 못 마시더니, 이제는 말도 하고 웃기도 하네."

계저는 섬섬옥수를 가볍게 뻗어 얼음같이 차가운 비파 줄을 고른 후에 노래를 부르기 시작했다. 한참 부르고 있을 적에 금동이 그릇을 정리해 가지고 들어왔다. 월랑이,

"오대구 어른은 가셨느냐?"

하고 묻자 금동은,

"예, 가셨어요."

하니 오대구 부인이,

"영감님이 들어오시면 뭐라 그러시겠군."

하자 이에 금동이 말했다.

"나리께서는 안채로 오지 않으시고 다섯째 마님 방으로 가셨어요."

반금련은 서문경이 자기 방으로 건너갔다는 말을 듣고서는 어쩌지 못하고 엉거주춤하며 망설이고 있었다. 월랑이 금련이 몸을 일으키기 전에 먼저,

"나리께서 자네 방으로 가셨다니 어서 가봐요. 그렇게 안절부절하지 말고!"

하자, 이에 금련은 겉으로 무어라 쫑알대면서 쏜살같이 달려나갔다. 바깥채의 자기 방으로 가 보니 서문경은 벌써 호승이 준 약을 먹고서 옷을 벗은 채 침대에 앉아 있었다. 금련은 웃으며,

"내 귀여운 아기야! 오늘은 참 착하기도 하구나! 엄마를 기다리지 않고 먼저 침상 위에 올라가 있다니. 방금 안채에서 오대구 부인, 양고모와 함께 술을 마셨는데, 이계저가 노래를 부르는 통에 저도 몇 잔을 먹었어요. 그런데 길이 어두워 어떻게 왔는지도 모르겠어요. 비틀거리며 겨우 왔지 뭐예요."

그러면서 춘매를 불러 일렀다.

"차가 있으면 한 잔 가져오렴."

춘매가 차를 가져오니 금련이 춘매에게 입을 살짝 실쭉거리자 춘

매는 그 뜻을 바로 알아차리고 바깥에 물을 뜨겁게 데워놓았다. 금련은 백합 향기가 나는 향료와 명반을 물에 풀고 여인의 그곳을 깨끗하게 씻었다. 그런 후에 등불 아래에서 머리에 비녀 하나만 남겨두고 나머지 장식들은 다 뽑았다. 또 화장대를 가져와 새롭게 입술에 연지를 칠하고 입 안에 향기 나는 찻잎을 물었다. 춘매는 침대 머리맡에서 잘 때 신는 신을 가져다 신겨주고는 문을 닫고 나갔다. 금련은 촛불을 침대 머리맡으로 가져오고 한 손으로 휘장을 걷어올리면서 안으로 들어왔다. 붉은 바지를 벗고 옥 같은 몸매를 드러내 보였다. 서문경은 베개 위에 앉아서 물건에 탁자[托子] 두 개를 매달고 슬슬 어루만져 크게 만들어 금련에게 보여주었다. 금련은 물건을 들여다보고 깜짝 놀라 한 손으로 쥐어보려 했으나 쥘 수가 없을 정도로 컸다. 거무튀튀한 색깔에 묵직한 것이 호랑이의 그것보다도 더 커 보였다. 금련은 힐끗 서문경을 쳐다보면서 말했다.

"말 안 해도 알겠어요. 분명히 그 호승이 준 약을 먹고서 이렇게 크게 된 모양인데, 이제 와서 어찌해보자는 게지요? 좋은 술과 좋은 고기는 다 먹었겠군요. 그래 이 약을 써서 누구랑 실컷 시험해보고는 다 시든 물건을 가지고 제 방에 건너와 써보겠다는 거예요? 남은 찌꺼기나 처리하는 구멍인 줄 아는 모양이지요. 그러면서 뭐 말로는 공평하게 대우를 한다구! 그날 제가 방에 없을 적에 몰래 들어와서는 그 물건 꾸러미를 훔쳐 여섯째랑 밤새 재미를 보았죠! 그래놓고도 여섯째는 다른 사람 앞에서는 얌전을 빼며 내숭을 떨고 있다니깐! 그래 당신의 이 물건이 뭐가 대단하다고 그래요. 보아하니 별로 대수로워 보이지도 않는데. 여하튼 당신 같은 사람은 하는 짓이 괘씸해 백 년은 상대해주지 말아야 해!"

서문경이 웃으며,

"요 음탕한 계집아, 이리 와봐. 재주가 있으면 내 물건을 한번 잘 빨아봐. 내가 지면 은자 두 냥을 주마."

하니 금련은,

"흥, 내가 못할 줄 아세요!"

하면서 요 위에 비스듬히 누워서 두 손으로 물건을 잡고서는 붉은 입술로 빨고 삼키며,

"크기도 해라, 사람의 입 안을 다 얼얼하게 만들다니….."

하면서 깊이 빨았다가는 뱉고 혀끝으로 살살 핥기도 하고, 입술로 문대기도 하고, 화장한 얼굴에 비비기도 하면서 온갖 수단을 다 쓰니 물건은 가면 갈수록 더욱 빳빳해지면서 불끈 치솟으며 오목 들어간 눈을 부릅뜨고 수염을 휘날리며 꼿꼿하게 몸을 치세웠다. 서문경은 고개를 숙이고 금련이 옥 같은 피부를 드러내며 섬섬옥수로 물건을 부여잡고 입 안에 넣었다 뺐다 하는 모습을 바라보고 있었다. 등불 아래에서 금련은 잠시도 멈추지 않고 그 짓을 했다. 그런데 옆에 쭈그리고 앉아 있던 백사자[白獅子]라고 불리는 고양이가 이 움직임을 보고는 무슨 기이한 물건인가 싶어 덮치려 했다. 이에 서문경은 까마귀 털로 만든 부채를 들고서 태연자약하게 고양이와 장난을 쳤다. 밑에서 서문경의 물건을 빨던 금련은 부채를 빼앗아 힘껏 고양이를 때려 휘장 밖으로 내쫓아버렸다. 그러고는 눈을 새치름하게 뜨고는 다정스런 목소리로 말했다.

"남은 밑에서 열심히 빨아주고 있는데, 그래 당신은 위에서 딴짓을 하다니요! 그놈의 고양이가 얼굴이라도 할퀴면 어쩔려고요! 이제 그만둬야겠어요."

"요런 음탕한 계집이, 한창 성나게 해놓고 그만두다니. 누굴 죽이려고 해?"

"왜 이병아에게 빨아달라고 하지 않고 나한테 와서 빨아달라고 하는 게지요. 한참을 가지고 놀아도 이놈의 물건이 무엇을 먹었는지 하루 종일 빨아도 전혀 꿈쩍도 하지 않잖아요?"

"그래?"

서문경은 수건으로 싼 작은 은 상자 안에서 이쑤시개 같은 붉은 고약을 약간 떼어 물건의 눈에 밀어 넣었다. 그러고는 침대에 벌렁 드러눕고 금련더러 위로 올라가라고 하니, 금련은,

"제가 벌리고 있을 테니 안으로 밀어 넣으세요."

했다. 그러나 물건의 머리가 커서 한참 실랑이를 한 끝에 겨우 머리 부분까지만 집어넣었다. 금련이 위로 자리를 바꿔 몸을 비비 꼬는데 여간 아파하는 게 아니었다. 그러면서,

"사랑하는 님아! 안에 뭐가 걸린 것처럼 아파서 견딜 수가 없어요."

라고 소리를 지르며, 손으로 더듬어 등불 아래 살펴보니 물건이 반쯤 밖에 들어가지 않았는데, 구멍을 꽉 막아서 더 들어갈 수 없었다. 이에 금련은 침을 뱉어 자기의 물건 주위에 문대 매끄럽게 만드니 그때서야 약간씩 움직이기 시작해 점차 그 끝까지 들어갔다. 금련은 서문경에게,

"전에 당신이 사용하던 전성교[顫聲嬌]는 안을 한 번 간지럽게 할 뿐이었어요. 그런데 이 호승의 약이 안으로 들어가니 자궁[子宮]이 서늘해지면서 바로 가슴까지 열이 뻗치더니, 온몸을 나른하게 만드는군요. 저는 오늘 나리의 손에 죽겠군요. 정말로 참기 힘들어요!"

하니 서문경은 웃으며 말했다.

"귀여운 것, 내 재미있는 얘기를 들려주마. 응백작이 해준 것인데, 한 사람이 죽었는데 염라대왕이 그 자에게 당나귀의 가죽을 씌워 당나귀로 변하게 했지. 그 후에 저승의 심판관이 기록을 조사하다 보니 그는 인간 세상에서 아직도 십삼 년을 더 살아야 한다는 사실을 발견하고서 그를 다시 돌려보냈대. 그런데 몸은 인간의 모습이었으나 그 물건만은 여전히 당나귀의 그것이었다. 그래서 남편이 '저승에 다시 가서 바꾸어올게' 하니, 부인이 당황하며 '여보, 이번에 갔다가 정말 돌아오지 못하면 어떡해요? 내버려두세요. 그냥 제가 참을게요'라고 하더래."

금련이 듣고 부채로 서문경을 한 대 때리면서,

"어쩐지 그 응씨 마누라는 당나귀 물건에 길들여져 그렇게 입이 걸군요. 당신이 그런 사람하고 어울려 다니니 내 때려줘야겠어요!" 하고는 둘은 다시 한 차례 놀아났다. 그런데도 서문경은 아직 사정을 하지 않고 밑에 드러누워 금련보고 위로 올라가 앉아 한껏 힘을 써 놀라 했다. 불끈 선 물건은 괴이한 소리를 내는 듯했고 마침내 금련은 몸을 돌려 엉덩이를 서문경 쪽으로 향하게 하고, 서문경은 그 하얀 둔부를 보며 즐기노라니 그 흥분이 절정에 이를 정도였다. 금련도 그렇게 한참을 즐기다가 다시 몸을 돌려 두 손으로 서문경의 목을 감싸 안고 착 달라붙어서 자기 혀를 서문경의 입 속으로 밀어 넣었는데, 서문경의 물건은 뻣뻣하게 금련의 그곳에 박혀서 전후운동을 하니 금련은 숨이 차서 소리를 질렀다.

"사랑하는 낭군님, 그만하세요! 죽겠어요."

금련이 잠시 혼미스러운 상태가 되었다가 혀끝도 차가워질 때쯤 서문경이 한 차례 사정을 했다. 금련의 질 안에서 한줄기 뜨거운 기운이 단전을 타고 솟아올라 가슴까지 후련해지는 게 말로 표현할 수 없는 황홀한 기분이었다. 다시 한 차례 정액이 쏟아져 나오니 금련은 수건으로 닦아주었다. 물건은 아직도 금련의 그곳에 꽂은 채 꼭 껴안고 머리를 나란히 하고, 서로 다리를 꼭 끼고 입술을 빨았다. 그러고 반 시진쯤 자는데 금련은 아직도 음욕이 다 사그라지지 않아서 다시 서문경의 몸 위로 기어올라가 한 차례 그 짓거리를 했다. 금련은 연달아 두 차례 그 짓을 하고서야 비로소 몸이 좀 나른해지는 것을 느꼈다. 서문경은 금련에게 아랑곳하지 않고 속으로 '정말로 호승의 약 효험이 대단하구나'라고 생각했다.

창 밖에서 닭이 울고 날이 점점 밝아왔다. 금련이,

"나리, 아무렇지도 않은 모양이지요? 오늘 저녁에 다시 오세요. 그럼 제가 잘 빨아드릴게요."

하자 서문경은,

"잘 빨지도 못하면서. 제대로 하려면 한 가지 방법밖에 없어."

하니 금련이 다급히 물었다.

"무슨 방법인데요?"

"비법은 함부로 전할 수 없으니 저녁에 와서 알려주지."

아침 일찍 일어나 머리를 빗고 세수를 하니 춘매가 옷 입는 것을 거들어주었다. 이때 이미 한도국과 최본은 일찍부터 밖에서 기다리고 있었다. 서문경은 밖으로 나와 지전을 태워 그들의 여정을 기원하고는 편지 두 통을 건네주었다. 그러면서 이르기를,

"한 통은 양주 부둣가의 왕백유에게 전하고 거기서 숙박을 하게나. 그리고 다른 한 통은 양주 성내에 가서 묘청을 찾아 전하고 그의

소식을 내게 알려주게. 만약 돈이 부족하면 나중에 내보 편에 보내주겠네."

하니 이에 최본이,

"채어사께 보내는 편지는 없나요?"

하자 서문경은,

"아직 채어사께 보내는 편지를 쓰지 못했으니, 나중에 내보 편으로 보내겠네."

하니 두 사람이 인사를 하고 부둣가로 떠났다.

서문경은 의관을 차려입고 관아로 나가 하제형에게 초대장을 보내준 것에 대해 감사의 뜻을 전하자 이에 하제형이 말했다.

"오늘 서문대인을 모시고 즐거운 자리나 할까 합니다. 다른 손님은 없습니다."

두 사람은 오전 중으로 관아의 일을 마치고 일단 각자 집으로 돌아갔다. 월랑은 일찌감치 안방에 밥상을 차려놓고 서문경을 청해 가볍게 죽을 들게 했다. 이때 푸른 옷을 입은 관원 한 사람이 보퉁이를 둘러메고 얼굴 가득 땀을 흘리면서 말을 타고 대문 앞에 와서는 평안에게 물었다.

"이곳이 서문대인 댁입니까?"

"어디서 오신 분이오?"

이에 관원은 급히 말에서 내려 인사를 하며 말했다.

"황목 작업을 독려하는 안대감께서 서문대인께 보낸 선물을 가지고 온 사람입니다. 우리 영감님과 벽돌 공장을 관할하시는 황대감께서 지금 동평부의 호대감 댁으로 술을 들러 가시는 길입니다. 이번 기회에 대인께 인사를 드리고자 하는데 나리께서 댁에 계신지 알아

보라 하셨습니다."

"그럼 명첩이 있습니까?"

심부름꾼은 편지와 예물을 꺼내 평안에게 건네주었다. 평안이 받아서는 서문경에게 보여주니 예물첩에 '절강성 비단 두 필, 호남산 면화 네 근, 향대 한 묶음, 거울 하나'라고 쓰여 있었다. 심부름꾼에게 은자 닷 푼을 수고비로 주고는 답장을 써서 돌려보내면서 이르길,

"나리께서 기다리신다고 전하게."

하니, 이 말을 듣고 심부름꾼은 급히 돌아갔다.

서문경이 술과 음식을 준비하고 한낮까지 기다리자 두 관원이 소리를 내 길을 열고 도달했다. 이날 타고 온 가마의 행렬은 대단히 성대했다. 먼저 사람을 시켜 이름첩을 보냈는데 하나는 '시생 안침 배[侍生 安忱 拜]', 또 하나는 '시생 황보광 배[侍生 黃葆光 拜]'라고 적혀 있었다. 두 사람은 모두 푸른 구름에 흰 학을 그린 옷을 입고, 검은 사모관대에 검은 신을 신었다. 얼마 후 가마에서 내려 안으로 들어섰다. 서문경이 대문 밖까지 나가 영접을 해 대청으로 안내하고 인사를 나눈 다음 자리를 잡고 앉았다. 황주사가 왼쪽에, 안주사가 오른편에, 서문경이 주인 자리에 앉았다. 먼저 황주사가 두 손을 모아 쥐며,

"오래전부터 이름과 덕망을 들어왔는데 이제서야 뵙습니다."

하자 서문경은,

"무슨 말씀을요. 오늘 대인께서 누추한 저희 집을 찾아주시니 실로 부끄럽기 그지없습니다. 존호는 어떻게 되시는지요?"

하니 안주사가 답했다.

"황년형의 호는 태우[泰宇]라 하는데, '태정[泰定]을 밟고 천광[天光]을 발한다'(장자 원문에는 '履泰定而發天光'이라 쓰여 있다)는 장자[莊

子]의 말에서 취한 것입니다."

황주사가,

"귀하의 존호는 어떻게 되는지요?"

하자 서문경은,

"소생의 미천한 호는 사천[四泉]으로, '작은 집에 우물이 네 개 있다'는 말입니다."

라고 했다. 안주사가 다시,

"어제 채어사를 만났는데 채어사와 송송원[宋松原]이 댁에서 많은 폐를 끼쳤다고 하더군요."

하니 서문경은,

"동경에 있는 운봉의 말도 있고, 또 우리 관내를 다스리는 분인데 어찌 대접을 소홀히 할 수 있겠습니까? 영전하셨다는 소식을 들었으나 아직 축하의 말씀도 전하지 못했습니다."

그러면서,

"그래 언제 출발하셨습니까?"

하고 물었다. 안주사가,

"작년에 댁에서 뵙고 헤어진 후에, 집에 돌아가 부인을 하나 더 얻었습니다. 새해를 보내고 정월에 상경해 공부[工部]에서 주사[主事]로 근무하고 있습니다. 황목을 운반하는 일을 감독하라는 어명을 받들고 형주에 가는 길입니다. 마침 이곳을 지나는 길이기에 어찌 찾아뵙고 인사를 드리지 않을 수가 있겠습니까?"

하니 서문경이 말했다.

"좀 전에 풍성한 선물을 보내주시어 감사하기 그지없습니다."

말을 마치고 겉옷을 벗고 편히 앉기를 권하고 좌우에 명해 술좌석

을 준비했다. 그런데 황주사가 자리에서 일어나자 안주사도 일어나면서,

"실은 저와 황년형은 지금 동평부의 호대윤 집에 초청을 받아 가는 길입니다. 댁 앞을 지나는데 어찌 찾아뵙지 않을 수 있겠습니까? 그래서 잠시 들러 인사를 한 것이고, 다음에 들러 폐를 끼치도록 하겠습니다."

하니 서문경은,

"호부윤 집까지 가시려면 길이 상당히 멉니다. 두 분께서는 괜찮다 하시지만, 종자[從者]들은 어떻겠습니까? 별로 차린 것도 없이 간단하게 준비했으니 잠시 그들을 요기나 시켜 떠나시지요."

하고는 바로 수행원들에게 음식을 내다 주게 했다. 그러고는 대청에 탁자를 깔고 음식을 내왔는데 모든 것이 산해진미요, 진수성찬이었다. 국과 밥, 과자, 해산물이 모두 상에 올랐다. 서문경은 작은 금 술잔으로 석 잔씩 권한 후에 음식상을 물리고는 따르는 수행원들과 아전들을 대접했다.

잠시 뒤에 두 사람은 몸을 일으켜 작별 인사를 하면서 서문경에게 말했다.

"저희들이 내일 조촐한 연회를 베푸는데, 바쁘시더라도 황형의 동료인 유태감 댁까지 와주셨으면 합니다만, 어떠신지요?"

"초대를 해주시는데 어찌 따르지 않을 수 있겠습니까!"

말을 마치고 서문경은 문 앞까지 배웅을 나오고 둘은 가마를 타고 떠났다. 이때 하제형이 사람을 보내 서문경을 모시러 왔다. 서문경은,

"내 바로 가마."

하고는 말을 준비하라 이르고, 안채로 들어가 옷을 갈아입고 나와 말

을 탔다. 대안과 금동이 뒤를 따르고 포졸이 소리를 지르며 사람들을 비키게 하고 검은 큰 부채를 받쳐들고 곧장 하제형의 집으로 향했다. 대청에 이르러 인사를 나누고,

"방금 황목 사업을 감독하는 안주정[安主政]과 벽돌 공장을 주관하는 황주정[黃主政]이 찾아와 인사를 하길래 한참 동안 앉아 얘기를 나누다가 좀 전에 갔어요. 그렇지 않았으면 일찍 왔을 터인데."

하고는 관복을 벗고 평상복으로 갈아입었다. 대안은 군졸을 불러 옷을 잘 개게 하고 띠는 가죽 주머니 안에 넣었다. 대청 안에는 술상이 두 개 준비되어 있었다. 서문경은 왼쪽에 앉고 그다음에 하대인 집에 가정교사로 있는 예수재[倪秀才]가 앉아 인사를 나누며,

"선생의 존호는 어떻게 되시는지요?"

하자 예수재가 말했다.

"소생의 이름은 예봉[倪鳳]이고, 자는 시원[時遠], 호는 계암[桂巖]으로 지금 부안의 학교에 있습니다. 하대인을 모시고 이 댁 두련님의 학업을 돌봐주고 있으나 학문이 변변치 않아 실로 부끄러운 것이 많습니다."

말을 하고 있는 동안에 배우 둘이 올라와 절을 올려 인사를 했다. 국과 밥을 먹고 있자, 요리사가 계속 음식을 올려 보냈다. 서문경은 대안을 불러 주방의 요리사에게 상을 주라 하고는,

"내 옷과 모자를 가지고 먼저 집으로 돌아갔다가 저녁에 오거라."

라고 분부했다. 대안은 대답을 하고 과자를 조금 먹은 후에 바로 출발했다.

한편 반금련은 서문경이 출발하고 난 후에 오후 늦게까지 자고 일

어났다. 늘어지게 자고 일어나긴 했으나 머리도 빗기 귀찮아 그냥 드러누워 있었다. 월랑이 안채로 들어와 밥을 먹으라 했으나 몸이 불편하다는 핑계를 대고 계속 뒹굴었다. 그러다가 오후 늦게서야 방문을 나서 안채로 들어갔다. 월랑은 서문경이 집에 없는 것을 보고서 설비구니를 불러 불법을 듣고 금강경의 해석을 들으려 했다. 그래서 안방에 경을 놓을 탁자를 내려놓고, 향을 피워놓았다. 설비구니와 왕비구니가 마주 보고 앉았고, 묘취와 묘봉 두 제자가 양편에 서서 염불을 외웠다. 오대구 부인, 양고모, 오월랑, 이교아, 맹옥루, 반금련, 이병아, 손설아와 이계저가 빠지지 않고 와서 비구니들을 둥그렇게 에워싸고는 설법을 경청했다. 먼저 설비구니가 설법을 하는데,

대개 번개(전광[電光])는 쉽게 사라지고, 석화[石火](용암)는 쉽사리 꺼지지 않습니다. 떨어진 꽃이 다시 나무로 돌아가지 않고, 흘러간 물이 근원으로 돌아가는 법은 없사옵니다. 화려한 누각도 명이 다하면 빈 허공 같고, 지극히 높은 고관대작이라는 것도 봉록이 끊기면 마치 꿈을 꾼 것 같습니다. 황금·백옥은 공연히 화를 불러오는 밑거름이요, 분단장과 비단옷은 모든 먼지가 될 뿐입니다. 처와 자식이라 할지라도 즐거움을 백 년 동안 나눌 수 없고, 어둠 속에는 천겁의 괴로움이 있습니다. 하루아침에 베개 위에서 명이 다해 황천으로 갑니다. 청사에 이름을 남겨놓아도 누런 흙에 묻힐 뿐입니다. 수많은 논밭을 가졌다 해도 자식들 사이에 싸움이 벌어지고, 비단을 수천 상자 가졌다 해도 죽은 후에는 한 올의 실도 필요치 않습니다. 청춘이 아직 다하지 않았는데 백발이 되고, 축하객이 찾아드는 듯하자 어느새 조문객이 찾아듭니다. 세상은 고해[苦海] 같은 것! 만사가

괴로움뿐이며 기운은 청풍[淸風]으로 변하고 먼지가 다시 땅으로 돌아갑니다! 모든 것을 불러봐도 뒤돌아오지 않고, 모습을 바꾸어 수없이 변한답니다.

남무진허공편법계
과거미래불법승삼보
南無盡虛空遍法界 過去未來佛法僧三寶

더없이 깊고, 미묘하고도 오묘한 법
영원토록 만나기 어려워라.
내 지금에야 보고 들어 잊지 않고 잘 간직하여
석가여래의 진실한 뜻을 이해하려 한다네.
無上甚深微妙法 百千萬劫難遭遇
我今見聞得受持 願解如來眞實義

왕비구니가,
"당년에 석가모니불[釋迦牟尼佛]은 여러 불의 개조이시고, 석교[釋敎]의 주[主]이신데 왜 출가를 하셨습니까? 그 얘기를 해주시지요."
하자, 설비구니는 바로 「오공양[五供養]」을 불렀다.

석가 부처는 인도의 왕자였으나, 강산[江山]을 버리고 설산[雪山]으로 들어가셨다네. 살을 베어 독수리에게 주고, 까치가 정수리에 둥지를 틀어도 깨닫지 못하고 오로지 수행만 하니, 머리 아홉인 용이

물을 품어주어 온몸이 황금빛이 되셨다네. 그러다 마침내 남무대승 대각석가존[南無大乘大覺釋迦尊]이 되셨다네.

왕비구니가 다시,

"석가불에 대한 설교는 잘 들었습니다. 그럼 당년에 관음보살이 어떻게 수행을 했는지요? 어떻게 다양한 모습으로 변화했고 또 엄청난 도력을 갖게 되었는지 얘기해주시지요."

하니, 이에 설비구니는 다시,

"본래 관음보살은 서토묘장왕[西土妙莊王]의 공주로 속명[俗名]이 묘선[妙善]이었는데, 황궁을 버리고 향산[香山]에 머무르셨지요. 하늘이 사람을 보내 공양하니(묘선 공주가 절에 들어가 비구니가 되어 부엌에서 온갖 고초를 겪자, 옥황상제가 여러 신들을 보내 힘든 일을 대신 해주고, 용왕이 우물을 파주고, 온갖 새들과 짐승들이 땔나무를 해주어 의식[衣食]에 부족함이 없었다), 가부좌를 틀고 앉아 오로지 수양만 하여 오십삼 참[參]의 변화신이 되어 마침내 남무구고구난관세음[南無救苦救難觀世音]이 되셨지요."

라고 설명을 했다. 왕비구니는 또,

"관음보살에 대해서 잘 들었습니다. 옛날에 육조선사 전등불[六祖禪師 傳燈佛]께서는 교화를 위해 서역에서 동쪽으로 오셔서는 글이 아닌 마음으로 깨달을 수 있도록 전하셨다 합니다. 어떻게 고행하셨는지 상세히 들려주시기 바랍니다."

하니 설비구니가 말했다.

"달마[達磨] 조사[祖師]가 바로 노육조[盧六祖]로 구 년 동안 면벽하며 고행을 했지요. 갈대가 무릎을 뚫고 돋아나고 용과 범들이 서식을 했으나 오로지 수행에 힘써 마침내 갈대 잎을 타고 오갈 수 있는 경지에 이르렀고 결국 남무대자대원비로불[南無大慈大願毘盧佛]이 되었답니다.”

왕비구니는,

“육조 전등의 일은 잘 들었습니다. 옛적에 방거사[龐居士]라는 분이 집과 재산을 버리고 배를 타고 바다에 나아가 도를 이루었다고 합니다. 무슨 말인지요?”

하니 설비구니가 말했다.

“방거사(당[唐]대의 불도[佛徒] 방온[龐蘊]으로 자는 도현[道玄], 형양인[衡陽人]. 선종대사[禪宗大師] 석두화상[石頭和尙]과 마조화상[馬祖和尙]에게 선[禪]을 배움)는 좋은 분이시지요. 재산을 던져 빈곤한 사람을 구제했고, 밤에는 노새와 함께 자며 수행을 닦고 처자도 버리고 법선[法船]을 타 마침내 남무묘승묘법가람야[南無妙乘妙法伽藍耶]가 되었지요.”

월랑이 여기까지 열심히 듣고 있는데 평안히 다급하게 들어와 말했다.

“순안 송어사께서 군졸 둘과 하인 하나를 시켜 선물을 보내오셨습니다.”

이 말을 듣고 월랑은 당황해,

“나리께서 하대인 집으로 술을 드시러 가셨는데 누가 맞이한담?”

이라며 우왕좌왕하고 있을 때 대안이 가죽 주머니를 들고 들어오면서,

“걱정하지 마세요, 제가 명첩을 가지고 가서 나리께 말씀드릴게요. 진서방님께서 우선 심부름꾼들에게 술대접을 하고 계시면 되잖

아요."

라면서 선물 목록을 챙겨 말을 타고 날듯이 하제형의 집으로 가서 여차여차하다고 얘기하면서,

"송순안 어사께서 선물을 보내왔어요."

하면서 선물 목록을 보여주자, 서문경이 받아보니 위에는 '살아 있는 돼지 한 마리, 금주 두 동이, 화선지 네 권, 작은 책 한 권', 밑에는 '시생송교년 배'라고 쓰여 있었다. 그래서 급히,

"서동에게 명해 내 전용 종이로 회답을 써 보내거라. 심부름 온 하인에게는 은자 석 냥과 손수건 두 개를 주고 함을 메고 온 사람에게는 은자 닷 전씩 주거라."

라고 분부했다. 대안은 바로 집으로 돌아와 서동을 찾는데 보이지가 않았다. 아무리 이곳저곳 다 둘러보아도 없었다. 진경제도 집에 없어 부지배인이 심부름 온 사람들을 상대해 술을 마시고 있었다. 대안은 혼자 투덜거리다 안채로 들어가 은자와 수건을 달라 하여 돈궤 위에 앉아 적당히 싸서 부지배인에게 주머니에 몇 글자 적어달라고 했다. 그러고 나서 평안에게 물었다.

"서동이 어디 갔는지 모르니?"

"방금 진서방님이 집에 있을 적에는 서동도 있었어요. 나중에 서방님이 밖으로 돈을 받으러 나가셨는데 서동도 보이지 않더군요!"

"더 얘기하지도 마! 그 싸가지 없는 자식이 밖에 나가 못된 짓을 하고 있는 게 뻔해. 아마도 계집질을 하러 갔을 거야!"

이렇게 씩씩거리며 열을 내고 있을 때 진경제와 서동 두 사람이 비스듬히 나귀를 타고 돌아왔다. 대안은 서동을 보자마자 욕을 퍼부었다. 그러고는 바로 회답을 써서 심부름 온 사람에게 주어 돌려보냈

다. 그러고 나서 다시 대안이 말했다.

"요 싸가지 없는 자식아! 도대체 어느 계집 엉덩이를 쫓아다닌 게야? 나리께서 집에 안 계시다고 생쥐처럼 빠져나가 계집질을 하다니! 나리께서 너한테 서방님과 함께 돈을 받아오라고 하지는 않으셨는데, 왜 쓸데없이 서방님을 따라갔어? 내 나리께 안 이르나 봐라!"

"할 테면 해, 내가 너를 겁낼 줄 알고? 말 못하면 넌 내 자식이다!"

대안이,

"요 뺀들뺀들 주둥이만 살아 있는 자식이, 아직도 주둥이를 놀려!"

라며 발로 냅다 걷어차고는 둘이 엉겨붙어 엎치락뒤치락 싸웠다. 한참 만에 대안이 서동에게 침을 탁 뱉고는 겨우 끝을 냈다. 그러면서,

"내 지금 나리를 모시러 가야 하니 돌아와 다시 손을 봐주마!"

라고는 말을 타고 갔다.

월랑은 안채에서 비구니들과 차와 과자를 들면서 그네들이 들려주는 불경과 노래를 경청하고 있었다. 반금련은 곁에서 가만히 앉아 있지 못하고 옥루를 살짝 건드려보았으나 옥루는 꿈쩍도 하지 않기에, 다시 이병아를 건드려보았다. 이를 보고 오월랑이,

"여섯째, 다섯째가 나가자고 하는데, 왜 같이 안 나가는 게야? 성질 급한 저 사람이 계속 앉아 있다가는 또 무슨 일을 벌일지 모르잖아!"

하니 이 말을 듣고 이병아는 반금련과 함께 밖으로 나왔다. 이를 월랑이 째려보면서 말했다.

"'무를 뽑아버리니 땅이 넓어진다'고 그네들이 가고 없으니 이렇게 속이 시원하고 좋은 것을! 공연히 둘을 여기에 잡아두고 토끼처럼 이리저리 뛰게 할 필요는 없지. 원래가 가만히 앉아서 불법을 듣고 있을 사람이 아니니까!"

반금련은 이병아를 이끌고 중문으로 나와서 말하기를,

"큰마님은 저런 걸 좋아하신단 말이야! 집안에 죽은 사람도 없는데 공연히 중들을 불러다 염불이나 외게 하다니! 온 집안 사람들이 둘러앉아 들어 뭘 하겠다는 것인지? 나온 김에 큰아씨 방에 가서 뭘 하고 있는지 봅시다."

그러고는 대청을 지나가니 사랑채 방에 불이 켜져 있고 안에서는 진경제와 큰딸이 무슨 돈이 보이지 않는다면서 대판 싸우고 있었다. 이에 금련은 창문을 두들기며,

"안채에서 불경 설교나 듣지, 방 안에서 무슨 말다툼을 하는 거예요?"

라고 말했다. 이 말을 듣고는 진경제가 나와 두 사람을 보았다. 그러면서,

"저는 욕을 안 했어요! 다섯째, 여섯째 어머니가 오셨군요. 안으로 들어와 앉으세요."

하니 금련이,

"간덩이가 크군, 감히 어디라고 욕을 해?"

하며 들어가 보니, 큰딸은 등불 아래에서 한참 신을 깁고 있었다. 큰딸을 보고,

"이렇게 날씨가 후덥지근한데, 무슨 신을 깁고 있어요?"

라면서 다시,

"두 분이 무엇 때문에 말싸움을 하고 있었어요?"

하니 진경제가 말했다.

"그 사람한테 물어보세요! 장인어른께서 저보고 성 밖에 가서 돈을 받아오라고 하시더군요. 그래 저 사람이 저한테 은자 석 냥을 주

면서 금색 무늬가 있는 손수건을 사다 달라고 하더군요. 그런데 소맷
자락에 넣어둔 은자가 어디 갔는지 아무리 찾아도 보이지 않는 거예
요. 그래 집에 돌아와 사실대로 얘기했더니, 내가 계집질을 하고 왔
다고 하루 종일 욕을 해대기에 결코 그런 일을 한 적이 없다고 맹세
까지 했어요. 그런데 하인 애가 청소를 하다가 은자를 주운 모양인
데, 다시 은자를 주며 다음 날 또 수건을 사다 달라는 거예요. 두 분께
서 말씀 좀 해보세요. 누가 잘못했는지!"

이 말을 듣고 서문경의 큰딸은 버럭 화를 내면서,

"저런 뻔뻔스러운 사람 같으니라구! 아직도 허튼소리를 하고 있
다니! 계집질을 하지 않았다면, 서동을 데리고 가서 뭘 했어요?"

하자 금련은,

"그래 은자는 찾았어요?"

하니 큰딸이,

"예, 방금 하인 애가 땅을 쓸다가 주워서 기져왔어요."

하자 이에 금련은,

"그럼 됐어요. 나도 돈을 줄 테니 내일 금테를 두른 수건을 두 장만
사다 주세요."

했다. 이에 이병아도,

"서방님, 성 밖에 손수건을 파는 곳이 있으면 저도 몇 장 사다 주세
요."

하니 진경제가 말했다.

"성 밖에 손수건만 파는 왕[王]씨 집이 있는데, 각양각색의 수건을
팔고 있지요. 얼마든지 있어요. 무슨 색을 원하세요? 문양은 어떤 걸
로요? 미리 저한테 말씀을 해주시면 제가 내일 사다 드릴게요."

이에 이병아는,

"나는 누런 바탕에 비취 꽃 사이에 봉황새가 노니는 수건을 사다 주세요."

하자 진경제는,

"여섯째 어머님, 누런 바탕에 금색은 별로 좋지가 않은데요."

했다. 이병아는,

"괜찮아요. 그리고 엷은 홍색에 물결무늬를 넣고 여덟 가지 보물을 수놓은 수건 하나, 산뜻한 바탕에 참깻잎을 수놓은 것 하나를 사 줘요."

했고 경제는,

"다섯째 어머니께서는 어떤 것을 원하세요?"

하고 물으니 금련은,

"나는 은자가 없으니, 네모난 것 두 개만 사다 줘요. 그중 하나는 흰 비단에 옥색으로 테를 두른 것으로요."

했다. 이에 경제는,

"늙지도 않으신 분이 하얀 손수건을 원하세요?"

하니 금련은,

"뭘 상관하고 있어요? 쓰지 못하면 나중에 죽었을 때 쓰지 뭐!"

했다. 진경제가 다시 물어보았다.

"그럼 다른 하나는요?"

"다른 하나는 보라색 비단에 금색과 비취색으로 여러 가지 문양이 있어야 하는데 한쪽에는 동심결[同心結]이, 다른 한쪽에는 남녀 한 쌍이 서로 기뻐하며 만나는 풍경이 들어가야 해요. 그리고 양편 가장 자리에는 여덟 가지 보물을 정교하게 수놓은 것이면 돼요."

금련이 무늬가 복잡한 수건을 말하자 진경제는,

　"아이구! 그런 것은 없어요. 수박씨 장사치가 재채기를 해 수박씨가 정신없이 흩어지듯 너무 많이 요구하시니, 그런 물건이 있을지 모르겠어요!"

하니 금련은,

　"이런 사람 봤나, 제 돈 가지고 제 맘에 드는 물건을 사겠다는데 웬 말이 많아?"

했다. 이병아는 돈주머니에서 은 한 덩이를 꺼내 진경제에게 주면서,

　"다섯째 마님 것까지 다예요."

하자 금련은 고개를 내저으며,

　"내 것은 내가 줄게."

하니 이병아가,

　"함께 부탁하는 건데 무얼 따로 계산하세요?"

하자 경제는,

　"이거면 다섯째 마님 것까지 충분해요."

라며 저울을 꺼내 달아보니 한 냥 아홉 푼이 나갔다. 이병아는,

　"남는 것은 아가씨 몫으로 두 개 사다 주세요."

하자 큰딸이 고맙다고 인사를 했다. 반금련은,

　"여섯째가 큰아씨 것까지 사주기로 했으니, 그 은자 석 냥을 내놓아요. 당신네 둘이 골패 놀이를 해 진 사람이 내일 나리께서 집에 안 계실 때 그 돈으로 닭과 오리와 술을 사서 먹기로 해요."

하니 이에 진경제는,

　"다섯째 마님께서 그렇게 말씀을 하시니, 어서 돈을 내놓아요."

하자, 큰딸은 은자를 꺼내 금련에게 건네주었다. 반금련은 이를 다시

이병아에게 건네주며 잘 가지고 있으라 했다. 그러고는 큰딸과 경제가 골패 놀이를 하는데, 금련이 큰딸 옆에서 훈수를 두어 결국 큰딸이 내리 세 판을 이겼다. 이렇게 놀고 있노라니 앞채에서 대문을 두들기는 소리가 들렸다. 서문경이 돌아온 것이기에 금련과 이병아는 방으로 돌아갔다. 진경제는 서문경을 마중하고 낮에 있었던 일을 보고했다.

"서사네가 우선 모레 은자 이백오십 냥을 갚고, 나머지는 이달 말께 갚겠답니다."

이 말을 듣고 서문경은 욕을 몇 마디 하고는 거나하게 취해서 바로 반금련의 방으로 갔다.

마음속으로는 님을 맞이할 생각 간절하나
내일 아침 꽃이 피지 않을까 걱정하네.
自有內事迎郎意 何怕明朝花不開

# 정이 있는 듯, 정이 없는 듯

응백작이 동굴 안에서 계집을 희롱하고,
반금련은 화원에서 버섯을 구경하다

해당화 핀 깊은 정원에 비가 개이고
이끼 낀 좁은 길에 바람은 없고 나비만 자유롭네.
수많은 꽃이 아름다움을 자랑하고
버드나무는 가벼이 흔들린다.
작은 복숭아꽃, 술잔에 붉게 어른거리고
많은 꽃은 추위에 푸르름도 점차 시들어가네.
적막한 주렴에 제비가 돌아오니
두견새 울음에 이 봄이 애달프구나.
海棠深院雨初收 苔徑無風蝶自由
百結丁香誇美麗 三眠楊柳弄輕柔
小桃酒膩紅尤淺 芳草寒餘綠漸稠
寂寂珠簾歸燕子 子規啼處一春愁

이날 서문경은 하제형의 집에서 술을 마시고 있을 적에 송순안 어
사가 선물을 보내왔다는 소식을 듣고 대단히 기뻐했다. 하제형도 서
문경의 교류의 폭이 넓음을 다시 한 번 깨닫고 전과 달리 매우 정중

하게 대하면서 계속 술잔을 권했다. 늦은 밤까지 마시다 열 시가 넘어서야 비로소 집으로 돌아왔다.

반금련은 일찌감치 등불을 켜놓고 모자를 벗고 다시 화장을 하고 머리에 기름을 발랐다. 그러고는 춘매를 시켜 침대 위에 이부자리를 펴고 그 위에 차가운 돗자리를 깔게 했다. 그런 다음에 향을 피우고 여인의 비경을 깨끗이 닦고 서문경을 기다렸다. 서문경이 안으로 들어서는 걸 반갑게 맞이하고 보니 벌써 반쯤 취했는지라 옷을 벗기고 춘매를 시켜 차를 내와 마시게 한 후에 침상에 올라 쉬게 했다. 반금련은 벌거벗은 몸으로 침상 머리에 고개를 숙이고 하얀 다리를 꼬고 앉아 삼촌[三寸]밖에 안 되는 작은 전족한 발에 굽이 없는 붉은 취침용 신으로 갈아 신고 있었다. 서문경이 그것을 보노라니 음심이 동하여 자기 물건이 불끈거리며 흥분했다. 그래서 반금련에게 음기를 넣은 꾸러미를 찾아오라 이르니, 반금련은 급히 요 밑에서 더듬어 꺼내어 서문경에게 건네주었다. 서문경은 은탁자 두 개를 모두 달고 한 손으로 금련을 껴안으면서,

"오늘은 이 오라버님이 후정화[後庭花] 자세로 하고 싶은데 어때?"

하니 반금련은 눈을 흘기면서,

"염치도 없는 뻔뻔스런 양반 같으니라구! 매일 서동과 붙어 그 짓을 하고도 성이 덜 차서 이젠 저에게 달라붙는군요. 가서 서동과 하지 그러세요!"

하자 이에 서문경은 웃으며 말했다.

"주둥이를 잘도 놀리기는… 그만 됐다! 네가 내 말대로 해준다면 내가 왜 서동이랑 그 짓을 하겠느냐? 너는 내 마음을 몰라, 나는 이게

좋단 말이야. 물건을 집어넣기만 해도 좋을 것 같은데….”

반금련은 서문경이 수차례나 조르자 어쩌지 못하고,

“당신 물건이 너무 커서 집어넣으면 제가 참을 수가 없으니, 물건을 감싼 유황권을 하나 끄르세요. 그리고 저와 한번 살살 놀아봐요.”

하자, 서문경은 정말로 유황권을 벗고 물건에는 은탁자만 매달았다. 그리고 반금련을 침대에 엎드리게 하여 말처럼 하늘을 향해 엉덩이를 쳐들게 하고는 침을 뱉어 자신의 물건에 발랐다. 침으로 매끈해진 물건을 넣었다 뺐다 하니 분비물이 흘러내렸다. 물건이 큰지라 한참 그 짓을 하고서야 겨우 그 뿌리까지 깊숙이 집어넣을 수 있었다. 반금련은 밑에서 양미간을 찌푸리며 입에 손수건을 물고 아픔을 참으면서 말했다.

“오라버니, 좀 천천히 해주세요. 앞에서 하는 것과는 달라 안쪽이 화끈거리고 뜨거운 침을 놓는 것처럼 무척이나 아파요.”

“귀여운 것, 원하는 대로 해줄 테니 걱정하지 말거라. 내일 예쁜 색깔에 꽃무늬가 화려한 옷을 한 벌 지어주마.”

“그런 옷은 저도 있어요. 전에 이계저가 입고 있는 걸 봤는데 양피 가죽에 금실로 띠를 두르고 황색에 은실로 짠 치마가 아주 예뻐 보이더군요. 성안에서 샀다고 하던데요. 남들은 다 있고 저만 그런 치마가 없으니, 얼마인지는 모르겠지만 저에게도 그런 걸 하나 사주세요!”

서문경은,

“알았어, 내일 사주마.”

하고는 다시 물건을 금련의 은밀한 곳에 깊숙이 넣었다 뺐다 했다. 반금련은 고개를 돌려 눈을 흘기면서 말한다.

“서방님, 이곳은 빽빽해서 아파 죽겠어요. 왜 자꾸 움직이시는 거예요, 이제 제발 그만 빼내세요!"

그러나 서문경은 들은 체도 하지 않고 금련의 엉덩이를 벌리고 드나드는 모습을 바라보면서,

"요 음탕한 것아, 네가 그렇게 오라버니라고 부르니 네 오라버니를 잘 달래서 나오게 해봐라!"

하니, 이에 반금련은 밑에서 게슴츠레 눈을 내려 뜨고, 꾀꼬리가 흐느껴 울듯 버드나무 같은 허리를 요동치고 향기 나는 몸을 뒤척이며 끊임없이 이상야릇한 신음을 내니 그 모습이란 이루 다 형용할 수 없을 지경이었다. 잠시 뒤에 서문경이 비로소 사정을 할 지경에 이르자, 반금련의 허벅지를 부여잡고 힘을 주어 몇 번을 더 왕복운동을 하니 괴이한 소리가 끊이지 않고, 반금련은 야한 소리를 내면서 엉덩이를 흔들어댔다. 그러다 서문경은 반금련의 엉덩이를 부여잡고 사정하니 그것이 여인의 깊숙한 곳까지 솟구쳐 들어갔다. 그 상쾌함이란 이루 다 말로 표현할 수 없을 지경으로, 싸대는 것이 마치 물을 쏟아붓는 것 같았다. 반금련은 그 음액을 모두 받아들이고 둘은 한 몸이 되어 한참을 드러누워 있다가 음기구들을 꺼내보니 모두 붉게 물들어 있었다. 반금련은 그것을 수건으로 깨끗이 닦은 후에 잠자리에 들었다.

다음 날 서문경이 아침 일찍 관청에서 돌아와 보니 안주사와 황주사가 사람을 보내 초대장을 전했다. '스무이튿날, 벽돌 공장을 주관하는 유태감 집에서 연회를 갖고자 하오니 참석해주시기 바랍니다'라는 내용이었다. 서문경은 심부름 온 사람을 돌려보내고 안방에 들어가 죽을 먹고 바로 대청으로 나가니, 머리를 손질해주는 주[周]씨가 땅에 넙죽 엎드려 절을 하고는 대령했다. 이에 서문경은,

"마침 잘 왔네. 내 자네를 찾아 머리를 좀 손질하려고 했지."

하면서 곧장 화원을 지나 비취헌의 작은 방으로 들어가 긴 의자에 앉고 두건을 풀고 머리를 풀어헤쳤다. 주씨가 뒤에 있는 탁자 위에 이발 도구를 꺼내놓고 이발해주었다. 주씨는 능숙한 솜씨로 머리를 손질하고 때를 벗기고 비듬을 털고 꿇어앉으며 말했다.

"보아하니 나리께서는 금년에 영전하실 것입니다. 머리칼에 윤기가 흐르고 있습니다."

이를 듣고 서문경은 몹시 기뻐했다. 주씨는 머리를 다 손질하고 귀를 후벼파고는 온몸을 주물러주었다. 주씨가 그만의 독특한 비법을 써서 서문경의 온몸을 주무르고, 단전의 기를 운행시키니 온몸이 날듯이 시원했다. 서문경은 주씨에게 은자 닷 전을 주고 밥을 먹고는 관가의 머리도 손질하라고 분부했다. 머리 손질과 안마를 받은 후에 바로 서재로 들어가 대리석 침대 위에 드러누워 잠을 잤다.

이날 양고모와 왕비구니와 설비구니도 돌아가려 했다. 오월랑은 그녀들의 상자에 다과와 음식들을 담아주고, 두 비구니에게는 은자 닷 냥씩 주고 또 시중드는 어린 비구니들에게도 비단을 두 필씩 주어 문 밖까지 전송했다. 문가에서 설비구니는 오월랑에게 다시 한 번 당부했다.

"임자일에 약을 잡수시면 반드시 좋은 소식이 있을 것입니다."

오월랑은,

"팔월 보름이 제 생일이니 한번 다녀가세요. 기다리고 있을게요!"

하니 설비구니는 합장을 하며,

"부처님의 자비가 이곳에 함께하시기를! 그때 반드시 오지요."

그러면서 설비구니는 문가에서 여러 사람들과 작별을 고하고 떠났다. 오월랑과 오대구 부인은 다시 안채로 들어갔다. 그러나 맹옥루, 반금련, 이병아, 서문경의 큰딸, 이계저는 하얀 모시 적삼에 황금색 치마를 입고, 은사 족두리를 쓰고 비취색 비녀와 금빛 비녀를 꽂고 보라색 귀고리를 달고 빨간 신발을 신고, 관가를 안고 화원에서 거닐며 놀고 있었다. 이병아가,

"계저 아가씨, 아기를 이리 줘요. 내가 안고 있을 테니."

하니 계저가 말했다.

"여섯째 마님, 괜찮아요. 제가 도련님을 안고 싶어요."

이에 맹옥루가,

"계저 아가씨, 아직 나리께서 새로 지은 서재에 가보지 못했죠? 가서 한번 구경해볼까요!"

라며 화원 안으로 들어가니, 반금련은 자줏빛 장미가 화원 가득 피어 있는 것을 보고 두 송이를 꺾어 계저의 머리에 꽂아주었다. 소나무로 둘러싸인 담을 따라 비취헌에 도착해 보니 안에는 침상과 병풍, 그림과 바둑판, 거문고 등이 모두 고아하게 갖추어져 있었다. 침상 위에는 은으로 만든 갈고리가 걸려 있고 차가운 돗자리에 산호 베개가 있는데 서문경이 그곳에 누워 곤하게 자고 있었다. 옆에 있는 소전[小篆]의 글자체가 쓰인 향료에서는 향이 한참 타오르고 있고, 반쯤 열린 창 밖에는 파초 잎이 얇게 드리워져 있다. 반금련은 탁자 위에 있는 향합을 뒤적이고 옥루와 이병아는 의자에 앉아 있었다.

잠시 뒤에 서문경이 몸을 돌려 드러눕다가 여인들이 몰려와 있는 것을 보고,

"웬일로 이곳에 왔지?"

하고 물으니 반금련이 답했다.

"계저 아씨가 당신 서재를 본다고 하기에 구경시켜주려고 데려왔
어요."

서문경은 계저가 관가를 안고 있는 걸 보고 받아 안아 잠시 응석
을 받아주며 놀았다. 이때 서동이 들어와,

"응씨 아저씨가 오셨어요."

하고 알리니 여자들은 급히 이병아 방으로 건너갔다. 그러나 관가를
안고 있던 이계저는 걸어 나오던 응백작과 부딪히고 말았는데, 계저
를 보고 응백작은,

"이야! 이계저가 이곳에 있었구나!"

하면서 고의로,

"언제 왔어?"

라고 물었으나 계저는 대꾸하지 않고 그냥 가면서,

"됐어요. 거지발싸개같이, 자기 일도 아닌데 그런 걸 물어 뭐하게
요?"

하니 응백작은,

"이런 음탕한 계집이, 나하고 상관이 없는 일이라구! 그렇다면 우
리 입이나 한번 맞추자꾸나."

하며 껴안을 듯이 입을 맞추려고 했다. 이에 계저는 손으로 응백작을
밀치면서,

"날강도 같으니라구, 난도질을 당해야 돼! 아기가 놀라지만 않는
다면 내 이 부채로 때려줄 텐데!"

하니, 이때 서문경이 밖으로 나와 응백작이 이계저를 가로막고 말장
난을 하는 것을 보고,

"이런 개 발싸개를 봤나! 애가 놀라잖아!"

하면서 서동에게,

 "아기를 안아서 여섯째 마님께 데려다주거라."

하고 분부하니 서동이 급히 애를 안고 안으로 들어갔다. 유모 여의아가 때마침 담 모퉁이에서 기다리고 있다가 받아 안고 들어갔다. 백작과 계저가 서서 얘기하기를,

 "그래, 네 일은 어떻게 되었느냐?"

하고 물으니 계저는,

 "다행히도 서문 나리께서 저를 불쌍히 여기시어 일 처리를 부탁하기 위해 내보 아저씨를 동경에 보내셨어요."

하니 백작이 말했다.

 "그럼 잘 되겠군. 이젠 안심하겠구면."

 말을 마치고 계저는 바로 안으로 들어가려고 했다. 이에 백작은,

 "요 음탕한 것아, 잠시 와봐, 내 아직 할말이 있어."

하니 계저는,

 "갔다가 다시 올게요."

하고는 이병아의 방으로 갔다.

 그제서야 응백작은 서문경에게 인사를 하고 안으로 들어가 앉았다. 서문경이,

 "내가 어제 하용계(하제형) 집에서 술을 마시고 있는데 송순안 어사가 사람을 시켜 산 돼지 한 마리를 선물로 보내왔어. 그래 어디 놓아둘 데도 없고 해서 아침 일찍 요리사를 시켜 잡았지. 후추를 써서 냄새나지 않게 머리까지 다 삶아놓았어. 그러니 가지 말고 여기 있다가 사자순도 불러 쌍륙 놀이나 함께 하면서 맛을 보지."

하고는 금동을 불러,

"빨리 사씨 아저씨 집에 가서, 응씨 아저씨가 여기 있다고 말씀드리거라."

하니, 금동은 바로 대답을 하고 출발했다. 이때를 틈타 백작이 물었다.

"그래, 서가 집에서 받기로 한 돈은 어찌되었어요?"

"싸가지 없는 자식이야! 내일에야 겨우 된다는군. 그것도 우선 이백오십 냥을 준다니 자네는 둘한테 모레쯤 가지러 오라고 해. 부족한 건 집에 있는 걸 보태줄 테니."

"그것 잘됐군요. 아마도 두 사람이 선물 좀 가지고 와서 인사를 할 거예요!"

"공연히 신경쓰지 말라고 해!"

말을 하고는 서문경이 다시 물었다.

"참, 손과취와 축곰보는 어떻게 되었나?"

"이계저 집에서 잡혀간 다음에 현의 감옥에서 하루를 보냈대요. 그다음 날 세 사람 모두 쇠고랑을 차고는 동경으로 이송됐지요. 동경까지 끌려갔는데 어디 곱게 집으로 돌아올 수 있겠어요? 그동안 호의호식하면서 놀다가 이번에 된통 경을 칠 거예요! 다 자기들이 부른 재앙이니 누구를 탓하겠어요. 날씨도 이렇게 더운데 쇠고랑을 찬데다 여비도 없어서 아마 호되게 고생할 거예요!"

이 말을 듣고 서문경은 웃으며,

"괘씸한 놈들! 싸지 싸. 누가 날마다 그 왕씨 집 꼬마놈에 붙어 다녀 이런 꼴을 당하라고 했나! 자기들이 한 짓이니 누구를 탓하겠어!"

했다. 백작도 맞장구를 치며,

"말씀이 맞아요. 구린 게 없는데 어찌 똥파리들이 꼬이겠어요? 그 둘이 어째 저나 사자순을 찾지 않았겠어요? 친구를 사귀더라도 가려서 사귀어야지요!"

하니, 이때 사희대가 도착했다. 인사를 하고 자리에 앉아 계속 부채질만 하자 서문경이 이를 보고,

"무슨 일로 땀을 그리 흘리나?"

하고 묻자 희대는,

"말씀도 마세요, 형님이 보내신 금동이 조금만 늦게 왔더라도 저는 집에 없었을 거예요. 제가 막 집을 나서려는데 금동이 왔거든요. 오늘은 여러 가지로 심사가 좋지 않은 날이에요!"

하니 백작이,

"왜 그리 심사가 뒤틀렸나?"

물으니 희대가 말했다.

"오늘 아침 일찍 손과취의 마누라가 우리 집에 와서 제가 자기 남편을 꼬드겼다고 하지 않겠어요! 이게 무슨 꼴인지, 정말 아무것도 모르는 여편네더군요! 그래서 제가 '당신 남편이 하루 종일 기생집에서 빌붙어 지내면서 술과 고기를 얻어먹고, 남의 돈을 등쳐먹는 사실은 아마도 당신은 죽었다 깨어나도 알지 못할 거예요. 게다가 당신이 남편한테 그런 데 쓸 돈을 준 적이나 있어요?'라고 몇 마디 면박을 주고 막 문을 나서려고 하는데 형님이 저를 부르신 거예요."

이를 듣고 백작이,

"나도 방금 청주는 청주병에 탁주는 탁주병에 넣어야 된다고 했어. 내가 왕삼관을 따라다니다가는 언젠가 크게 경을 칠지 모른다고 말하지 않았나? 결국 그물에 걸렸으니 누구를 탓하겠는가!"

하니 서문경도,

"그 왕삼관 놈, 아직 대가리에 피도 안 마른 자식이 벌써부터 남의

여편네를 넘보고 다니다니, 죽어도 싼 놈이야!"

하자 백작이,

"왕씨 놈이 뭘 알겠어요? 어디 형님과 감히 비교할 수 있겠어요? 형님 얘기를 들려주면 아마 놀라 자빠지고 말걸요!"

이렇게 말하고 있을 적에 하인이 음식을 내왔다. 서문경이 말했다.

"자네들은 쌍륙 놀이를 하고 있거나. 지금 안채에서 국수를 빚고 있으니 내오라 해서 같이 먹지."

잠시 뒤에 금동이 탁자를 내려놓고, 화동이 찬합에 향기로운 가지 볶음과 강낭콩 볶음, 기름에 살짝 데친 신선한 야채, 마늘종 볶음을 담은 접시 네 개를 가져왔다. 그리고 돼지고기를 잘게 썰어 얹은 국수를 큰 사발에 담아 상아 젓가락 세 벌과 같이 탁자 위에 올려놓았다. 서문경은 둘을 불러 국수를 퍼 파와 간장 등을 양념해 먹었다. 응백작과 사희대는 젓가락질 두세 번에 한 그릇을 뚝딱 먹어치웠다. 둘은 허겁지겁 일곱 그릇이나 먹어댔다. 서문경은 두 그릇을 먹고는 더 먹지 못했다. 그러고는,

"귀여운 내 애들아, 이것들도 마저 다 먹거라!"

하니 백작이,

"형님, 오늘 국수는 어느 분이 빚으신 거지요? 입에 짝 달라붙는 게 아주 맛이 있는데요."

하자 사희대도 거들었다.

"고기를 얹은 게 더욱 별미인데요. 방금 집에서 밥을 먹고 오지 않았다면 한 그릇은 더 먹을 수 있었을 텐데."

둘은 더운 국수를 먹고 열이 나는지 옷을 벗어 의자에 걸쳐놓았다. 금동이 들어와 빈 그릇들을 치우자 백작이,

"애야, 안채에 가서 양치질을 할 물 좀 가져오너라."
하니 사희대가 말을 덧붙였다.
"미지근한 물이 좋을 것 같은데, 그래야 열도 좀 가시고 마늘 냄새
도 없앨 수 있지."
잠시 뒤에 금동이 차를 내왔다. 세 사람은 차를 마시고 밖으로 나
와 담길을 따라 화원을 한 바퀴 돌고 있었다. 이때 황사가 선물 네 개
를 보내와 평안이 받아서는 서문경에게 보여주었다. 한 상자에는 까
만 마름이, 한 상자에는 냉이가, 또 다른 상자에는 얼음에 채운 큰 준
치가, 그리고 비파가 한 상자였다. 백작이 보고는,
"대단하군요! 어디에서 이런 귀한 것을 구했는지 모르겠네? 여하
튼 맛이나 좀 봅시다요!"
하며 한 손으로 덥석 몇 개를 집어 사희대에게 두어 개를 건네주면서,
"여태껏 살아오면서도 이런 물건들이 있는 줄도 모르고 있었다
니!"
하니, 이를 듣고 서문경이 화를 냈다.
"이런 개뼈다귀 같은 것들! 아직 부처님께 공양도 하지 않았는
데 먼저 가로채 처먹다니."
백작은,
"부처님은 무슨 부처님의 공양! 목에 걸리지도 않고 잘 넘어가기
만 하는구만."
하니 서문경이,
"안채로 가져가거라. 그리고 셋째 마님께 은자 석 전을 달래서 심
부름꾼에게 주도록 해라."
라고 분부했다. 백작이,

"이금[李錦]이 보낸 겁니까? 아니면 황녕[黃寧]이 보낸 겁니까?"
하고 물으니 평안이 대답했다.

"황녕이 보낸 것입니다."

이에 백작이,

"그 개뼈다귀 같은 자식이 오늘 용꿈을 꾸었구나. 은자 석 전까지
상으로 받았으니."

그리고 나서 서문경이 보는 가운데 그 둘이 쌍륙 놀이를 한 것은
여기서 접어두겠다.


한편 계저는 고모인 이교아와 맹옥루, 반금련, 이병아, 서문경의
큰딸과 함께 안채에서 식사를 하고 복도에 나와 앉아 있었다. 이때
이발사 주씨가 담벼락 쪽으로 와서는 안쪽 사정을 알아보려고 했다.
주씨를 보고 이병아가,

"마침 잘 왔어요. 잠시 안으로 들어와 우리 애 머리 좀 깎아줘요.
머리가 꽤 길었어요."

하니, 이에 주씨는 황급히 앞으로 나와 인사를 하며 말했다.

"그렇지 않아도 방금 나리께서 소인보고 도련님 머리를 깎아주라
고 분부하셨어요."

오월랑이,

"여섯째, 월력을 가져다 오늘이 머리 깎기에 어떤지 한번 봐요."

하니, 이에 반금련은 급히 소옥에게 책을 가져오게 하고 한번 훑어보
고는,

"오늘은 사월 스무하루로 경술일이군요. 누금구[婁金狗]가 당직을
서는 날로 제사를 지내거나 여행, 목욕, 머리 깎기, 집안 수리에 좋대

요. 그럼, 오시[午時]가 좋겠군요!"

하자 오월랑은 이를 듣고 말했다.

"머리 깎기에 좋은 날이라 하니 애들을 시켜 물을 데우고, 소옥이 너는 도련님의 머리를 감겨드리거라. 그리고 주씨더러 천천히 애를 잘 달래면서 깎아주라고 일러라."

소옥은 옆에 서서 수건에 깎은 머리칼을 받았다. 그런데 깎기 시작한 지 얼마 안 되어 관가가 갑자기 소리를 내며 울기 시작했다. 그래도 주씨는 아랑곳하지 않고 급히 머리를 깎았다. 아기도 울다가 그만 까무러쳐서는 아무 소리도 내지 않고 얼굴이 시뻘겋게 부어올랐다. 이병아는 놀라 어찌할 줄을 모르고,

"깎지 마요! 깎지 마!"

라고 소리쳤다. 주씨는 놀라서 머리 깎는 도구도 제대로 챙기지 못하고 황급히 나갔다. 오월랑이 이를 보고는,

"이것 봐, 관가는 낯을 가린다고 했잖아. 머리를 깎을라치면 울 터이니 잘 구슬려야 한다고. 공연히 밖의 사람을 불러다 머리를 깎으려 하니 제대로 되겠어?"

하고 닦달하고 있는데 이때서야 관가가 겨우 소리를 내었다. 이를 듣고 이병아는 무거운 돌을 땅바닥에 내려놓은 듯이 깊은 안도의 숨을 내쉬며 아기를 품에 꼭 안고 달래면서,

"주씨가 담도 크게 들어와서는 관가의 머리를 깎고 갔구나. 반밖에 깎지 못해 우리 도련님을 이 모양 이 꼴로 만들어놓다니! 내 나중에 잡아다가 우리 도련님을 대신해 볼기를 때려줘야겠군!"

하면서 아기를 안고 오월랑 앞으로 갔다. 오월랑은,

"이 못난 도련님하구는! 머리를 깎는데 누가 잡아먹기라도 하는

듯이 울어대다니! 깎다가 이렇게 남았으니 어쩌누? 마치 머리칼을
잘린 도적 같구나!"

하면서 장난을 치니 이병아는 아기를 여의아에게 건네주었다. 오월
랑은,

"잠시 젖을 먹이지 마! 한잠 자고 난 뒤에 먹이는 게 좋겠어."

하니 유모는 아기를 안고 바깥채로 나갔다. 이때 내안이 들어와 주씨
의 나머지 이발 도구를 챙기면서,

"주씨가 어찌나 놀랐는지 얼굴이 다 하얗게 됐어요."

하니 오월랑은,

"그래, 밥은 먹었다더냐?"

하고 묻자 내안은,

"밥은 먹었어요. 나리께서 수고비로 은자 닷 전을 주셨어요."

하자 이에 오월랑은,

"술 한 병을 가져다 주씨에게 주려무나. 그 얼마 안 되는 돈을 벌려
다가 얼마나 놀랐겠느냐!"

하니 소옥은 급히 술 한 병을 데우고 고기 한 접시를 가져와 내안을
시켜 주씨에게 주어 먹게 하고는 집으로 보냈다. 오월랑은 다시 반금
련에게,

"책력을 보아 임자일은 어떤지 한번 봐줘요."

하니 반금련이 한번 훑어보고 대답한다.

"스무사흘날 임자일 망종[芒種]으로 오월 단오절[端午節]이기도
해요. 그런데 그건 왜 물으세요?"

"그냥 한번 물어봤어요."

이계저가 책력을 건네받아 보고는,

"스무나흗날 바쁘겠군요. 제 어머니의 생신이니 여기 올 수 없겠어요."

하니 이를 듣고 오월랑이 말했다.

"지난달 초열흘은 네 언니 생일이고 이번 달에는 어머니 생일이라, 기원에 있는 사람들은 하루에도 병치레를 몇 번씩 하고 생일도 몇 번씩 하는 모양이구나. 낮에는 돈을 그리는 병에 걸리고 밤에는 사내를 그리는 병에 걸리고, 아침에는 어머니 생일, 낮에는 누이 생일, 저녁에는 자기 생일이라, 참 좋기도 하군! 그런데 어째 모든 것이 한데 몰려 있는 게야? 나리께서 돈이 있을 적에 한꺼번에 생일을 지내버리는 게 좋겠어."

이를 듣고 계저는 웃기만 할 뿐 아무 소리도 하지 않았다. 이때 서문경이 서동을 시켜 잠시 밖으로 나오라 하니, 계저는 오월랑의 방에 들어가 화장을 매만지고 화원으로 나왔다.

사랑채 안에는 팔선 탁자가 놓여 있고 앞뒤로 발[簾]도 드리워져 있다. 탁자 위에는 먹음직스런 음식이 많이 차려져 있는데, 구운 돼지고기가 큰 쟁반으로 두 개, 오리 고기 두 접시, 준치 구이 두 접시, 장미 모양 과자 네 접시, 죽순 볶음 두 접시, 비둘기 새끼 찜 두 접시다. 잠시 뒤에 내장과 순대 곱창 네 접시가 나왔다. 여러 사람이 술을 마실 때 계저는 곁에서 술을 따라주었다. 백작이,

"네 영감께서 듣고 계시지만, 내 괜한 말을 하는 게 아니라 이제 그 일은 원만히 처리될 거야. 영감께서 대신 말을 해놓았으니 너를 잡으러 오지는 않을 게야. 이게 다 누구 덕인지 아니? 다 내가 힘써서 된 게 아니냐. 몇 차례나 부탁드려 나리께서 겨우 승낙하신 게야. 그렇지 않으면 무엇 때문에 쓸데없이 너 대신 동경에 사람을 보내 사정을 하

겠니? 그러니 네가 마음에 드는 곡을 한 곡조 뽑아 불러보렴. 그럼 우리가 노래를 안주 삼아 한잔하고 또 우리가 수고한 품값으로 치지."

하니 계저는 웃으며,

"이런 거지같은 양반이… 얼굴도 두껍다니까! 나리께서 당신 말을 다 믿으신대요?"

하자 백작이 말했다.

"요 음탕한 계집이, 염불도 제대로 못하면서 먼저 중노릇부터 하려고 드네! '밥을 먹으려면 밥 짓는 사람에게 미움을 사면 안 된다'고 했거늘… 나를 우습게 보는 모양인데, 내가 너 같은 계집 하나 어떻게 하지 못할 줄 아느냐? 얕보지 마, 너 같은 기생 나부랭이는 마음대로 할 수 있다고!"

이를 듣고 계저는 손에 든 부채로 응백작의 몸을 두어 차례 내려쳤다. 이를 보고 서문경이 웃으며 말한다.

"아니 이런 망할 놈이! 그래 내일까지 그렇게 허튼소리를 하고 있을 겐가."

이에 계저는 천천히 비파를 끌어당겨 무릎 위에 비스듬히 올려놓고 붉은 입술을 벌려 하얀 치아를 드러내며 「이주 삼태령[伊州三台令]」를 부르기 시작했다.

당신은 은혜를 저버리고
굳게 한 맹세를 잊었네.
꽃 피는 아침이나 달 뜨는 저녁
나만 홀로 세월을 보내네.
울적한 마음에 난간에 기대어

그대를 기다려보건만 어찌 소식도 없으신지요.
몇 번을 헤아려보아도
이 모든 것이 나의 박복과 인연이 엷은 탓인가요.
思量你好辜恩 便忘了誓盟
遇花朝月夕良辰 好交我虛度了靑春
悶厭厭把欄杆憑倚 凝望他怎生全無個音信
幾回自將 多應是我分薄緣輕


〈황앵아[黃鶯兒]〉
누가 이런 일을 생각이나 했던가.
誰想有這一種


응백작이 말하기를,
"하수구에 배가 빠지면 십 년이 지나도 모르지."


살이 빠지고 여위어가네.
減香肌 憔瘦損


백작이 말하기를,
"아직도 그를 그리다니, 은신하고 있으면서도…."


거울에 먼지가 쌓여도
닦을 마음이 없어라.
연지와 분도 대충 바르고

꽃가지를 머리에 꽂네.
공연히 미간을 찌푸리며
봄 산을 탓하누나.
鏡鸞塵鎖 無心整
脂粉輕勻 花枝又懶簪
空教黛眉蹙破春山恨

다시 백작이,
"잘 생각해봐, 손님을 수천 명 받지만 마음에 드는 사람은 단 한 사람이라구. 가만히 거울을 들여다보고는 한숨지으며 반은 님을 그리고 반은 님을 원망한다고. 서로 좋아했다지만 지금 와서 그 때문에 그리 애태울 일이 뭐가 있어? 괜찮아질 거야, 원망하지 마!"
하니 이를 듣고 계저가 말한다.
"무슨 쓸데없는 얘기를 하는 거예요!"

정말로 참을 수가 없어라.
最難禁

백작이 말한다.
"네가 참지 못한다면 다른 사람은 어떻게 참겠니?"

누각 위에 호루라기 소리 들리니
남의 애간장을 끊는 듯한 소리여라.
椎樓上畫角 吹徹了斷腸聲

백작이,

"애간장이 아직 끊어지지 않았으니, 이번에는 네가 실을 끊는 얘기를 해봐라. 두 사람 얘기는 그만하고."

하니, 계저는 백작을 한 차례 때리면서 말한다.

"이 주책바가지가, 오늘은 정말 참을 수가 없군!"


〈집현빈[集賢賓]〉

어둑한 창가에 달빛이 밝은데

한스러이 홀로 병풍에 기대어 있네.

외로운 기러기의 울음소리 듣노라니

누각 밖에서 들려오는 소리라

수많은 생각이 새롭게 떠오르네.

밤은 길고 길어

등불도 희미하고 향도 다했건만

아직도 잠을 이루지 못하네.

그대는 어디에서 편히 주무시나요.

幽窗靜悄月又明 恨獨倚幃屏

驀聽的孤鴻 只在樓外鳴 把萬愁又還題醒

更長漏永 早不覺灯昏香盡 眠未成

他那裏睡得安穩


백작이,

"멍청한 계집아! 왕삼관이 어째서 편히 잠을 못 잔다는 게냐? 잡혀간 것도 아니니 자기 집처럼 잘 자고 있을 게야. 너만 홀로 다른 사람 집에 숨어서 가슴앓이하다가, 동경에 간 사람이 돌아와 해결했다고 해야 비로소 마음을 놓을 모양이군."

하니, 이에 계저는 발칵 화를 내며 말했다.

"영감님, 저 거지 같은 응백작 좀 보세요! 아무것도 모르면서 저를 놀리고 있어요!"

백작이,

"이제야 네 아비를 알아보겠느냐?"

하자 계저는 아예 상대하지도 않고 비파를 타며 노래를 불렀다.

〈쌍성첩운[雙聲疊韻]〉
생각을 하니, 생각을 하니
어찌 마음속에 남지 않으리.
思量起 思量起 怎不上心

백작이 말하기를,

"네가 가려운 곳을 긁고 있으니 어찌 마음속에 그려지지 않으리."

사람이 없는 곳에서, 사람이 없는 곳에서
남몰래 눈물만 흘리네.
無人處 無人處 淚珠兒暗傾

백작이 다시,

"한 사람이 있었는데 그 사람은 습관적으로 침상에 오줌을 쌌지. 어느 날 어머니가 죽어서 시신을 지키며 영전에 자리를 깔고 잠을 자는데 밤이 깊자 아무 생각 없이 또 오줌을 쌌대. 사람들이 이불이 젖어 있는 것을 보고 '어찌 된 일이야?' 하고 물으니, 그 사내는 제대로 대답을 못하다가 '밤사이에 눈물이 뱃속을 통해 나왔지요'라고 했다더니, 꼭 너 같구나. 왕삼관을 위해 말을 할 수 없으니, 단지 등뒤에서 울 수밖에."

하니, 이를 듣고 계저가 말한다.

"부끄러움도 모르는 사람 같으니, 대체 뭘 봤다고 그러는 거예요?"

그를 원망하고 원망하네.
말로 다 할 수 없이.
我怨他 我怨他
說他不盡

백작이 말하기를,

"내 한마디 더 해야겠다. 도대체 그놈한테서 돈을 얼마나 뜯어냈느냐? 그건 그렇고 어째 하늘을 원망하지 않는 게지? 남의 집에 숨어 지내는 데다 장사도 다 거덜났는데… 할말도 못하고 이런 꼴이 되다니! 그들이 어떠한지도 모르고 귀신을 속이려 하다니 말이나 돼?"

누가 그럴 줄을 알았겠는가.
誰知道這裏先走滾

백작이 다시 말하기를,

"손에 쥐었다가도 날아가버리지!"

처음을 원망하네
그렇게 하지 않아도 되었을 것을.
自恨我當初 不合地認眞

백작이 말한다.
"이 어리석고 음탕한 계집아, 그 정도 나이가 되어서도 왕삼관 같
은 애송이 하나 제대로 가지고 놀지 못하면서, 어찌 풍류를 즐기는
자제와는 그토록 잘 지냈느냐? 그만하고 내 너에게 「남쪽 가지[南枝
兒」라는 것을 들려주마."

사랑 얘기를 들려주마.
지금 같은 나이에는
가짜와 진짜를 논하지 않고
개개인이 다 괴이하고
개개인이 다 닳고 닳았네.
사람을 속이거나 잘못을 뒤집어씌운다네.
할멈은 돈밖에 모르고
나이 어린 기녀는 목을 빼고 바가지를 씌우려 한다.
고통은 마치 강물에 뛰어드는 듯하고
근심은 지옥에 가는 듯하다네.
언제 이 업보가 다 끝나리
나귀가 되고 말이 된다 해도
이 짓만은 하지 않으리라!
風月事 我說與你聽

如今年程 論不的假眞 個個人古怪精靈

個個人久慣老誠 倒將計活埋 他瞎缸暗頂

老虔婆只要圖財 小淫婦兒少不的拽着脖子往前

苦似投河 愁如覓聲 幾時得把業罐子塡完

就變驢變馬也 不幹這個營生


이를 듣고 계저는 눈물을 흘리기 시작했다. 서문경은 부채로 백작을 한 대 내갈기며,

"이 창자를 끊어버릴 개망나니야, 기어코 생사람을 잡아먹어야 직성이 풀리는구나!"

하면서 계저에게,

"노래나 한 곡 불러보거라, 저놈은 상관하지 말고."

하니 사희대도 말한다.

"응씨 형님, 정말로 정이 없으시군요. 오늘은 어째 왔다 갔다 하면서 짓궂게 내 양딸을 약올리는 거예요! 한 번만 더 그런 말을 했다가는 입에 큰 종기가 생길 겁니다!"

계저는 다시 비파를 당겨 노래를 불렀다.


〈족어림[簇御林]〉

사람들은 모두 그가 진실하다고 말하네.

人都道他志誠


백작이 다시 무슨 말을 하려고 하자 사희대가 손으로 백작의 입을 가로막으며,

"계저야 노래나 부르렴, 상관하지 말고!"
하니, 이에 계저는 계속해서 노래를 불렀다.


알고 보니 사람을 속인 거라네.
눈을 빤히 뜨고서
마음과 입이 서로 맞지를 않는다네.
卻原來厮勾引
眼睜睜 心口不相應


사희대가 손을 치우자 백작이 다시,
"서로 맞아야 좋지, 그래야 이런 일이 벌어지지 않는 거야. 마음과
입이 맞지 않으니 어쩌겠어. 그러다가 다른 것하고 눈이 맞았지만,
그게 다 오십보백보로 같은 거야."
하니, 이에 계저는 발칵 화를 내며,
"허튼소리하지 말아요. 당신이 봤어요?"
하자 백작은,
"내가 눈으로 보지는 못했지만, 그런 냄새가 나잖아?"
하니 이를 듣고 서문경을 포함한 모든 사람들이 웃었다.


산과 바다에 한 철석같은 맹세
거짓말을 해도 참말을 해도
나는 그를 잘못 알아.
상사병을 앓는다네!
山誓海盟 說假道眞

險些兒不爲他錯 害了相思病

백작이 말하기를,

"멍청하기는, 잘못 사는 사람은 있어도 잘못 파는 사람은 없는 법이야. 너희 기생들은 병까지 잘못 앓는구나."

마음을 저버린 사람
시치미를 떼고 있으니
나는 앞으로 어찌 지내리오.
負人心 着伊家做作 如何交我有前程

백작이 말한다.

"앞으로 별반 희망이 없지, 잘 돼봐야 나중에 초선[招宣]밖에 더 이어받겠어!"

〈호박묘아[琥珀猫兒]〉
날로 소원해지고 날로 멀어지지만
다시 만나면
이 어리석은 마음 풀어보기 위해 참고 기다리네.
日疎日遠 再相逢 枉了奴癡心寧耐等

백작이 말하기를,

"며칠 더 기다리게? 나중에 동경 갔던 일이 다 끝나고 다시 기원으로 돌아가도 늦지는 않을 텐데."

무산의 운우지정을 생각하나
꿈에서도 이루어지기 어려워라.
무정한 사랑이여
목숨을 걸고서라도 하리라.
비록 봉황이 갈라진다 해도!
想巫山雲雨 夢難成
薄情 猛拚今生
和你鳳拆鸞鳳拆鸞

〈마지막 가락[尾聲]〉
님은 너무나 박정하다오
이렇게 나를 홀로 남겨두다니.
전생의 은혜로운 정이
이렇게 화근이 될 줄이야!
冤家下得忒薄倖 割捨的將人孤另
那世里恩情 番成做話柄

노래를 마치자 사희대가,
"됐다, 그만 서동더러 비파를 가져가게 하고, 내 계저에게 위로주
를 한 잔 따라주어야겠다!"
하니 백작이,
"그럼 나는 안주를 집어 올리지. 나는 본래 아무것도 못하니, 몸으
로라도 때워야지."
하자 계저가 말했다.

"거지 양반은 저리 꺼져요. 누가 당신을 상대한대요! 그 큰 주먹으로 사람을 때려놓고는 살살 어루만지려 하다니. 사람을 이렇게 약올려놓고 뭘 달래주려고 해요!"

사희대는 잽싸게 술을 석 잔 따라주고 백작을 잡아끌면서,

"우리 다시 쌍륙 놀이나 합시다."

하고는 다시 쌍륙 놀이를 했다. 서문경은 이계저에게 슬쩍 눈짓을 하고는 곧장 밖으로 나갔다. 백작이,

"형님, 안채로 가시거든 향기로운 차 좀 내보내주세요. 방금 마늘을 먹었더니 여태 냄새가 나는군요."

하자 서문경이,

"그런 차가 어디에 있겠나?"

하니 백작이,

"형님, 괜히 저희를 속이려 하지 마세요. 항주의 유학관[劉學官]이 많이 보내왔잖아요, 그런 걸 혼자 먹으면 좋지 않아요."

하니 서문경은 웃으며 안채로 들어갔다. 계저도 바로 뒤따라 나와 태호석[太湖石] 주위에서 꽃을 꺾어 꽂는 척을 하다가 바로 사라졌다. 사희대와 응백작은 연거푸 세 판을 두며 서문경이 나오길 기다렸으나 나타나지 않자 서동에게,

"영감께서 안채에 들어가 뭘 하고 계시냐?"

하니 서동이 답했다.

"안채에서 바로 나가셨어요."

백작이,

"그럼 안채에서 나와 어디를 갔을까?"

그러면서 사희대에게,

"자네는 여기 앉아 있게나, 내가 한번 찾아보지."

하니, 이에 사희대는 잠시 서동과 책상을 놓고 장기를 두었다.

원래 서문경은 이병아 방으로 갔다가 바로 밖으로 나왔다. 그러다가 목향 움집 앞에 계저가 서 있는 것을 보고 계저를 끌고 곧장 장춘오의 설동[雪洞]으로 데리고 들어가 문을 닫아걸고 나지막한 침상 위에 앉아 얘기를 했다. 사실 서문경은 방금 전에 이병아 방에서 춘약을 먹고 나온 터였다. 계저를 끌어안아 무릎에 앉히고 바로 자기 물건을 꺼내 보여주었다. 그것을 보고 계저는 깜짝 놀라면서 물었다.

"어째서 이렇게 커졌지요?"

서문경은 호승이 준 춘약을 먹은 얘기를 자세히 해주었다. 그러고는 계저에게 젖내 나는 붉은 입술로 그것을 한번 빨아달라고 했다. 그런 후에 천천히 계저의 세 치가 될까 싶은, 갓 돋은 연꽃 싹 같아 향기로움 속에서 걷고, 비취 쟁반에서 춤을 추는 듯해 천 사람이 봐도 사랑을 하고, 만 사람이 보아도 탐을 낼 자그마한 발 한 쌍을 두 팔에 걸쳤다. 붉은 비단으로 만든 뒷굽이 있는 신발에 황금빛 속옷 바지에, 다리에는 녹색 띠를 둘러맨 모습을 보고는 바로 의자로 안고 가서 그 짓을 하려고 했다.

그런데 백작이 이곳저곳 헤매다가 찾지 못하고 푸른 이끼가 낀 동굴 부근까지 이르렀다. 포도나무 줄기를 따라 장춘오의 동굴에 닿았는데 안에서 웃음소리가 들리는 듯해 살금살금 다가가 주렴을 걷어 올리고 동정을 살펴보았다. 계저의 야릇한 신음 소리가 들리더니 계저가 서문경의 몸을 감싸면서 말한다.

"영감님, 빨리 하세요. 사람이 올까 두려워요."

백작은 이때다 싶어 문을 박차고 안으로 들어갔다. 들어가 보니

서문경이 계저의 다리를 잡고 의자 위에 앉아서 한참 열을 내며 그 짓을 하는 중이었다. 백작은,

"빨리 찬물을 가져와 끼얹어야겠군. 그래야 열을 식힐 수 있으니까."

하니 이를 듣고 계저가,

"빌어먹다 뒈질 양반 같으니라구, 불쑥 들어오니 놀라 죽을 뻔했잖아요!"

하자 백작은,

"빨리 하는 게 그리 쉬운 줄 알아? 그게 그리 쉬운 게 아니지! 사람들이 볼까 두려워했는데 내가 왔잖아. 기왕 왔으니 나도 여기서 잠시 쉬었다 갈까?"

하니 서문경이 소리쳤다.

"이런 개자식이! 썩 꺼지지 못해, 허튼수작하지 말고! 나는 단지 하인들이 볼까 걱정하는 게야."

백작은 다시,

"요 음탕한 계집아, 네가 나한테 빌어야 해, 그렇지 않으면 소리를 지를 거야. 안채의 마님들도 모두 듣게 말이야. 너를 양딸로 알고 호의를 베풀어 이곳에 숨겨주었는데, 너는 주인댁 남자를 꾀어 다른 짓을 하다니! 너 같으면 어떻게 하겠어?"

하며 을러댔다. 이에 계저는,

"빨리 가요, 이 거지 같은 양반아."

하니 백작은,

"가지 말라고 해도 가네. 그래도 입은 한 번 맞춰줘야지."

라면서 계저를 안고 입을 맞추고는 밖으로 나갔다. 서문경이,

"이 개자식아, 문을 닫지 않고 가면 어떡해!"

하자 백작은 다시 돌아와 문을 닫아주면서,

"실컷 재미를 보거라, 실컷 말이다. 재미를 보다 뿌리가 빠져도 내가 알 바는 아니지만."

하고는 소나무 밑에까지 갔다가 다시 장춘오의 동굴로 돌아와,

"아까 저에게 준다던 향기로운 차는 어디 있어요?"

하자 서문경은,

"이런 우라질 놈이, 잠시 후에 내주마! 어째 다시 와서 사람을 못 살게 괴롭히는 게야!"

하니 이를 듣고 비로소 백작은 웃으며 떴다. 계저가 말했다.

"저 싸가지 없는 사람은 칼에 찔려 콱 죽어버리면 좋겠어요."

서문경과 계저는 설동에서 족히 한 시진 정도 그 짓을 한 후에 붉은 대추를 먹고 멈추니, 밖에는 비도 멈추고 구름도 걷혔다.

시가 있어 이를 증명하니,


해당화 가지 위에 꾀꼬리 날고
푸른 대나무 그늘 사이로 제비가 지저귄다.
한가로이 그림 그리는 사람 불렀으나
봄의 한 가닥 아름다운 모습은 그려내지 못하누나.
海棠枝上鶯梭急　綠竹陰中燕語頻
閑來付與丹靑手　一段春嬌畫不成


잠시 뒤에 두 사람은 옷을 입고 밖으로 나왔다. 이계저는 서문경의 소매를 더듬어 향차를 꺼내 자기 소매에 넣었다. 서문경은 방금

힘을 다 쓴지라 온몸이 땀투성이에다 숨이 가쁜 채로 앵두나무 밑에서 소변을 보았다.

이계저는 허리춤에서 거울을 꺼내 창문 위에 걸쳐놓고 머리를 매만지고는 안채로 들어갔다. 서문경은 이병아 방으로 건너가서 손을 씻고 나왔다. 백작은 서문경을 보자 향차를 달라고 했다. 이에 서문경이,

"늙은 거지 같으니라구, 뱃속에 무슨 벌레가 들어 있길래 이리 궁상을 떨어!"

하면서 조금씩 나누어주었다. 백작은 이를 받고,

"에게, 이것밖에 안 줘요? 정히 그렇다면 내 잠시 후 계저 이 음탕한 년한테 달라고 해야지."

하는데 이때 이명이 와서 인사를 했다. 백작이 물어보았다.

"이일신은 어디서 오는 길인가? 그래 그들은 어찌되었는지 소식 좀 알아봤나?"

"제 누이는 나리 덕으로 이곳에 있습니다. 그래서 이삼 일 동안에 현에서 아무도 잡으러 오지 않았고 단지 동경에서 올 공문을 기다리고 있습니다."

"제[齊]씨네 그 작은 계집은 어찌되었느냐?"

"제향은 아직도 왕친가 집에 숨어 있어요. 계저 누이는 여기 나리 댁에 있으니 누가 감히 와서 찾겠어요?"

"그렇지 않으면 큰일 날 뻔했어. 다행히 나와 사씨 아저씨가 수차례 서문 영감께 '형님께서 계저를 돌봐주지 않으면 그 애가 어디 가서 의지하겠느냐?' 하면서 간청을 했지."

"나리께서 부탁해주지 않으셨다면 정말 큰일 났을 거예요. 안 그랬

으면 우리 노친네가 상심해서 무슨 일을 저지를지 누가 알겠어요?"

"내 기억에 의하면 조만간 계저의 생일일 텐데, 영감을 만나거든 생일 축하를 해주라고 말해야지."

"나리들께서는 염려하지 마세요. 이 일이 해결되면 저희 어머니와 계저 누이가 어찌 나리님들을 모셔 한턱 내지 않겠어요."

"그때 가서 우리가 다시 생일잔치를 해주지."

그러면서 이명을 앞으로 불러,

"나 대신 이 술 좀 마시거라. 내 하루 종일 마셨더니 더는 못 마시겠다."

하니, 이에 이명은 잔을 받아 단숨에 마셨다. 사희대는 금동을 시켜 다시 한 잔을 따라 이명에게 주었다. 백작은,

"아직 밥을 안 먹었지? 상 위에 약간 남아 있다."

하니, 사희대는 구운 돼지머리 고기와 오리 고기를 집어 주었다. 이명은 두 손으로 받아 밑으로 내려가 먹었다. 백작은 다시 젓가락을 들어 준치 반 토막을 집어 이명에게 주면서,

"내 보기에 너는 올해 이런 것은 못 먹어봤을 게다. 그러니 맛이나 좀 보거라."

하니 이를 보고 서문경이 소리쳤다.

"개망나니 같으니라구! 주려면 다 주지, 남겨서 뭐하려고 그래?"

"잠시 뒤에 술을 마실 때 배가 꺼지면 먹으려고 그래요. 왜 제가 못 먹을 것 같아요? 강남에서 잡은 이런 생선은 일 년에 한 번 볼까 말까 하잖아요! 먹다가 이에 낀 걸 빼어 먹어도 얼마나 맛이 있는지 알아요! 솔직히 말해 이런 건 조정에서도 아직 먹지 못했을 거예요! 여기 형님 댁이 아니면 누구 집에 이런 게 있어 얻어먹을 수 있겠어요?"

말을 하고 있을 적에 화동이 신선한 과일 네 접시를 가지고 들어왔다. 오얏 한 접시, 올방개 한 접시, 연근 한 접시, 비파 한 접시였다. 서문경이 채 맛을 보기도 전에 백작이 접시째 낚아채서는 소맷자락에 쏟아부었다. 사희대가,

"우리 둘이 먹을 건 남겨둬야지."

하면서 손을 뻗어 오얏 접시를 뺏어가니, 상 위에는 연근 뿌리만이 남아 있었다. 서문경은 한 조각을 떼어 입 안에 넣고 나머지는 다 이명에게 먹으라고 주었다. 그러면서 화동에게 안채에 가서 비파를 몇 개 더 가져다 이명에게 주라고 분부했다. 이명은 비파를 받아 소맷자락에 넣고 집에 돌아가 어멈과 함께 먹겠노라고 했다. 이명은 식사를 한 후에 쟁을 잡고 위로 올라가 쟁을 타며 노래를 불렀다. 백작이,

"「화약란[花藥欄]」을 들려주렴!"

하니, 이에 이명은 쟁의 줄을 고른 후에 목소리를 가다듬고 노래하기 시작했다.


　신록이 새로운 연못가에서
　난간을 두드리며
　누구에게 근심을 얘기하랴.
　꽃도 말이 없고, 나비도 말이 없고
　이별의 한만 가슴에 가득하네.
　가는 님을 잡지 못하는 봄이 한스럽고
　버들가지는 붉게 물들어 바람에 흩날려 떨어지고
　나비는 분분히 꽃에 날아드네.
　경치도 여전하고

일도 여전하건만
단지 님의 얼굴만 보이지 않는구나.
新綠池邊 猛拍欄杆 心事向誰論
花也無言 蝶也無言 離恨滿懷縈牽
恨東君不解留去客 嘆舞紅飄絮 蝶粉輕沾面
景依然 事依然 悄然不見郎面

〈새홍추[塞鴻秋]〉
생각해보니 이별할 때는 봄으로
해당화가 필 무렵이었네.
꽃이 피기 시작했지.
알지 못하는 사이에 석류꽃 피고
붉은 연꽃 물 위에 떠 있고
더위를 피하려 부채질하네.
순식간에 국화는 노랗게 물들고
황금 바람이 불어오니
잎도 떨어지고 오동도 변하네.
俺想別時正逢春 海棠花初綻蕊 微分開現
不覺的榴花噴 紅蓮放 沉冰果 避暑搖納扇
靉時間菊花黃金風動 敗葉飄梧桐變

어느새 매화는 피었다 물 위에 떨어지고
따스한 누각 안에는 술잔이 돌고 있네.
사계절의 풍경은 다양한데

마음속에는 원한만 가득하네.
내 님은 어느 곳에 있을는지
홀로 쓸쓸히 어디서 적막함을 풀어보나.
逡巡見臘梅開 冰花墜 暖閣內把香醪旋
四季景偏多 思想心中怨
不知俺那俏冤家 冷淸淸獨自個懕懕 何處耽寂怨


옛일을 후회해보니
풍류가 젊음을 그르쳤구나.
봄날이 야속하구나!
황혼에 이를까 두렵고
근심도 황혼이 두려우니
홀로 근심하니 기쁨이 없네.
향 피우고 자리를 깔아놓았건만
누구와 함께 지내리오.
밤은 길고 이부자리는 차가워 한탄하네.
그대도 홀로 잠들고
나도 홀로 잠이 드니
꿈속에나마 만나보지요.
金殿喜重重嗟怨 自古風流悞少年 那嗟暮春天
生怕到黃昏 愁怕到黃昏 獨自個悶不成歡
喚寶香薰被誰共宿 嘆夜長枕冷衾寒
你孤眠 我孤眠 但只是魂夢裡相見

〈화랑아[貨郞兒]〉

언젠가 나의 소원이 이루어져
부부가 될 수 있다면 하늘께 감사드리리.
이 세상에서 한 쌍의 좋은 인연을 이루면 좋으련만
외롭고 쓸쓸하고
근심 걱정으로 밤을 지새우네.
有一日稱了俺平生心願 成合了夫妻謝天
今生一對兒好姻緣 冷淸淸耽寂寞 愁沉沉受熬煎


〈취태평살미[醉太平煞尾]〉

님을 너무도 사랑했기에
한이 생기고 정에 얽매였다오.
처음에는 산과 바다에 맹세하고
별 앞에 굳게 언약을 하고는
풍류로 젊은 시절을 보냈네.
우리의 사랑이 이루어져 혼인할 수 있다면
대청에 연회를 벌여 춤추고 노래하며
비단 휘장을 두르고 영원히 즐기리.
화촉을 밝히고 부부의 인연을 맺을 적에
지난날 겪은 수많은 고난을 잊지 마소서.
只爲俺最多情的業冤 今日恨惹情牽
想當初說山盟言海誓在星前 擔閣了風流少年
有一日朝雲暮雨成姻眷 畫堂歌舞排歡宴 羅幃錦帳永團圓
花燭洞房成連理 休忘了受過熬煎有萬千

그날 세 사람은 등불을 켤 때까지 마시다가, 안채에서 녹두에 흰쌀을 넣고 쑨 죽을 가지고 나오자 먹고서야 비로소 돌아갔다. 돌아가면서 백작이 말한다.

"형님, 내일 시간 있으세요?"

"내일은 벽돌을 관장하는 유태감 집에 가야 돼. 안주사와 황주사가 그곳에서 연회를 열고 나를 초대해서 일찍 가봐야 돼."

"그럼, 제가 이지와 황사더러 모레 오라고 할게요!"

서문경은 머리를 끄떡이며,

"모레 오후에 오라고 해, 일찍 오지 말고."

라고 말하며 둘을 보냈다. 서문경은 서동에게 그릇을 치우라 이르고는 바로 맹옥루 방에 가서 쉬었다.

다음 날 서문경은 일찍 일어났으나 관아에 등청하지 않고 죽을 먹은 뒤 말을 타고 금부채를 흔들면서 하인들을 따르게 하고 성 밖 남쪽으로 약 삼십여 리 떨어진 유태감 집으로 떠났다. 이날 서동과 대안은 서문경을 따라 나섰다. 반금련은 서문경이 집에 없자 이병아와 상의해 진경제가 지난번 내기에 져서 받은 은자 석 냥에다 이병아가 일곱 푼을 보태 내흥에게 구운 오리 한 마리와 닭 두 마리를 사게 하고 한 푼을 남겨 밥반찬과 금화주 한 병, 고량주 한 병을, 또 한 푼으로는 속을 넣은 떡을 사오게 한 후에 내흥의 부인더러 잘 요리하라고 일렀다. 반금련은 오월랑에게 말했다.

"큰형님, 요전에 진사위가 내기에 져서 은자 석 냥이 생겼어요. 거기다가 병아 동생이 일곱 푼을 보태어 오늘 한턱을 내기로 했으니, 형님도 화원에 나오셔서 같이 드세요."

이에 오월랑은 맹옥루, 이교아, 손설아, 서문경의 큰딸, 이계저를 데리고 먼저 사랑채에서 한차례 먹었다. 그런 다음에 술과 안주를 가지고 산 위 가장 높은 곳에 있는 와운정[臥雲亭]으로 올라가 바둑과 항아리에 화살촉을 던져 넣는 투호[投壺] 놀이를 했다. 맹옥루는 이교아, 서문경의 큰딸, 손설아를 데리고 누각 위로 올라가 난간에 기대어 산 아래를 내려다보았다. 목단꽃과 작약이 만발하고 해당화가 정자를 이루고 장미와 목향이 시렁을 만들고 매괴[玫瑰]가 울타리를 이루는 등 정말로 모든 꽃이 사계절 내내 시들지 않는 봄인 듯한 풍경이었다. 한차례 둘러본 후에 아래로 내려와 보니 소옥과 영춘이 와운정으로 올라와 오월랑에게 술을 따르며 시중을 들고 있었다. 오월랑이 갑자기 무슨 생각이 났는지,

"오늘 어째 진서방을 부르지 않았지?"

하니 큰딸이 답했다.

"아버지가 성 밖 서씨 집에 가서 돈을 받아오라고 하셨어요. 올 때가 거의 됐는데…."

그 말을 한 지 얼마 되지 않아 진경제가 돌아왔는데, 검정색 모시 옷에 시원한 버선을 신고, 모자를 쓰고, 금비녀를 꽂고 있었다. 오월랑 등 여러 부인들에게 인사를 올리고 자기 부인과 함께 앉았다. 그런 후에 오월랑을 향해,

"서씨 집에서 돈을 받아왔어요. 모두 다섯 봉지 이백오십 냥인데 옥소에게 잘 간수하라고 했어요."

그리고는 잔을 주거니 받거니 하며 술을 몇 순배 마시노라니 어느덧 얼굴에는 봄기운이 우러난다. 오월랑과 이교아와 계저는 바둑을 두고, 옥루와 이병아·손설아·큰딸·경제는 돌아다니며 꽃구경을 했다. 오직 반금련만 산 뒤쪽의 파초 숲 속으로 들어가서는 들고 있는

하얀 부채로 나비를 잡으며 놀고 있었다. 그러고 있는데 어느 사이에 진경제가 금련의 등 뒤에 나타나 갑자기 외치며,

"다섯째 마님, 나비를 잡을 줄 모르시는군요. 제가 잡아드릴게요. 나비는 마님과 같이 공처럼 위아래로 출썩거리며 계속 움직이지요."

하니, 이 말을 듣고 반금련은 고개를 돌려 눈을 곱게 올려뜨고 추파를 던지며 진경제를 향해 미소를 지었다.

"이런 급사할 양반 봤나! 누가 당신보고 잡아달라고 했어요? 남이 들으면 경을 치려고 그래요! 하기야 당신은 죽음도 두려워하지 않는다는 걸 알고 있지요. 술 몇 잔에 여기까지 따라와서 집적대는 걸 보니 정말 못 말리는 양반이군!"

그러면서,

"그래, 사준다던 손수건은 어찌됐어요?"

하고 묻자, 진경제는 웃으며 소매에서 수건을 꺼내 금련에게 건네주었다. 그러면서,

"여섯째 마님 것까지 여기 다 있어요. 그래, 수건을 사드렸는데 마님께서는 뭘로 감사의 표시를 하실 거죠?"

하면서 얼굴을 금련의 몸 쪽으로 돌렸다. 이를 반금련이 슬쩍 밀치고 있었는데 뜻밖에도 이병아가 관가를 안고 유모와 함께 소나무 담장 쪽으로 걸어나오다 이 장면을 보고 말았다. 이병아는 반금련과 진경제가 나비를 잡는답시고 꼴사납게 시시덕거리며 노는 것을 못 본 척하고는 재빠르게 산 아래로 내려갔다. 그러면서 큰소리로,

"나중에 나비를 잡으면, 관가가 가지고 놀게 주세요!"

했다. 당황한 반금련은 진경제와 시시덕거린 모습을 이병아가 봤을까 두려워 일부러,

"진사위가 수건을 주던가요?"

하고 물었다. 이병아는,

"아직 주지 않았어요."

하니 반금련은,

"방금 소맷자락에 넣고 큰형님 앞에서 우리한테 주기가 뭐하다면서, 지금 슬그머니 나한테 주는군요."

하면서 둘은 주위에 있는 돌 위에 앉아 끌러보고 각자 자기 것을 찾았다. 반금련은 관가가 목에 하얀 손수건을 매고 손에는 오얏을 들고 빨아먹는 것을 보며,

"저것도 동생 건가?"

하고 물으니 이병아가 말했다.

"방금 큰마님께서 애가 오얏을 빨아먹는 것을 보시고 침을 닦으라면서 목에 매주신 거예요."

둘은 이런 저런 얘기를 하며 파초 숲에 앉아 있었다. 이병아가,

"이곳은 아주 시원하군요. 여기에 좀 더 앉아 있다가 돌아가요!"

그러면서 여의아에게 말했다.

"자네는 영춘더러 집에 가서 베개랑 돗자리를 가져와 여기에 깔라고 일러요. 오는 길에 골패도 가져오라 해요. 다섯째 형님과 여기서 골패 놀이나 좀 해야겠어. 유모는 집이나 잘 보고 있어요."

얼마 되지 않아 영춘이 베개와 돗자리, 골패를 가지고 왔다. 이병아는 자리를 깔고 작은 베개를 받쳐 관가를 잘 눕혀 놓게 하고는 반금련과 골패 놀이를 시작했다. 잠시 그러다가 영춘더러 집에서 차를 한 주전자 끓여오게 했다. 그런데 맹옥루가 와운정 난간에서 둘이 골패를 하고 있는 걸 보고는 이병아에게 손짓하여 외쳤다.

"큰마님께서 자네한테 할말이 있다고 부르셔!"

이병아는 아기를 안아 반금련에게 건네주면서,

"갔다 올게요."

하고 자리를 떴다. 이때 반금련은 동굴에 있는 진경제에게 온갖 신경이 가 있는 터라 어디 아기를 돌볼 여유가 있었겠는가! 바로 동굴 앞으로 가서,

"사람이 없으니 어서 밖으로 나와요!"

하고 불렀으나, 진경제는 오히려 반금련더러 안으로 들어와 버섯을 보라고 했다.

"안에 이렇게 큰 버섯이 있어요."

경제의 말에 속은 반금련이 안으로 들어가자, 진경제는 무릎을 꿇고 사랑놀이를 한번 하자고 애원했다. 둘이 한참 입을 맞추고 있는데, 이것도 다 하늘의 뜻인지 이병아가 정자 위로 올라가자 오월랑이,

"셋째가 계저한테 투호 놀이를 해서 졌어. 그러니 자네가 두어 번 해보게."

하니 이에 이병아가,

"밑에 애 볼 사람이 없는데요."

하자 오월랑은,

"반동생이 있는데 뭘 걱정해?"

그러면서,

"셋째, 자네가 가서 좀 봐줘요!"

했다. 이 말을 듣고 이병아가,

"공연히 셋째 형님을 번거롭게 하는군요. 그냥 애를 안고 오세요."

그러면서 소옥에게,

"너도 가서 돗자리와 베개도 아예 가지고 오너라."

하자 소옥과 옥루가 파초 숲에 가보니 애는 돗자리 위에 누워서 손과 발을 휘저으며 울고 있는데, 반금련은 보이지 않았다. 그때 옆에 있는 커다란 검은 고양이가 사람이 오는 것을 보고 재빨리 도망쳤다.

옥루가,

"다섯째가 어디 갔을까? 아이쿠, 이런! 아기를 혼자 내버려두었으니 고양이한테 애가 또 놀랐겠구나!"

하고 있는데 금련이 동굴에서 나오면서 말했다.

"나는 동굴에서 잠시 소변을 보았어요. 그런데 누가 어디 갔다고 야단이에요? 고양이가 어디 있다고 관가가 놀랐다고 그래요. 공연히 생사람을 잡고 있다니까!"

옥루는 동굴 안은 쳐다보지도 않고 바로 관가를 안고 달래서는 와운정 위로 올라왔다. 소옥은 돗자리와 베개를 챙겨 뒤를 따랐고, 금련은 옥루가 무슨 군소리를 할까 싶어 바짝 뒤를 쫓았다. 오월랑이 보고,

"애가 왜 우는 거야?"

하고 물으니 옥루가,

"제가 갔을 때 어디서 왔는지 웬 큰 고양이가 애 앞에 쭈그리고 앉아 있었어요."

하니 오월랑이,

"애가 또 놀라 기겁을 했겠구먼!"

하자 이병아가,

"다섯째 형님께서 보고 있었을 텐데요."

하니 옥루가 말했다.

"그때 마침 동굴 안으로 소변을 보러 가서 그 자리에 없었어요."

이를 듣고 반금련이 위로 올라오며,

"왜 공연히 생사람 잡는 소리를 하세요. 제가 어디에서 고양이를 데려왔다고 그래요? 애가 배가 고파 우는 것을 가지고 생사람을 잡는군요!"

하니, 이병아는 영춘에게 차를 가져오게 하고, 유모를 불러 아이에게 젖을 주라 일렀다.

진경제는 사람이 없는 것을 확인하고 동굴 밖으로 나와 소나무 담장을 끼고 사랑채를 돌아서 곧장 바깥쪽으로 나왔다. 그야말로 두 손으로 생사의 길을 열고 시비[是非]의 문을 뛰쳐나온 셈이다.

오월랑은 관가가 젖을 먹지 않고 계속 울기만 하자 이병아에게,

"자네가 애를 안고 들어가 잘 달래서 재워봐!"

라고 분부했다. 이에 사람들은 흥이 깨져 술을 마시지 않고 모두 흩어졌다.

진경제는 반금련을 손에 넣어 완전히 일을 치르지 못하고, 벌이 꽃에 입을 맞추듯 맛만 보다가 일을 그만둔 터였다. 앞채의 방에 돌아가서도 그 일을 생각하니 기분이 영 찜찜한 게 개운치 않았다.

꽃잎이 지는 것을 어찌하랴만, 낯익은 제비가 있어 찾아오리라.

「계수나무 가지 자르며[折桂令]」라는 시가 있어 이를 밝히나니,


나는 보았네

그가 꽃가지를 머리에 꽂고

웃으며 꽃가지 흔드는 것을.

붉은 입술에

연지를 바르지 않았으나
마치 바른 듯했네.
날마다 만나니
정이 있는 듯도 하고
정이 없는 듯도 하구나.
허락하는 듯싶은데
어찌 허락지를 않나.
뿌리치는 듯한데
뿌리치는 것도 아니구나.
약속은 언제였던가
언제 만나기로 했던가.
만나지를 못하면 그이가 날 생각하고
만나면 내가 오히려 그를 생각하네.

我見他戴花枝 笑撚花枝

朱脣上 不抹胭脂 似抹胭脂

逐日相逢 似有情兒 末見情兒

欲見許 何曾見許

似推辭 未是推辭

約在何時 會在何時

不相逢 他又相思

旣相逢 我反相思

# 백 년을 하루같이 취한다 할지라도

### 오월랑은 아들을 달라 기원하고
### 이병아는 아들을 보호해달라 기원하다

인생살이에는 자식이 있어야 만사가 흡족하고
자식이 없다면 모든 것이 헛된 것이라네.
낳은 자식은 반드시 보호해야 하며
아이를 얻으려면 음덕을 쌓아야 하네.
정성껏 신께 간절히 기원하고
약을 먹고 자궁을 데워놓아야 하네.
부모로서 마땅히 할 일을 다하고
그간의 조화[造化]는 하늘의 뜻을 기다려야 하네!
人生有子萬事足 身後無兒總是空
産下龍媒須保護 欲求麟種貴陰功
禱神且急酬心願 服藥還教暖子宮
父母好將人事盡 其間造化聽蒼彎

　한편 오월랑은 이교아, 계저, 맹옥루, 이병아, 손설아, 반금련, 큰딸
과 함께 정원에서 놀고 나니 몸이 약간 찌뿌듯해 바로 방으로 들어가
잠을 청했다. 눈을 떠보니 날은 이미 어두워져 저녁 무렵인지라 이병

아에게 소옥을 보내며,

"애는 더 울지 않는지 물어보고 유모더러 꼭 안고 잘 토닥거려 재우고, 다시는 울리는 일이 없게 하라고 해. 그리고 유모도 온돌 위에서 밥을 먹고 잠시도 관가의 곁을 떠나거나, 혼자 놔두지 말라고 해."

하니, 소옥이 와서 이러한 말을 전하자 이병아는 소옥에게,

"가서 큰마님께 감사하다고 말씀드리거라. 방에 들어와서도 애가 울며 계속 와들와들 떨더니, 방금 전에야 겨우 울음을 그치고 유모 품에 안겨 잠이 들었어. 그런데 아직도 머리에 열이 약간 남아 있어 유모가 자리를 뜨지 않고 애를 보고 있지. 잠시 후에 나랑 교대해서 밥을 먹게 하고 화장실도 다녀오게 할 거야."

하니 소옥은 안채로 들어와 월랑에게 이 말을 전했다. 월랑은,

"어찌 사람들이 그럴 수가 있나, 어떻게 아이를 파초 밑에 혼자 놔두고 다른 데를 나다녀서 애가 고양이한테 놀라게 만드는지! 뒤늦게 울며불며 걱정을 하니, 반드시 무슨 일이 벌어지고서야 정신 차릴 모양이군!"

그렇게 몇 마디 하고는 세수를 하고 다시 잠자리에 들었다.

다음 날 일찍 일어나 별다른 말 없이 소옥을 보내 관가가 밤새 어떠했는지 묻고, 자기는 죽을 먹은 뒤 관가를 보겠다고 전하라 일렀다. 이병아는 영춘에게,

"큰마님께서 건너오신다 하니, 빨리 가서 세숫물 좀 가져오거라. 얼굴이라도 좀 씻어야겠다."

해서, 영춘은 급히 나가 세숫물을 가져오니, 이병아는 급히 세수를 하고 머리를 빗은 뒤, 영춘을 시켜 찻물을 끓이고 방 안에 향을 피워 놓게 했다. 그렇게 한창 법석을 떨고 있는데 소옥이 와서 전했다.

"큰마님께서 오셨어요."

이병아는 황급히 나가 엎어질 듯이 월랑을 맞이하니, 월랑은 바로 침대로 가서 관가를 쓰다듬으며,

"이 칠칠치 못한 것아! 왜 이렇게 어미 속을 바싹 태우고 있어."

하자, 관가는 괴이한 소리를 내며 흐느껴 울었다. 이에 월랑이 급히 달래니 겨우 울음을 멈추었다. 월랑은 여의아에게,

"내가 아이가 없고, 우리 집에 애라고는 단지 이 애뿐이니 한눈팔지 말고 신경써서 정성껏 돌보게."

하니 여의아가 답했다.

"마님 말씀대로 거행하겠습니다."

월랑이 방을 나가려고 하자 이병아가 말하기를,

"큰마님이 오신다기에 차를 끓여놓았으니 잠시 앉았다 가시지요."

하자 월랑은 자리에 앉으며,

"여섯째, 자네 머리가 어찌 헝클어졌나?"

하니 이병아는,

"원수 같은 애에게 정신을 다 빼앗겨 제대로 빗지 못했어요. 그러다가 형님이 오신다기에 급히 동여매고 되는대로 쪽을 졌어요. 대체 무슨 꼴을 하고 있는지 모르겠네요!"

하자 월랑이 웃으며 말했다.

"자네도 그런 말을 할 줄 아나! 친자식을 원수 같다고 말을 하다니. 나는 저런 원수라도 하나 있으면 좋겠어, 암만 애를 써도 이루어지지 않으니…."

"형님 말씀을 듣고 나니 그렇네요. 애가 잘 크면 좋으련만 이삼 일이 멀다하고 병이 도지니 원…, 일전에는 성묘를 갔다가 북과 징소리

에 놀라더니, 얼마 전에는 머리를 깎다가 기겁을 해 울고, 이번에는 고양이한테 또 놀랐잖아요. 다른 집 애들은 잘만 크는데, 이 애만 왜 이리 비실비실한지 모르겠어요!"

이런 말을 한차례 주고받은 뒤에 월랑은 밖으로 나오고, 이병아도 따라 나와 배웅했다. 월랑은,

"나는 됐으니 안에 들어가 관가나 잘 돌봐요!"

하니 이 말을 듣고 이병아는 바로 방으로 들어갔다. 월랑이 담쟁이를 끼고 안채로 들어오는데 담 안쪽에서 두런두런 말소리가 들렸다. 월랑이 약간 벌어진 널빤지 틈새로 안을 들여다보니, 반금련과 맹옥루가 난간에 기대어 낮은 목소리로 소곤거리고 있었다.

"큰형님도 제정신이 아냐! 자기 애도 아니고 다른 사람이 낳은 애새끼를 그렇게 끔찍이 아끼는지, 일부러 찾아가서 웬 호들갑을 떠는지 모르겠어. 남의 조상에게 제사를 지내는 것도 다 아첨이라는데. 못살면 못사는 대로, 호걸이면 호걸인 대로 그 나름의 자존심이 있어야 하잖아. 그 애가 크면 제 어미나 알아보지 큰형님을 알아주기나 하겠어?"

이렇게 말하고 있을 적에 영춘이 그곳을 지나가자 둘은 바로 고양이를 찾아 먹이를 주려는 듯 연기하며 후원으로 들어갔다. 월랑이 이러한 말을 못 들었으면 몰라도 듣고 보니 여간 괘씸한 게 아니었다. 이를 갈면서 그때 바로 둘을 불러 혼을 내주려 했으나 한편으로 생각하니 내놓고 혼낼 일도 아니고 도리어 자기 체면만 손상되는 일이다 싶어 꾹 참기로 했다. 곧장 방으로 들어가 침대 위에 드러누웠으나 하인 애들이 볼까 두려워 큰소리로 울지도 못하고 스스로를 탓하고 원망하며 길게 한숨만 쉴 뿐이었다.

그 신세란, 집 안에서 감히 큰소리로 울지 못하는데, 원숭이 소리에 더욱 애간장이 끊어지는 듯한 것이었다.

그날은 오후가 되어도 침대에서 일어나지 않았다. 소옥이 침대 곁으로 다가와 일어나 식사를 하라고 하나 월랑이 말하길,

"몸이 불편해 밥 생각이 없으니 차나 끓여 오너라."

하니, 잠시 뒤에 소옥이 다시 차를 끓여 방으로 들어오자 월랑은 비로소 자리에서 일어나 홀로 오도카니 앉아서,

"내가 자식이 없으니 다른 사람들에게 이런 수모를 당하는구나. 천지신명께 아이 하나 점지해달라고 빌어야지. 그래서 그 음탕한 것들의 두꺼운 얼굴이 부끄러워 확 달아오르게 해야겠어!"

라고 중얼거리고는 안방에 들어가 경대 서랍에서 왕비구니가 구해다준 탯줄과 설비구니가 가져다준 약을 꺼내보니, 그 위에 작은 글씨로 '종자영단[種子靈丹]'이라고 쓰여 있었다.

시가 있어 이를 증명하기를,

항아는 기꺼이 달 속의 불로장생 약을 훔치고
웃으며 신단영약을 취한다네.
한무제는 복숭아를 왕명으로 특별히 하사하고
한양왕은 대나무 잎에 신선함을 더해준다.
좋은 결과에 사람들이 부러운 듯 바라보니
노쇠한 늙은이 젊어져 더욱 자랑하네.
방탕한 방랑 행위 하지 마소
종자영단이 여기 있다네.
嫦娥喜竊月中砂 笑取斑龍頂上芽

漢帝桃花勅特降 梁王竹葉詬曾加
須奧餌驗人堪羨 衰老還童更可誇
莫作雪花風月趣 鳥須種子在些些

다음에 찬[讚]이 있기를,


붉은 빛이 번쩍일 땐 마치 맷돌에 간 산호 같고
향기가 짙게 드리울 땐 사향 타는 내음을 방불케 한다오.
영단을 입 안에 물고 있노라면
단맛이 이빨 틈새에서 용솟음치고
손바닥에 올려놓고 있노라면
뜨거운 기운이 배꼽 아래까지 관통을 한다.
정액을 바로 보해줄 것이니
굳이 옥저상[玉杵霜]을 구하지 마소.
계집아이가 사내아이가 되니
따로 신루산[神樓散]을 찾지 마소.
화로 곁의 닭이나 개에게 주는 것이 아니라
오직 베개 밑 원앙에게만 준다오.
흥에 겨워 영단을 복용하면
마침내 사내아이를 얻는 꿈을 꾸게 되고
때를 맞추어 합방을 한다면
계집아이를 얻는 조짐도 있으리.
자식을 원하는 자는 한 번으로 효험이 있고
도를 닦으려는 자는 백일이면 그리 되리라.

贊曰 紅炎閃爍 宛如碾就之珊瑚

香氣沉濃 仿佛初燃之檀麝 噙之口內 則眡津湧起于牙根

置之掌中 則熱氣賈通于臍下 直可還精補液 不必他求玉杵霜

且能轉女爲男 何須別覓神樓散

不與爐邊雞犬 偏助被底鴛鴦 乘興服之 遂入蒼龍之夢

按時而動 預徵飛燕之祥 求子者一投卽效 修眞者百日可仙


다시 찬[讚]이 있으니,


이 약을 복용한 뒤에는
무릇 두뇌를 손상시키는 일과
피를 더럽히는 일은
모두 삼가야 하고
무와 파와 흰 음식을 피해야 한다오.
홀수 일에 교합을 하면 남자가 되고
짝수 일에 교합을 하면 여자가 되니
오직 마음에 바라는 대로 되리라.
이 약을 일 년 동안 복용한다면
가히 장생할 수 있을 것이니라.

服此藥後 凡諸腦揖物

諸血敗血 皆宜忌之

又忌蘿蔔蔥白

其交接單日爲男 雙日爲女

惟心所願

服此一年 可得長生矣

　월랑은 이것을 보고 마음이 더욱 흐뭇해졌다. 봉투는 아주 잘 동여매져 있어 섬섬옥수 가느다란 손가락으로 천천히 검은 빛깔 종이 서너 겹을 풀어보니 환약이 한 알 있었는데, 금박과 주사로 입혀놓은 게 아주 보기가 좋았다. 월랑이 손바닥 위에 올려놓고 보니 과연 배꼽 밑에서 열이 났고, 콧가에 대어보니 입 안 가득 향기로운 침이 솟아났다. 월랑은,

　"과연 이 설비구니는 도를 제대로 닦은 사람이구나. 어디에서 이런 영단을 구했는지 모르겠네? 여하튼 내게 좋은 일이 있으려고 이런 약을 얻었는지도 모르지."

　그러고는 약을 다시 한 번 잘 보고는 약 기운이 빠져 달아날까봐 급히 봉지에 넣고 풀로 단단히 봉한 후에 원래 있던 안방 경대 서랍에 잘 넣어두었다. 월랑은 밖으로 나와 행랑을 걸으면서 하늘을 보고 긴 한숨을 쉬며 말했다.

　"만약 오씨가 내일 임자일에 설비구니가 준 약을 먹고 자식을 얻어 서문가의 대를 잇지 못하는 죄를 면할 수만 있다면 정말로 천지신명께 끊임없이 감사드리겠나이다!"

　때가 어두워져서야 월랑은 비로소 밥을 먹었다.

　한편 서문경은 유태감 집에 도착해 이름첩을 올리니, 하인들이 바로 황주사와 안주사에게 통보했다. 이에 둘이 모두 나와 영접을 했다. 둘은 모두 의관을 정제하고 있었는데 서로 인사를 하고 자리에 앉았다. 황주사가 먼저 입을 열어,

　"전날에는 대명을 흠모해 무턱대고 찾아뵈었습니다. 뜻밖에도 하

인 애들까지 여러 가지로 너무나 많은 폐를 끼쳤습니다!"

하니 서문경은 이에 대답하길,

"대접이 소홀해 그저 죄송할 뿐입니다!"

하자 안주사도 말했다.

"일전에는 저와 같은 해에 급제한 호대윤[胡大尹] 장관의 연회에 참석하느라 바로 작별을 했습니다. 대인의 융숭했던 환대는 아직까지도 마음속에 잘 간직하고 있습니다. 오늘은 날이 다하도록 즐겁게 놀아봅시다."

"그렇게 생각을 해주시니 실로 감사할 따름입니다!"

이렇게 말을 주고받을 적에 하인이 와서,

"술좌석이 준비되었습니다."

하고 아뢰자, 바로 대청으로 들어가 옷을 벗어 편한 차림으로 앉는데 서문경에게 상석을 권하니, 수차례 사양하다가 결국 상석에 자리를 잡았다. 그러자 노래 부르는 아이들이 올라와 「아름다운 등매[錦登梅]」라는 곡을 부르기 시작했다.


불그스레한 얼굴은 노을에 빛나고
까만 머리는 까마귀 털처럼 윤이 나네.
생각해보니 그는 필시 궁중 사람으로
화장한 모습이 그린 듯하구나.
머리에는 간들거리는 옥비녀 꽂고
넓고 여유 있는 가벼운 비단 걸쳤으니
사람의 혼을 빼앗는 듯한 모습이어라!
아, 누구시기에 나를 끊임없이 쳐다보고 계실까!

紅酡酡的臉襯霞 黑髭髭的鬢堆鴉

料應他必是個中人 打扮的堪描畫

顫巍巍的揷着翠花 寬綽綽的穿着輕紗

兀的不風韻煞人也嗟

是誰家 把我不住了偸晴兒抹


서문경이 찬사를 보내자, 안주사와 황주사가 술을 따라 서문경에
게 권하니, 이를 받아 마시고 답례로 잔을 권했다. 가동[歌童](가수)
들이 박자판을 두들기며 다시 「용이 내려오네[降黃龍袞]」라는 곡을
부르기 시작했다.


기러기 날아가며 소식이 없으니
편지 쓰기도 귀찮기만 하네.
팔찌는 헐렁하고, 옥 같은 피부도 점점 여위니
비단옷은 헐겁기만 하네.
화장한 두 뺨 위로 눈물이 흘러내리고
시름에 겨워 거울을 대하니
비취 비녀를 꽂은 것도 부끄럽구나.
나 홀로 한가로이
이 좋은 밤을 보내는구나.
화롯불 속, 은 촛대 위에는
향도 다하고 초도 다했구나.
봉황을 수놓은 휘장 쓸쓸하고
원앙금침 공연히 깔아놓았네.

손발을 자주 비비며

비단 신을 거듭 던져버리네.

麟鴻無便 錦箋慵寫 腕鬆金 肌削玉 羅衣寬徹

淚痕淹破 肥脂雙頰 寶鑒愁臨 翠鈿羞貼

等閑孤負 好天良夜 玉爐中 銀臺上 香消燭滅

鳳幃冷落 鴛衾虛設 玉筍頻搓 繡鞋童擷

이날 그들은 늦게까지 술을 마셨다.

한편 반금련은 어제 동굴에서 진경제와 제대로 재미를 보지 못한 걸 아쉬워하고 있었다. 그러던 차에 서문경이 황주사와 안주사의 초대를 받아 출타하고, 월랑 또한 방에서 나오지 않는 틈을 타 분주히 안팎을 오가니 마치 뜨거운 판 위의 개미처럼 안절부절못하는 모습이었다. 그날 진경제는 동굴에서 나와 점포 안에서 잠을 잤는데 그놈의 물건이 밤새 꼿꼿이 서 있었다. 이때 마침 서문경이 집에 없는지라 둘은 서로 눈짓을 해 헤어졌다가 황혼 무렵 각자의 방에다 등불을 켜놓은 뒤 금련은 발뒤꿈치를 들고는 살금살금 재빨리 행랑채 뒤편으로 갔다. 진경제는 어느 사이엔가 다가와 살그머니 금련을 꼭 껴안았다. 그리고 자신의 얼굴을 금련의 얼굴에 갖다대고 십여 차례 입을 맞추었다.

"사랑하는 님이여, 어제는 맹셋째 그 원수가 우리를 떼어놓았어요. 그래서 저는 물건이 꼿꼿이 선 채로 하룻밤을 지새웠어요. 오늘 아침 일찍 당신이 나풀나풀거리며 걸어오는 모습을 보노라니 온 정신이 다 날아가고, 몸이 온통 마비가 될 지경이었어요."

"이런 급사할 사람 좀 보게! 정말 아무것도 모르는군! 장모를 껴안고 입을 맞추다니, 다른 사람들이 보면 어쩌려고 그래!"

"만약에 불빛이 보이고 인기척이라도 나면 바로 도망치죠."

경제가 입으로는 '사랑, 사랑' 했으나 바지 밑에서는 불에 달군 듯 물건이 단단한 쇠몽둥이처럼 뻣뻣하게 솟아올라 있었다. 이에 금련도 어쩌지 못하고 몸을 치솟으니 물건이 옷을 사이에 두고서도 뜨겁게 돌진해왔다. 금련은 참지 못하고 손을 뻗어 경제의 바지를 풀어헤치고 힘을 써 물건을 움켜쥐었다. 경제도 다급히 금련의 치마를 벗긴다는 것이 '찍' 하는 소리를 내며 치마 고리를 뜯어내고 말았다. 이를 보고 반금련은 웃으며,

"멍청하긴! 간덩이가 그리 작아서 무슨 큰일을 하겠나! 치마 고리를 아예 뜯어버리면 되잖아!"

하고는 직접 치마를 걷어 내리고 비경이 보일 듯 말 듯하게 다리를 들어 난간 위에 올려놓으니 경제는 바로 자기 물건을 금련의 비경 속으로 밀어 집어넣었다. 금련은 하루 종일 그 생각만을 하고 있던 터라 이미 밑이 축축이 젖어 있어서 경제가 힘을 한 번 쓰자 푹 소리를 내며 바로 안으로 들어갔다. 경제가 말했다.

"나의 사랑이여, 서 있으니 끝까지 밀어 넣을 수가 없는데 어떡하지요?"

"되는대로 한번 쑤셔봐요."

진경제가 다시 힘을 쓰려 할 적에 밖에서 개가 왕왕 짖어대는 소리가 들리기에, 서문경이 밖에서 술을 마시고 돌아온 줄 알고 둘은 황급히 떨어져서는 재빨리 각자의 처소로 돌아갔다. 그러나 사실은 서동과 대안이 모자와 허리띠, 부채를 가지고 돌아온 것으로 그들은

안으로 들어오면서 시끄럽게 떠들어대기를,

"오늘 왔다 갔다 하며 죽을 뻔했어!"

하니, 월랑이 소옥을 시켜 알아보니 두 하인만 돌아온 것이었는데 모두 취해 횡설수설하고 있었다. 소옥이,

"나리께서는 어째 돌아오지 않으시지요?"

하니 대안이,

"나리와 같이 출발하면 우리가 뒤처질 것 같아 나리께 여쭈어 먼저 돌아왔어. 나리의 말은 빠르니까 아마 바로 도착하실 거야."

하자 소옥은 안채로 돌아와 말을 전했다. 잠시 뒤에 서문경이 문 앞에 이르러 말에서 내려 안으로 들어갔다. 본래 집으로 돌아올 적에는 금련의 방에 가서 자려고 생각했으나 술에 취해 그만 월랑의 방으로 들어갔다. 월랑은 속으로,

"내일이 스무사흗날로 임자[壬子]일이군. 오늘 저녁 만약에 그 양반이 이곳에서 잠을 잔다면 대사를 그르칠 수 있겠군. 게다가 달거리도 내일쯤이면 끝나 깨끗해질 텐데…."

이렇게 생각하고 서문경에게,

"당신은 고주망태가 되어서는 밤늦게 오셨으니 이곳에서 계실 수 없어요. 저 또한 달거리가 아직 끝나지 않았으니 다른 방에 건너가 주무세요. 그리고 내일 오세요."

라며 웃으면서 서문경을 밀어내니, 바로 금련의 방으로 건너왔다. 서문경은 금련의 얼굴을 치켜올려 잡고는 말했다.

"요 음탕한 것아! 방금 내가 들어올 적에 술 몇 잔에 취해서 나도 모르게 큰 여편네의 방으로 들어갔었지!"

"입에 침이나 바르고 말씀을 하시지, 내일은 큰마님 방에서 자려

고 할걸요. 입만 벌리면 거짓말을 하려구요. 도사 앞에서 거짓말을 하고 있다니! 제가 나리를 믿을 것 같아요?"

"요 귀여운 것아! 어찌 그리 생사람 잡는 소리만 하는 게냐! 정말로 그래, 속아만 살았냐?"

"어째 큰마님께서 붙잡지 않으셨을까?"

"모르겠어. 그 사람은 내가 너무 취했다고 하면서 나를 밀어내고는 내일 밤늦게나 오라더군! 그래서 내 부리나케 이곳으로 왔지."

이 말을 듣고 금련은 비경을 씻으려 했으나, 서문경이 손으로 그것을 어루만지려 했다. 금련은 두 손으로 가리면서,

"이런 성미도 급하시긴, 아직 건드리지 말아요! 나도 그곳이 약간 좋지 않아요."

그러나 서문경은 한 손으로 금련을 껴안고, 한 손으로는 허리 밑으로 손을 집어넣어 그곳을 더듬으면서,

"요 엉큼한 것아! 어찌 매일 밤 말라 있던 것이, 오늘은 이렇게 축축이 젖어 있지? 어떤 사내놈을 생각하고 흘린 게로군?"

했다. 원래 반금련은 경제를 생각하다가 그때까지도 그곳을 씻지 않고 있었다. 그러다가 서문경에게 갑자기 그런 말을 듣자 공연히 자기 속마음이 드러난 것 같아 삽시간에 얼굴이 붉어졌다. 그래 제대로 말도 못하고 멋쩍은 미소를 지으며 곧장 밖으로 나와 그곳을 씻고 안으로 들어가 둘은 몸을 불사르며 하룻밤을 지냈다.

다음 날 월랑이 아침 일찍 일어나보니 바로 임자일이었다. 그래 가만히 생각하기를,

"설비구니가 떠날 때 임자일에 이 약을 꼭 먹고 잠자리를 같이 하면 좋은 소식이 있을 거라고 했지. 때마침 오늘이 임자일이니 잘 맞

춰 먹어야겠구나."

이렇게 생각하며 어젯밤에 하늘이 도왔음인지 서문경이 취해 집으로 돌아와서는 월랑의 방에 쳐들어왔을 적에 오늘 밤에 오라 해서는 보낸 터였다. 이러한 일련의 일들을 생각하니 월랑은 스스로 기쁘기 그지없었다. 그 때문에 아침 일찍 일어나 목욕을 하고 머리를 빗고 화장도 곱게 했다. 그러고 나서 부처님께 예불을 올리고「백의관음경[白衣觀音經]」을 한 번 독송했다. 자식을 구하려면 이 경전을 읽는 것이 가장 좋으며 왕비구니도 월랑에게 읽으라고 권한 터였다. 이런 여러 가지 이유로 임자일은 중요한 날이었다. 그래서 아침 일찍 방문을 걸어 잠그고 향과 촛불을 피우고 나서 뒷방으로 들어가 약을 꺼내온 다음에 소옥을 불러 소주를 데워 가져오라 일렀다. 그러고는 죽도 먹지 않고 간단히 마른 과자 몇 개를 먹고는 두 손으로 약을 받쳐들고 하늘에 제발 자식을 내려달라고 기원했다. 먼저 설비구니가 준 환약을 술로 녹이니 기이한 향기가 코를 자극했는데 두세 모금에 다 삼켜버렸다. 그러고 나서 왕비구니가 준 남자애의 태반을 먹었다. 비록 가루로 만들었다고는 하나 막상 먹으려니 어쩐지 누군가가 보는 듯해 꺼림칙했고 또 비린내가 약간 나는 듯해 삼키기가 쉽지 않았다. 그래 월랑은 속으로,

'먹지 않으면 효험이 없어, 그러니 억지로라도 먹어야 해. 그래! 일이 이쯤 됐는데 어쩌겠나, 꾹 참고 억지로라도 삼켜야지.'

그러고는 먼저 약을 한 줌 입 안에 넣은 뒤에 급히 술을 들어 한 모금에 반 대접이나 홀쩍 마셨는데도 토할 것만 같았고 두 눈도 모두 붉게 충혈되었다. 그래 다시 술을 마시니 입 안과 혓바닥에 비릿한 맛이 돌았다. 또 술을 몇 모금 마시고는 따스한 차를 가져오게 해 입

을 헹구고 침대에 드러누워 자려고 했다. 서문경이 마침 안으로 건너오다가 방문이 잠긴 것을 보고 소옥을 불러 방문을 열게 했다. 그러면서,

"방문을 걸어 잠그고 무엇을 하는 게냐? 설마 어젯밤에 내가 왔다가 그냥 가서 마님께서 화가 난 것은 아니겠지?"

하고 물었다. 이에 소옥은,

"제가 어찌 알겠어요."

하니, 서문경은 방문 쪽으로 다가가 몇 번 불러보았다. 그러나 월랑은 아침 일찍 술을 마시고 취기가 약간 돌아 잠을 자고 있었는데 어찌 대답할 수 있겠는가! 서문경은 공연히 소옥에게,

"이 계집애야. 내가 몇 번을 불러도 마님께서 대답을 안 하는 걸 보니 나한테 화를 내고 있는 게 아니냐?"

하고 화를 내다가 어쩌지를 못하고 방을 나왔다. 그때 서동이 안으로 들어오면서,

"응씨 아저씨가 밖에서 기다리고 계세요."

하자 서문경은 곧장 밖으로 나왔다. 서문경이 나오는 걸 보고서 응백작은,

"형님, 지난번 유태감 집에서 황주사, 안주사가 차린 술좌석은 어떠하던가요? 그리고 언제 헤어지셨어요?"

하고 물으니 서문경이 말했다.

"두 분이 잘 대해줬어. 그들이 지난번 이곳에 들렀을 적에는 마침 호부윤의 연회에 가는 도중이었어. 그래 오래 있지 않고 바로 떠났지. 내가 그곳에 가보니 실로 의기투합이 되더군. 그래 그들에게 붙잡혀 술을 꽤 많이 마셨지. 그렇게 저녁 늦게까지 마셨는데, 돌아오

는 길도 멀고 게다가 술도 취해서 어떻게 돌아왔는지 모르겠어."

"다른 지방 사람들한테 이런 후한 대접을 받으셨으니, 그들에게 자그마한 선물이라도 하셔야겠군요."

"정말 그래야겠어."

서문경은 서동을 불러 선물 목록을 두 장 적게 하고, 풍성하게 준비하도록 이르니 복숭아, 대추, 거위, 오리, 양 다리, 신선한 생선, 남주[南酒] 두 통이었다. 그리고 연회에 초청하는 초청장 두 장을 써서는 서동에게 선물과 함께 전하라 하니 서동은 대답을 하고 바로 떠났다. 응백작은 서문경 가까이에 바짝 다가앉으며 말했다.

"형님께서 일전에 말씀하신 것을 기억하시지요?"

"뭔데?"

"아마도 너무 바빠서 잊으신 모양이군요. 일전에 저와 사희대가 이곳에서 함께 술을 마시다가 떠날 때 드린 말씀인데요."

서문경은 눈을 크게 뜨고 한참을 생각하다가,

"이지, 황사의 일 말인가?"

하니 이에 응백작은 웃으며,

"처마 밑 낙숫물은 언제나 높은 데서 낮은 데로 떨어지는 법이라고, 꼭 맞히셨어요!"

하자 이 말을 듣고 서문경은 이맛살을 찌푸리며 말했다.

"내가 어디 돈이 있어야지? 자네도 보지 않았나, 내 일전에 소금을 타러 갈 적에도 돈이 없어서 교씨 사돈댁에서 은자 오백 냥을 빌리는 걸 말이야. 그런데 어디 그 많은 돈을 꾸어줄 수가 있겠나?"

"여하튼 이자가 생기는 일이니, 이것저것 긁어모아 좀 빌려주세요. 형님께서 성 밖 서씨한테 어제 이백오십 냥을 받는다고 했으니,

나머지 반은 쉽게 구할 수 있으시잖아요."

"그렇기는 하지만 어디 가서 긁어모은단 말인가? 그 둘한테 잠시 기다렸다가 서씨한테 나머지를 다 돌려받거든 한꺼번에 꿔준다고 하게나."

그러나 백작은 정색을 하며 말했다.

"형님, '군자일언 쾌마일편[君子一言 快馬一鞭]'이라고 남자가 한 번 말을 했으면 말이 앞으로만 달리게 채찍을 하듯 결코 물러섬이 없는 법이고, '인이무신 부지기가야[人而無信 不知其可也]'라고 사람으로서 신의가 없으면, 그것이 옳은 것인지 모르겠다 하잖아요. 형님께서 안 된다고 말씀을 하지 않으셨다면 몰라도, 저한테 그들에게 해준다고 말씀하셨기에 철석같이 믿고 오늘을 손꼽아 기다렸는데 돌아가서 뭐라고 말해준다지요? 그들은 모두 형님이 통도 크고 시원시원하며 솔직하게 일을 처리한다고 감복들을 하고 있는데, 이런 사소한 일로 인해 그 사람들이 등뒤에서 형님께 뭐라 말하겠어요!"

서문경은 이에,

"자네가 그렇게 얘기하니, 내 어쩔 수 없이 그들한테 빌려줘야겠구만!"

하고는 직접 안으로 들어가 이백삼십 냥을 준비했다. 그러고 나서 소옥을 불러 어제 서씨 집에서 가져온 이백오십 냥을 가져오게 해 총 사백팔십 냥을 가지고 나와 응백작에게 건네주면서 말했다.

"은자를 다 긁어모아도 사백팔십 냥으로 아직 스무 냥이 부족하군. 비단으로 몇 필 줄 테니 그것은 어떤가?"

"그건 좀 곤란할 듯싶네요. 그들은 현금으로 향목을 사려고 할 테고, 게다가 형님이 가지고 계신 좋은 비단을 함부로 내돌릴 수는 없잖아요. 또 이런 비단을 준다 한들 제대로 팔지도 못할 거예요. 번거롭더라도 형님이 좀 현금으로 바꾸셔서 제가 여러 걸음 하지 않게 해주세요."

"알았어! 알았어!"

서문경은 안으로 들어가 은 스무 냥을 저울로 달아 대안을 시켜 밖으로 들고 나오게 했다.

한편 이지와 황사는 옆집에서 오랫동안 앉아 있다가 백작이 밖으로 나와 손짓을 하자, 곧바로 안으로 들어왔다. 사희대도 마침 어디선가 나타나 안으로 들어와 이지, 황사와 서로 인사를 나누고 서문경에게 인사를 올렸다.

"일전에 나리의 크나큰 은혜를 입었사오나, 아직 관청에서 은자가 나오지 않아 이렇게 늦어지고 있습니다. 오늘 다시 동평부에서 향목 이만을 내린다기에 감히 오백 냥을 꿔서 잠시 급한 불을 꺼볼까 합니다. 관청에서 돈이 나오면 땡전 한 닢 건드리지 않고 이곳으로 가져와 이자까지 쳐서 모두 갚아드리겠습니다."

이 말을 듣고 서문경은 대안을 불러 저울을 가져오게 한 다음, 진경제를 불러 먼저 서씨 집에서 가져온 스물다섯 포대 이백오십 냥을 단 뒤 집에 있던 이백오십 냥을 달게 했다. 그러고 나서 이지와 황사에게 건네주니 둘은 수없이 감사하다고 인사를 하고는 떠났다.

서문경은 응백작과 사희대에게 좀 더 앉아 놀다 가라고 붙잡았으나 그들이 어찌 더 앉아 있을 마음이 나겠는가! 오직 빨리 나가 이지와 황사를 붙잡아 자기들의 몫을 달라고 할 심산이었다. 그래 다른 급한 볼일이 있다는 핑계를 대고 급히 작별을 고하고 떠났다. 그때 대안과 금동이 백작을 가로막으며 과일을 사먹게 돈을 약간 달라고

했다. 백작은 손을 내저으며,

"없어, 없어. 네놈들 수작을 모두 알기에 아무것도 가져오지 않았어. 이 개자식들아!"

하고는 바로 떠났다. 이때 서동이 안으로 들어와 안주사와 황주사께 초대장을 전한 일과 그들의 감사 편지를 전하면서,

"두 분께서 말씀하시기를 '보내주신 물건은 받지 말아야 옳으나, 너무 성의를 무시하는 것도 안 좋으니 염치 불구하고 잘 받겠네. 돌아가거든 네 영감께 감사하다고 전해드리거라' 하셨어요."

라면서 수고비로 받은 돈과 편지 두 통을 올리니, 서문경은 서동에게 수고비를 상으로 주었다. 선물들을 지고 갔던 짐꾼들도 다 돌려보내고 나니 날은 이미 어두워져 등을 켤 시간이 되었기에 서문경은 바로 월랑의 방에 들어가 자리를 잡고 앉았다. 월랑이 말했다.

"소옥이 당신이 제 방에 들어와 저를 불렀다고 그러던데, 그때 제가 잠이 들어서 부르는 걸 듣지 못했어요."

"그랬어? 나는 당신이 나에게 화를 내는 걸로 알았으니."

이에 월랑은,

"제가 어찌 당신께 화를 내겠어요?"

라면서 소옥을 불러 차를 끓여 내오게 하고는 밤참을 먹었다. 서문경은 이미 술도 마셨고, 연일 술을 마셔 몸도 피곤한지라 쉬고 싶은 마음이 간절했다. 그러나 곰곰이 생각해보니 월랑의 방에 들어와 잔 지도 오래라, 모처럼 한번 봉사해주리라 마음을 먹었다. 그래서 호승이 준 고약을 조금 사용하니 물건이 어느새 커져 쇠몽둥이처럼 빳빳해졌다. 월랑이 보고는,

"그 호승은 아주 못쓰겠군요! 이런 장난을 쳐서 사람을 놀라게 하

다니…."

그러면서 속으로 가만히 생각했다.

'남편한테는 호승이 전해준 법술[法術]이 있고, 나한테는 비구니가 준 선단[仙丹]이 있으니, 반드시 좋은 소식이 있을 게야.'

이에 둘은 침상에 올라 즐겁고도 아름다운 하룻밤을 보냈다. 다음날 자리에서 일어나니 정오 무렵이었다. 이에 금련은 입을 삐쭉이며 맹옥루에게,

"큰형님이 일전에 언제가 임자일인가 봐달라고 했는데, 어제 날을 잡아 나리와 잠자리를 한 것이 아무래도 무슨 꿍꿍이속인지 모르겠어요?"

하니 옥루는 웃으며,

"무슨 일이 있겠어?"

이렇게 말을 하고 있을 적에 서문경이 밖으로 나왔다. 금련은 서문경을 잡아당기면서 말했다.

"어느 집에서 자고 이렇게 일찍 평안히 일어나셨지요? 해도 지려고 하는데 또 어디를 나가려고 하세요?"

서문경은 금련에게 한바탕 놀림을 당하고 있노라니, 자기도 모르게 물건이 다시 빳빳하게 고개를 쳐들었다. 자기를 거들떠보지도 않자, 옥루는 눈치를 채고 방으로 돌아갔다. 서문경은 금련을 침상 머리 위에 앉혀놓고 한바탕 놀다가 춘매가 밥을 내오자 금련과 함께 식사를 했다.

한편 월랑은 일전에 등뒤에서 자기가 공연히 관가를 귀여워한다는 금련의 어처구니없는 말을 듣고 이틀 동안 관가를 보러 가지 않았다. 그러던 차에 이병아가 월랑의 방으로 찾아와서는,

"애가 밤낮으로 울면서 추위에 온몸을 떨고 있는데, 어쩌면 좋아요?"

라고 묻는 것이었다. 이에 월랑이 말했다.

"빨리 손을 써서 좋아지게 해야지. 향불을 피워놓고 기원을 하든지, 아니면 굿이라도 해보게. 그럼 반드시 좋아질 거야."

"일전에 몸에 열이 있을 적에 성황묘의 토지신께 기원을 했었는데, 이번에도 정성껏 치성을 드려볼까봐요."

"그것도 좋지만, 그래도 유노파를 불러 잘 상의해 노파가 하자는대로 해요."

이병아가 말을 마치고 바로 나오려 하자, 월랑이 다시 병아를 불렀다.

"내 이삼 일 동안 애를 보러 가지 않았는데 자네는 그 이유를 모르니 좀 섭섭했을 거야. 사실 일전에 아이를 보고 안채로 돌아오다가 담쟁이 밑을 지나고 있는데 반동생과 맹동생이 내가 애도 없으면서 공연히 다른 애를 귀여워하며 공을 들인다고 험담하는 걸 우연히 들었지. 그 말을 듣고 내가 얼마나 기가 막혔겠나! 내 그래 하도 화가 나서 온종일 식사도 제대로 못했었네."

"그런 몹쓸 것들이, 정말 교활하군요! 어찌 이치에 닿지도 않는 말을 하는지. 큰형님께서 그토록 잘 대해주면서 큰 은혜를 베푸시는데 어찌 그럴 수가 있죠? 무슨 꿍꿍이들인지!"

"이 일은 자네만 알고 그네들이 모르게 하게. 그네들을 조심해야 군소리가 없을 걸세."

"그랬었군요. 일전에 영춘이 말하기를 큰마님께서 방에서 나와 안채로 들어가실 적에 영춘이 밖으로 나와 보니 반형님과 맹형님이 서서 무엇인가 얘기하고 있더래요. 그러다 영춘을 보고는 고양이를 찾고 있었다면서 화급히 다른 곳으로 가더래요."

이렇게 얘기를 하고 있는데 영춘이 헐레벌떡 안으로 들어오면서 소리쳤다.

"마님, 빨리 가보세요! 관가가 갑자기 두 눈을 까뒤집고서 위만 쳐다보고 있어요. 또 입에서는 흰 거품을 내뿜고 있어요!"

이 말을 듣고 이병아는 너무나 놀라 아무 말도 못하고 단지 두 눈썹을 찡그리며 눈물만 흘릴 뿐이었다. 그러면서 소옥을 시켜 서문경에게 이 같은 사실을 알리고 급히 자기 방으로 돌아가 보니 유모 여의아도 얼굴이 새파랗게 질려 사색이 되어 있었다. 그사이 서문경이 급히 방으로 들어와 관가가 거의 죽어가는 모습을 보고는 놀라 나자빠졌다. 그러면서,

"안 좋군, 안 좋아! 도대체 어찌된 일인가? 여편네들이 평소에 애를 잘 보살피지 못해 일이 이 지경까지 이르렀잖아. 그래놓고 부르면 날더러 도대체 어찌하라는 겐가? 어찌하면 좋단 말인가!"

그러면서 여의아에게 손가락질을 해가며,

"유모가 애를 제대로 돌보지 않아 이 지경까지 이르렀잖아! 만에 하나라도 애가 잘못되면, 네년을 갈기갈기 찢어버려도 속이 풀리지 않을 게야!"

라고 윽박질렀다. 이에 여의아는 겁에 질려 감히 한마디도 못하고 눈물만 흘릴 뿐이었다. 서문경은 이를 보고,

"이제 와서 울어도 소용없어. 빨리 점쟁이를 불러 거북 껍데기로 점을 쳐서 어떻게 하는 게 좋은지 알아본 뒤 다시 얘기해보는 수밖에 없어."

하고는 서동에게 이름첩을 주어 급히 가서 점쟁이를 불러오게 했다.
점쟁이가 도착하자 진경제가 안내해 차를 마시고, 그동안 금동과 대
안이 향을 사르고 촛불을 밝혀놓았다. 깨끗한 물을 길어오고, 탁자도
펼쳐놓은 뒤에 서문경이 나와 서로 인사를 했다. 그런 다음 서문경은
거북 껍데기를 들어 천지신명께 고한 후에 집 안으로 들어와 거북 껍
데기를 탁자 위에 올려놓았다. 뒤이어 점쟁이가 두 손으로 약을 올려
놓은 뒤 불을 붙이고는 차 한 잔을 마시며 그것이 타기를 기다렸다.
서문경도 곁에 앉아 기다리고 있는데 한 소리가 들려왔다. 점쟁이는
거북의 껍데기를 보고 잠시 동안 아무 말도 하지 않았다. 서문경이,

　"점괘가 어떻소?"

하고 물으니 점쟁이는,

　"무슨 일을 알아보려 하십니까?"

하고 되레 물었다. 이에 서문경이,

　"애가 병이 나서 그러한데 점괘가 어찌 나왔습니까?"

하니 점쟁이는,

　"당장 큰일은 없겠습니다. 그러나 후에도 이 같은 일이 계속 반복
되면 완쾌하기 힘듭니다. 부모가 자손의 점을 칠 적에 자손의 점괘
가 희미해서는 안 됩니다. 또 주작[朱雀]의 괘가 크게 움직이고 있으
니 붉은 옷을 입은 성황당의 토지신 등에게 돼지나 양 같은 것을 잡
아 제사를 지내십시오. 그리고 젯밥을 세 그릇 떠놓고, 종이로 남자
와 여자를 각기 하나씩 만들어 볏짚으로 만든 배에 태워 남쪽으로 떠
나보내십시오."

했다. 서문경이 고맙다며 은자 한 냥을 주자, 점쟁이는 갖은 아첨을
해가며 수없이 고맙다고 인사를 하고는 떠났다. 서문경은 바로 이병

아 방으로 들어와,

"방금 점쟁이 말로는 당장은 괜찮지만 이런 일이 반복적으로 일어
난다는 게야. 그리고 즉시 성황당으로 가서 지성으로 제를 올리라는
군."

하고 말해주었다. 이병아는,

"제가 일전에 지성을 올릴 적에는 제물을 제대로 올리지 못했어요.
애가 잔병치레도 좀 덜하고 재앙도 적게 해달라고 빌기만 했어요."

하니 서문경은,

"그런 일이 있었군!"

그러면서 즉시 대안을 불러,

"가서 제사를 잘 올리는 사람을 찾아 불러오거라."

하고 분부했다. 대안이 나가자, 서문경과 이병아는 관가를 안고 달래
면서,

"애야. 너를 위해 제를 올리려고 한다. 좋아지거든 천지신께 고맙
다고 인사하거라."

하니 놀랍게도 관가는 눈을 사르르 감고 품에 안겨 잠이 들었다.

이병아가 이를 보고 말했다.

"참으로 기이한 일이군요. 신령께 제를 올린다고 말을 하자 바로
반은 나은 듯 잠을 자다니!"

서문경은 비로소 가슴 위에서 큰 돌을 내려놓은 듯 안심이 되었
다. 월랑도 이를 전해 듣고 몹시 기뻐했다. 그러면서 한편으로 금동
을 시켜 유노파를 불러오게 하니 유노파가 한걸음에 날듯이 뒤뚱거
리며 달려왔다. 서문경은 원래 이 노파를 싫어했으나 관가를 아끼고
사랑하는 마음에 이번에는 모른 체하고 믿기로 했다. 유노파는 도착

하자마자 곧장 부엌으로 가서 부엌문을 더듬었다. 이를 보고 영춘이 웃으며,

"할멈이 정신이 나간 모양이네! 관가 도련님은 보지도 않고 부엌에 와서 문고리를 더듬고 있으니 도대체 무슨 수작을 부리는 거죠?"

하고 물으니 유노파가 대답하기를,

"쪼그만 종년이 무엇을 안다고 주둥이를 나불대고 있어, 입 닥치고 있지 못해! 이 늙은이가 너보다 한 살을 더 먹었다 하더라도 삼백육십 일을 더 산 게야. 길을 걸어왔으니 잡귀가 몸에 붙었을까 싶어 먼저 부엌 앞에 가서 턴 거야."

하니 이를 듣고 영춘은 입을 삐죽였다. 그때 이병아가 부르는 소리가 들려 유노파와 함께 방으로 들어갔다. 유노파가 고개를 숙여 절을 하자, 서문경은 대안에게 은자를 달아 제사에 쓸 돼지, 양 등을 사라 이르고 방을 나갔다. 유노파가,

"도련님이 안 좋아요?"

하고 물으니 이병아가 말했다.

"별로 안 좋아서 당신을 불러 의논하려는 게요."

"제가 일전에 말씀드렸잖아요, 오도장군[五道將軍]에게 제사를 지내면 좋아질 거라고. 지금 아기 낯빛을 보아하니 삼계[三界]의 신께 제를 드려야 비로소 좋아지겠군요."

"방금 점쟁이가 와서 성황신께 제를 올리라 하더군요."

"점쟁이가 뭘 안다고 그러세요! 이것은 아이가 놀라서 생긴 일이니 우선 경기[驚氣]부터 잡아야 해요."

"대체 어떻게 잡지?"

"영춘 아씨, 가서 쌀 조금하고 물 한 대접 가지고 와요. 제가 한번

보여줄게요."

영춘이 나가 쌀과 물을 가지고 들어오자 유노파는 다리가 긴 술잔
에 쌀을 가득 채웠다. 그리고 소매 안에서 낡은 녹색 명주 천을 꺼내
잔을 싼 뒤 손으로 쓰다듬고는 손을 들어 관가의 머리 위아래로 쉴 새
없이 흔들어댔다. 그때 관가는 한참 자고 있었으므로 유모가 말했다.

"애를 놀래키지 마세요."

유노파는 손을 흔들어 아무 말도 하지 말라는 시늉을 하면서,

"알고 있어, 알고 있어."

그러면서도 입으로 끊임없이 중얼거렸으나 무슨 말인지 알 수 없
었다. 이병아는 이따금 몇 마디 알아들었는데 '하늘이 놀라고 땅도
놀라고, 사람도 놀라고 귀신도 놀라고, 고양이도 놀라고 개도 놀랐구
나.' 하고 중얼거리는 것이었다. 이에 이병아가,

"애가 고양이한테 놀랐어요."

라고 했다. 유노파는 주문 외우기를 마치자 천을 펼치고 잔을 탁자
위에 올려놓았다. 잠시 바라보다가 흔들어 흩어진 쌀에서 두 알을 집
어 물그릇 안에 넣었다. 그러면서 월말쯤이면 병이 좋아지겠노라고
했다. 또 남자 하나와 여자 두 명의 형상을 만들어 동남 방향으로 보
내라고 했다. 그러면서 성황신께만 제를 올릴 것이 아니라 토지신께
도 제를 올리라 했다. 이병아는 약간 의구심이 일어,

"내 다시 토지신께 제를 올려도 괜찮겠지요."

라면서 영춘을 불러 서문경에게 전하라고 이르기를,

"유노파가 물그릇 점을 보더니 토지신께 제를 올려야 한대요. 어
쨌든 오늘 밤에는 갈 수 없으니 물건을 잘 챙겼다가 내일 아침 일찍
가겠다고 말씀드려요."

했다. 이에 서문경은 바로 대안을 불러,

"묘에 가서 제를 지낼 물건과 돼지, 양 등을 잘 챙겨 내일 아침 일찍 가거라."

하고 분부했다. 또 제사에 필요한 물건들을 사게 하니 볶은 쌀, 누에, 흙으로 만든 붓과 묵, 방생[放生]에 필요한 참새와 미꾸라지 등 모든 것을 완벽하게 갖추어놓았다. 유노파는 이병아의 방에 있다가 월랑에게 건너와 앉았다. 월랑은 유노파를 잡아두고 밤참을 주었다.

한편 제사 지내는 일을 업으로 하는 전담화[錢痰火]가 도착해 작은 대청에 자리를 잡고 앉으니 금동과 대안이 분주히 제사 준비를 도왔다. 전담화는 차를 마시고 무엇부터 제를 지낼 것인지 적어달라고 했다. 서문경은 서동을 시켜 적어주니, 전담화는 뇌권 두건을 쓰고 오래된 법의를 입고 칼을 들고 물을 들고 별자리를 밟으며 일어나「정단주[淨壇呪]」를 외웠다.

> 신선이 머무는 동굴에, 밝게 빛나는 태양, 팔방의 위엄 있는 신들이 나를 자연스럽게 하네. 영험한 부적을 가지고 구천[九天]에 고하노라. 건라답나[乾羅答那], 동강태현[洞罡太玄]. 요사스러움을 참하고 사악함을 묶고 온갖 귀신을 죽이소서. 중산신주[中山神呪], 원시옥문[元始玉文]을 가져다 한 번 읽어 병을 없애고 수명을 연장하리. 이를 오악[五嶽]도 알아 행하고 팔해[八海]도 들어 알게 하리. 마왕[魔王]도 손을 모아 공손히 나의 수레를 호위케 하리. 흉함을 물리치고 더러움도 없애 도의 상서로운 기운이 항상 머물게 하리라.

그러고는 제주에게 향을 사르라 했다. 서문경은 손을 씻고 입을 헹군 뒤 의복을 정제했다. 손설아, 맹옥루, 이교아, 계저도 모두 서문경이 의관을 갖추는 것을 도와주며 보기 좋다고 칭찬들을 했다. 서문경은 밖으로 나와 향에 불을 붙이고 부처께 절을 올렸다. 안동이 뒤에서 옷자락을 잡고 있으니 더 위풍당당해 보였다. 전담화는 서문경이 나오는 것을 보고 염불을 더 열심히 크게 읊조렸다. 다른 여인네들도 모두 병풍 뒤에 서서 서문경을 바라보다가 전담화를 가리키며 키득키득 웃었다. 서문경은 웃음소리를 듣고 당황했으나 신선 앞에 무릎을 꿇고 있는 처지이고 또 말을 하기도 좋지 않아 단지 눈짓으로 그러지 못하게 끔뻑였다. 서동이 곧 눈치 채고 입을 쭉 내밀자 그제서야 부인들도 비로소 잠잠해졌다. 이때 금련은 홀로 안채에서 나와 밖으로 빠져나왔다. 진경제와 맞닥뜨리자 경제가 하자는 대로 입을 맞추고 가슴을 허락했다. 그러면서 소맷자락에서 과자 하나를 꺼내주면서,

"술도 좀 드시겠어요?"

하고 물었다. 경제는,

"그럼 조금만 마시도록 하지요."

라며 준 과자를 먹자, 금련은 급히 경제를 끌고 집 안으로 들어갔다. 춘매를 불러 방문을 걸어 잠그고 술 몇 잔을 데워 진경제에게 마시게 하고는,

"어서 나가봐요, 사람이 오면 내가 경을 치게 돼요."

했으나 경제는 다시 입을 맞추었다. 이에 금련은,

"이런 겁 없는 사람이! 하인 애들이 보면 어쩌려고 그래요!"

라며 거짓으로 놀란 척을 하며 살짝 꼬집으니, 경제는 그제서야 밖으로 나갔다. 금련은 춘매를 불러 먼저 나가 망을 보게 한 뒤에 진경제

가 따라 나가게 했다.

바로, 두 손으로 생사의 길을 활짝 열고, 몸으로 시비[是非]의 문을 벗어나는 격이다.

그러고는 반금련도 밖으로 살그머니 나와 제 올리는 것을 구경했다.

서문경은 토지신께 제를 올리느라 한참을 꿇어앉아 있다가 겨우 일어나니, 이제 막 공덕을 열기 시작했다. 전담화는 다시 경문을 읽기 시작했다. 이 틈을 타서 서문경은 병풍 뒤로 가서 부인들에게 말했다.

"시시덕거리지들 마. 하마터면 나까지 웃을 뻔했잖아."

"전담화의 모습 좀 보세요. 도사도 아닌데 판건을 머리에 쓰고 법의를 입고 있으니 얼마나 뻔뻔스러워요? 게다가 경을 외우면서 튀는 더러운 침은 몇 말이나 되는지 모르겠어요!"

"신을 존경스럽게 모실 적에는 신이 계신 것처럼 하라고 하잖아. 하는 꼴이 좀 시답잖더라도 전담화의 수고를 우습게 봐서는 안 돼!"

전담화가 다시 경을 읽어야 한다며 서문경을 청하고, 서문경이 방석 위에 올라앉으니 전담화는 「입참과문[入讖科文]」을 읽기 시작해 「지심조례[志心朝禮]」까지 읽었다. 전담화의 입 주변을 살펴보니 허연 거품이 질질 흘러나오고 머리를 끄떡이는 품이 마치 벌레의 그것 같아 여인네들은 다시 한 번 배꼽을 쥐고 웃었다. 그러나 서문경은 어디 함부로 일어날 수가 있겠는가? 전담화는 이를 아는지 모르는지 계속해 신군 몇 명에게 절을 올렸다. 서문경은 어쩌지 못하고 되는대로 절을 했다. 이를 보고 부인네들은 다시 크게 웃었다. 이때 소옥이 나와 이계저에게 저녁을 먹으라고 하면서,

"큰마님은 저쪽에서 쓸쓸히 큰따님과 유노파와 함께 앉아 얘기를

나누고 계시는데, 이곳에 와 보니 여기서는 이렇게 시끌벅적하게 놀고 있군요!"

했다. 이 말을 듣고 계저가 일어나 안으로 들어가려고 하자 나머지 부인네들도 모두 따라서 들어가려고 했다. 반금련이 이 틈에 뒤채로 가려 했으나 남들이 모두 안으로 들어가 자기도 따라 들어갔다. 월랑이 큰딸에게,

"지극한 마음으로 정성껏 제를 올려야 하는데 미친 여편네들이 우르르 몰려다니니 무슨 효험이 있겠어? 사자가 서로 물어뜯고 싸움을 하는 것도 아닌데 볼 게 뭐 있다고 야단들인지!"

이렇게 말을 하고 있을 적에 계저가 들어와 월랑과 큰딸과 함께 밤참을 먹었다.

한편 서문경은 수없이 절을 하느라 온몸이 땀으로 흥건히 젖어서는 안으로 들어와 옷과 모자, 허리띠, 신발을 벗고는 관가의 침대 곁으로 다가가 관가를 쓰다듬으며,

"애야, 이 애비가 지금 너를 위해 제를 올리고 있단다."

라면서 이병아에게,

"여기 와서 애 머리 좀 짚어봐요. 많이 차가워졌어. 하늘에 감사해야겠군!"

하니, 이에 이병아는 웃으며 말했다.

"정말로 신기하군요. 토지신께 제를 올린다고 하자 좋아졌어요. 이제는 열도 없고 또 눈을 뒤집어까지도 않고, 몸이 추워 떨지도 않잖아요. 정말 유노파 말이 맞는 걸까요?"

"내일 묘에 가서 제를 올리면 더 좋아지겠지."

"아버지 노릇을 하시느라 너무 고생하셨군요. 잠시 몸의 땀 좀 닦

으시고 밤참이나 드시지요."

서문경은,

"여기 계속 있으면 애가 또 놀랄지도 모르니, 내 다른 데로 건너가 먹지."

하고서는 금련의 방으로 건너와 의자에 앉으면서,

"내 허리가 마치 떨어져나갈 듯이 아픈데…."

하니 반금련은 웃으며 말했다.

"아들을 위한 효심이 이렇게 깊으신데, 어찌 허리가 아프실까요? 정히 그러하다면 다른 사람을 시켜 대신 절을 올리시지요."

서문경은,

"그럼 되겠군."

하고는 춘매를 불러,

"금동을 불러 진서방에게 나 대신 절을 좀 올리고, 제를 다 올린 뒤에 종이로 만든 말도 태우라고 이르거라."

하고 분부했다. 그러나 누가 생각이나 했겠는가? 그때 진경제는 금련의 방에서 술을 몇 잔 마시고는 얼굴이 불그스레하면 하인들이 알아차릴까 봐서 약한 술을 사다가 점포 안에서 몇 잔을 더 마셨다. 원래 주량이 센 편이 아니었는데 몇 잔을 섞어 마시니 삽시간에 술기운이 온몸에 퍼져 취해서는 그 자리에 쓰러져 곯아떨어져서 코를 골았다. 금동이 몇 번을 불러 깨우려 했으나 인사불성이 되어 일어나지 못했다. 바로 돌아와 서문경에게,

"가게 안에서 자고 있는데 아무리 깨워도 까딱하지 않아요."

라고 보고했다. 서문경은 벌컥 화를 내면서,

"이런 변변치 못한 사람이 있나! 자기 집 일이 아니라 옆집 일이라

하더라도 와서 도와줘야 하는 게 인지상정인데, 그러지는 못할망정 벌써 나자빠져 자고 있다니!"

그러고는 춘매를 불러,

"안방에 있는 큰아씨께 말해 내가 허리가 아파 진서방에게 절도 좀 시키고 지전도 태우라고 일렀는데 어찌된 일인지 오지 않고 잠만 퍼질러 자고 있느냐고 물어보거라."

하니 춘매는 건너가 이 말을 전했다. 이에 큰딸은,

"저런 철딱서니 없는 양반이 있나! 제가 가서 불러올게요."

하고는 바로 방을 나가려 했다. 이에 월랑은 소옥을 불러 점포에 나가 경제를 불러 깨워오게 하니, 잠시 뒤에 진경제가 두 눈을 비비면서 안채로 들어와 자기 부인에게 묻는다.

"무슨 일이길래 그토록 호들갑을 떨며 나를 깨우는 거야?"

"빨리 나가 아버지 대신 절도 좀 하고 지전도 태우세요. 방금 금동이 당신을 부르러 갔을 적에 대답도 하지 않고 아무리 깨워도 일어나지 못하자, 아버지께서 저한테 어찌된 일이냐고 성을 내고 야단을 하셨어요. 그래서 어머니께서 소옥을 보내 다시 당신을 부른 것이니 빨리 가서 절이나 잘 올리세요."

큰딸은 반은 밀고 반은 끌어서 진경제를 대청으로 데리고 간 뒤에 비로소 방으로 돌아갔다. 소옥은 돌아와 이 사실을 월랑에게 알리고, 서문경에게도 알려주었다. 서문경은 금동과 대안에게 제사를 다 지낼 때까지 전담화를 도와주라고 이르고 자기는 금련 방에서 잤다.

진경제는 대청에 올라 촛불이 휘황찬란하게 켜 있는 것을 보고 비로소 잠이 깼다. 눈을 크게 떠보니 전담화가 수고비로 받은 돈을 추스르고 있길래 서로 인사를 나누었다. 전담화는 밥과 갱물을 기다리면서 금동에게 등불을 들게 하고는 이병아 방에 도달하니, 영춘이 향을 맞이해 안으로 들어가 여의아에게 건네주고, 여의아는 관가를 대신해 '후' 하고 한 번 분 다음 다시 가지고 나왔다. 전담화는 다시 주문을 외우면서 대청으로 돌아와서 바로 종이로 만든 말을 불사르려고 했다. 진경제가 절을 한 번 올리자 바로 말을 불사르고 건괘의 점패를 골랐다. 그것을 보고 이르기를,

"소원이 하늘에 이르렀으니, 하루이틀만 지나면 좋아질 겁니다. 다시 도진다 하더라도 뭐 대단한 일은 아닙니다."

그러고는 방생을 하고 지전을 태우고 술을 따라 올린 뒤에 제사를 마쳤다. 제사를 주재했던 전담화는 목도 마르고 배도 고파서 뭐라도 좀 먹으려던 참이었다. 그때 대안이 그릇들을 정리해 가지고 들어오니, 금동은 바로 탁자를 펴고 진경제를 불러 함께 자리를 잡고 앉게 했다. 그렇게 식사를 마치고 전담화는 수차례나 고맙다는 인사를 하고 돌아갔고, 진경제도 방으로 들어갔다. 이병아는 영춘을 시켜 과자와 과일 등 제사상에 올랐던 제물들을 큰딸 방으로 보내니 고맙다며 받았다.

한편 유노파가 월랑 방에서 나와 작별을 고하고 막 대문을 나서는데 뒤쪽에서 전담화가 호롱불을 들고 비틀거리며 따라 나왔다. 이를 보고 유노파가 말했다.

"전씨, 당신이 받은 수고비를 내게 좀 주시구려?"

"어디 내가 수고를 했는데 당신이 뭘 거들어주었나?"

"내가 물그릇 점을 쳐 당신의 허튼수작을 다 성사시켜주었는데, 그것도 모르고 있었다니! 자네가 내 공로를 몰라준다면 내 목이 떨어져나간다 해도 당신을 추천하지 않을 거요."

전담화는 좀처럼 믿지 않고,

"이 입만 살아 있는 할망구야, 무슨 허튼소리를 하는 게야! 당신이 언제 나를 추천했다고 그래? 이 집은 오래전부터 단골집이었는데 어디 와서 허튼수작을 부리고 있어?"

하니, 이에 유노파도 지지 않고 욕을 해댔다.

"이 굶어 죽을 인간아! 내 어디 다음에 너를 찾나봐라!"

둘은 서로 귀신처럼 아귀다툼을 하다가 헤어졌으니, 이 이야기는 그만 접어두겠다.

다음 날 서문경은 아침 일찍 일어나 안동을 불러 함께 묘에 가자고 분부했다. 몇몇 사람은 돼지와 양을 메고, 또 몇 명은 옷과 모자를 챙겨 바로 묘로 갔다. 당황한 도사들이 급히 자리를 깔고 경을 읽었다. 서문경은 의관을 제대로 갖추고 점괘를 뽑은 뒤에 도사에게 주어 풀이해달라고 했다. 도사는 점괘를 받고서 차를 내와 해석하기를,

"점괘는 중길[中吉]입니다. 풀이하자면 '병이 있는 사람의 치유는 가능하나, 반복적으로 재발할 것이니 필히 조심해야 한다'라는 것입니다."

하니, 서문경은 이 말을 듣고 향을 사르고 돈을 준 뒤에 집으로 돌아왔다. 말에서 내려 안으로 들어가니 응백작이 행랑채에 앉아서 기다리고 있었다. 서문경이 백작에게,

"잠시 앉아 있게나, 내 들어갔다 바로 나옴세."

하고는 이병아에게 들러 점괘를 골라보니 이러저러한 것이 나와서 여차저차하게 처리했다고 얘기해주었다. 그러고는 다시 밖으로 나와 백작에게,

"일전에 중간에서 수수료를 많이 챙겼을 테니 나한테 한턱 내지 그래?"

하니 백작은 웃으며,

"사자순도 좀 얻었는데 어찌 제게만 한턱을 내라고 그러세요? 됐어요, 여하튼 형님께 좀 대접해드릴게요."

했다. 이에 서문경은 웃으며 말했다.

"누가 정말로 자네 것을 먹겠대? 그냥 시험삼아 한번 해본 소리야."

"하기야 오늘 형님께서는 돼지와 양을 잡아 묘당에 제를 올리러 다녀오셨으니 제물도 매우 풍성하게 차리셨을 테지요? 그런데 어찌 제게 제사 음식을 나눠주지 않으세요?"

서문경은,

"그렇군."

하면서 금동을 불러서는 사희대를 청해 같이 먹자고 했다. 그러고는 부엌에 분부해 술과 안주를 준비시키고 백작과 함께 앉아서 사희대가 오기를 기다렸다. 그러나 한참을 기다려도 사희대가 나타나지 않자 백작은,

"우리 먼저 자리에 앉아 먹도록 하지요. 그런 놈을 언제까지나 기다리고 있을 수는 없잖아요."

하니, 이에 서문경은 백작과 자리를 잡고 먹기 시작했다. 그러노라니 금동이 돌아와 말했다.

"사씨 아저씨께서는 집에 안 계세요."

"그런데 가서 무엇하느라 이리 오래 걸렸느냐?"

"여러 곳을 찾아다녔으나 찾지 못했어요."

응백작은 술을 마시며 입으로 모두 관가의 완쾌를 비는 말만 늘어

놓으니 이를 듣는 서문경의 마음이 매우 흡족했다. 다시 백작이,

"집안에 우환이 있어 기분이 편치 않으실 거예요. 제가 조만간 물주가 되어 여러 형제들을 불러서 한턱낼까 하는데 형님 생각은 어떠세요?"

하니 이를 듣고 서문경은 웃으며,

"고작 구전 몇 푼 얻어서 그렇게 헤프게 쓰려고? 그럴 필요 없어, 우리 집에 돼지고기와 양고기 등이 남아 있으니 그걸 가져다가 보태어 쓰게."

했다. 이 말을 듣고 백작은 바로 고맙다고 인사를 했다.

"역시 형님은 제 마음을 잘 알아주시는군요."

"그렇지만 노래 부르는 애들은 자네가 알아서 준비하게."

"그야 여부가 있겠습니까! 그런데 시중들 애들이 없는데 어쩌죠?"

"좌우가 다 형제 같은데 데려다 시키면 되잖아. 우리 집에서 금동과 대안을 데리고 가서 쓰게나."

"그렇게만 해주시면 모든 것이 다 된 셈이에요."

백작은 술을 거나하게 마신 뒤에 떠났다.


백 년을 하루같이 취한다 할지라도
단지 삼만육천 번이구나.
百年終日醉
也只三萬六千場

# 해탈은 인연이 있는 사람이 하는 것

응백작은 교외에서 친구들을 불러 모으고,
임의원은 부잣집에서 진찰을 하다

내일이 흐릴지 맑을지는 알 수 없으나
즐거움이 지극하면 근심이 생긴다 하지.
방탕한 젊은이는 유흥가를 탐닉하고
박명[薄命]한 아가씨는 창가에 기대 인연을 원망하네.
잠시 술집에 들러 술을 사고
우물가에서 약방문을 묻는다
인생에 얼마나 많은 희비가 있고
얼마나 많은 봄바람과 서리가 오던가.
來日陰晴未可商 常言極樂起憂惶
浪游年少耽紅陌 薄命嬌娥怨綠窗
乍入杏村沽美酒 還從橘井問奇方
人生多少悲歡事 幾度春風幾度霜

다음 날 서문경은 반금련의 방에서 일어나 금동과 대안을 불러 돼
지 다리와 양고기를 응씨 집으로 가져다주라고 분부했다. 하인들이
가지고 갔을 적에 백작은 마침 손님을 돌려보내고 바로 방으로 들어

가 초청장 한 장을 썼다.

어제는 폐를 많이 끼쳤사온데 오늘 이런 음식을 보내주시니 감사하기 그지없습니다. 형님을 모시고 교외에 나가 함께 즐겨볼까 합니다.

초대장을 쓴 다음에 밖으로 가지고 나와 대안에게 주었다. 이에 대안은,
"초대장은 안 써주셔도 돼요. 나리께서 저희들을 보내시면서 이곳에 남아 잔심부름을 하면서 아저씨를 도와주라고 하셨으니 돌아갈 수가 없어요."
하니 백작은 웃으며,
"어찌 감히 말만 번지르르한 두 분께 수고를 청할 수 있겠나? 누구를 죽이려 하나!"
하면서 편지를 소맷자락 안에 넣었다. 대안이 물어보았다.
"아저씨, 오늘 어디에서 술을 드실 거예요? 탁자를 깔까요? 아니면 청소를 할까요?"
"귀여운 것들, 청소를 해주면 좋겠어. 우선 집에서 간단히 요기를 한 다음에 교외로 나가 놀까 해."
이에 금동이,
"먼저 집에서 식사를 하시는 게 이치에 맞아요. 그곳에서 밥을 먹는 부산함도 절약할 수 있지요. 그렇지만 그릇과 작은 접시, 술은 가지고 가야죠."
했다. 백작은,

"총명하군, 내 마음을 꿰뚫고 있구나. 정말로 똑똑해!"
하니 대안이 말했다.
"쓸데없는 말씀 그만 하시고, 어서 청소를 시작하시지요."
백작은 다시,
"정말로 대단들 하구나! 대단해!"
하고 감탄을 금치 못했다. 둘이 어느 정도 정리했을 무렵 비틀거리면
서 대문을 들어서는 사람이 있는데 바로 백래창이었다. 백작에게 손
을 들어 인사를 하고, 대안과 금동을 보고는,
"두 분 나리께서 어찌 응씨 영감을 도와주고 계신가?"
하니 이에 백작은,
"자네 그렇게 질투하는 게 아니야!"
하며 웃었다. 백래창이 물었다.
"손님을 몇 분이나 초청하셨소?"
"우리 형제들 몇 사람이 모여 간단히 즐기는 것이니, 다른 사람은
없어."
"그것 잘됐군요! 제가 제일 싫어하는 것이 낯선 사람과 함께 자리
를 하고 술을 마시는 것이지요. 오늘은 다 아는 사람들만 모여 한잔
하니 술맛이 나고 재미가 있겠군요. 그렇지만 술을 한잔하는데 노래
가 있어야 하니 이명과 오혜를 불러 함께하면 좋을 텐데요."
"여부가 있나! 다 알아서 준비해놓았지. 오랜만에 한잔하는데 설
마 그런 걸 소홀히 하겠는가! 자네는 아직도 내가 어찌 노는지 잘 모
르는가?"
"그러면 그렇지, 역시 형님은 알아줘야 한다니까요. 잠시 뒤에 벌
주를 한 잔 마시라고는 하지 마세요. 어제 저녁에 독주를 너무 많이

마셔 목구멍이 아직까지 얼얼해서 차를 조금 마시고 미음만 겨우 먹었어요."

"술병은 술로 고치는 거야. 조금 마시는 건 상관없잖아? 나도 일전에 목에 통증이 있었는데 몇 잔을 마시고 나니 바로 좋아지더군. 자네도 이 방법을 한번 써보게나, 아주 좋아."

"형님의 그 방법으로 목구멍은 치료할 수 있지만, 속이 쓰린 것은 어떻게 치료하지요?"

백작은 웃으며 말했다.

"자네 아직 아침을 안 먹은 게로군?"

"하긴 그래요."

백작이,

"어찌한다?"

하더니 안으로 들어가 마른 떡 한 접시와 단향병[檀香餅] 한 접시, 차 한 주전자를 내와 백래창에게 주었다. 이를 받아든 백래창은 단숨에 먹어치우면서,

"아주 맛이 좋군요!"

하고 입에 침이 마르도록 칭찬했다.

"떡도 아주 맛이 있다네."

이에 백래창은 입을 쩝쩝 다셔가며 게 눈 감추듯이 다 먹어치웠다. 이때 금동과 대안이 식기들을 정리하고 들어와서는 순식간에 창과 의자를 깨끗하게 닦았다. 백래창이 이를 보고 말했다.

"갈 준비는 다 됐는데 어째 다른 사람들이 오지 않는 겐가. 일찍 와서 놀다 가면 좋을 것을 어쩌자고 집 안에 틀어박혀 뭐 하느라 아직까지 안 오는 거지?"

이 말을 들으며 백작이 밖을 내다보니 그때 마침 상시절이 집 안으로 들어오고 있었다. 금동이 급히 차를 내오니 상시절은 백작과 백래창에게 인사를 하다가 금동을 보고,

"네가 어쩐 일로 이곳에 있나?"

하고 물으니, 금동은 웃기만 할 뿐 아무 말도 하지 않았다. 세 사람은 차를 마시더니 일어나 서성거렸다. 그러다 백래창은 선반 위에 바둑판이 놓여 있는 것을 보고서 상시절에게,

"바둑이나 한 판 두지."

했다. 상시절은,

"열나게 달려와서 이제 겨우 옷을 걷고 부채질을 하는데 그런 나를 보고 바둑을 두자구! 알았어, 내 되는대로 한 판 둬보지 뭐."

하고는 바둑을 두기 시작했다. 백작이,

"그래 무슨 내기를 할까?"

하니 백래창은,

"오늘 형님께서 술을 한턱 내시니 뱃속은 든든하게 채울 수 있을 거예요. 그러니 자기 물건을 걸고 두는 게 훨씬 실속이 있지 않겠어요?"

했다. 백작은,

"나 혼자 물주가 되기는 벅차니 자네들이 내기를 해 좀 도와주면 안 되겠나?"

하면서 한바탕 웃었다. 백래창이,

"말이 나왔으니 물건으로 할까? 아니면 은자를 할까?"

하니 상시절이,

"나는 은자를 가져오지 않았으니 여기 부채로 하겠네. 아마 저당

을 잡히면 은자 두세 전은 쳐줄 걸세. 천천히 팔아도 되고."

했다. 백래창도,

"나도 다른 사람하고 내기를 해 딴 비단 손수건이 있는데, 이것도 그만큼의 가치는 할 터이니 이걸 걸지."

하면서 각자 물건을 백작에게 보여주니, 하나는 시와 그림이 있는 대나무살의 금부채로 약간 오래되었고, 하나는 수를 놓은 새 손수건이었다.

"쓸 만하군, 시작들 해보게나."

백작이 두 물건을 거두어들이자, 둘은 바둑을 두기 시작했다. 금동과 대안은 의자 뒤편으로 가서는 바둑 두는 것을 보고 있었다. 이를 보고 백작이,

"귀여운 것아, 차 좀 한 잔 끓여다주렴."

하니, 금동은 대안을 바라보며 몰래 얼굴을 찡그려 보이고는 안채로 들어가 차를 끓여 내왔다.

백래창과 상시절의 바둑 실력은 비슷하나, 상시절이 약간 강한 편이었다. 백래창은 거의 질 지경에 이르자 일부러 상시절의 바둑알을 밀어붙이면서,

"이런 잘못 뒀어, 이게 아닌데."

했다. 이에 상시절이,

"형님 좀 와보세요, 일이 벌어졌어요."

하니 백작이 뛰쳐나오며,

"어찌 시끄럽게 떠들고들 있나?"

했다. 상시절이,

"바둑을 두다가 서너 수나 다시 두겠다고 우기잖아요. 그러고도

진 것을 인정하지 않으니 형님께서 한번 심판을 해주세요. 어디에 그런 법이 있어요?"

하니 백래창은 얼굴이 붉어지고 핏대가 서서는 얼굴 가득히 침을 튀기면서 말했다.

"내가 두지도 않았는데 자기가 먼저 두었어요. 내가 분명히 하려고 하자 손으로 휘저어 판을 엉망으로 만들어놓았어요. 손도 떼기 전에 두었으면서 내가 물려달라고 했다 하니 이런 억지가 어디 있어요?"

"이번은 그냥 두고 다음에는 물려주지 마. 내기 바둑에서 물려주는 법이 어디 있나!"

"그러게요, 그런데 물려달라고 떼를 쓰잖아요. 누가 백래창[白來創](공짜로 가로챈다는 뜻)이 아니랄까봐!"

이에 백래창은 웃으며,

"자기는 상시절[常時節](노상, 매번의 뜻)로, 지는 게 습관이 되었으면서 도리어 나를 보고 허튼소리를 하다니."

했다. 이때 사희대가 왔다. 금동이 차를 내오자 마시면서 말한다.

"자네들 어서 바둑을 두게나, 내 봐줄 테니."

얼마 후 오전은도 집 안으로 들어왔다. 서로 그동안 어떻게 지냈는지 물으며,

"그래 뭣들 하는 겐가?"

하고 묻자 백작은 두 물건을 사람들에게 보여주면서,

"바로 끝날 거야."

했다. 백래창이 말했다.

"아홉째 형님, 끝났는데 뭐하고 계세요?"

상시절이 계가를 하는 동안 오전은과 사희대는 곁에서 바라보았

다. 희대가 웃으며,

"아홉째 동생이 이겼군."

하자 오전은은,

"그가 졌는데 어째 거꾸로 말을 하는 게지요? 벌주를 한 잔 하세요."

하니 상시절이 말했다.

"제가 이긴 걸 잘 보셨지요?"

이에 백래창은 얼굴이 온통 시뻘게져서,

"설마 이 부채를 가져가지는 않겠지?"

하자 상시절은,

"당연히 가져야지요."

하면서 마지막으로 계가해보니 상시절이 두 점을 이겼다. 백작은 부채를 손수건과 함께 상시절에게 건네주었다. 상시절은 수건은 원래대로 소매 속에 넣고 부채를 폈다 접었다 장난을 치며 시와 그림을 품평하니 모두 한바탕 웃었다. 이때 대안이 오은아와 한금전을 데리고 들어왔다. 안으로 들어와 둘은 미소를 지으며 깊이 허리를 숙여 인사를 했다. 백래창은 계속해서 바둑을 두자고 상시절에게 떼를 쓰니 사람들이 또 한차례 웃었다. 백작이,

"됐어, 형님이 오시면 식사를 하고 바로 교외로 나가야지, 시간이 어디 있나! 바둑 두러 온 게 아니잖아!"

이렇게 말을 하니 금동이 급히 바둑판을 치우고 모두 차를 마셨다. 백작이,

"형님께서 지금쯤 오셨어야 하는데, 설마 안 가시진 않을 텐데?"

하니, 이때 마침 서문경이 나타났다. 의관을 잘 차려입고 하인 넷을

거느리고 들어왔다. 모두 자리에서 일어나 영접하고 인사한 후에 자리에 앉고 기녀들도 인사를 했다. 이명과 오혜도 와서 절을 했다. 이에 백작은 금동과 대안에게 음식을 가져오라고 이르니 접시 여덟 개에 음식을 내오는데 오이장아찌, 기름을 입힌 꽃순, 새콤한 고사리, 설탕에 절인 마늘, 죽순, 매운 야채, 간장에 절인 생강, 향기로운 버섯 등이었다. 두 하인은 서문경이 와서 자리에 앉아 있는 것을 보고 더욱 날렵하게 움직였다. 백작은 서문경의 하인들이 음식을 차려 내오는 걸 보고서 말했다.

"두 사람이 수고를 해 이렇게 많은 음식을 준비하니 저는 별로 힘도 들지 않았어요."

이를 듣고 서문경은,

"제대로 하기나 했는지."

하자 백작은,

"아주 잘들 해요."

했다. 사희대가 옆에서 거들었다.

"자고로 '강력한 장수 밑에 나약한 병사 없다'고 하잖아요. 하인들을 누가 데리고 있는지 알면 자연히 알 수 있지요."

이때 금동과 대안은 분주히 오가며 음식을 내오고 술을 내오는데, 거의 이십여 종류의 음식이 상 위에 올랐으니 마늘에 여지[荔枝]와 고기를 넣어 볶은 것, 얇게 저민 양고기에 파와 벗나무 껍질을 넣고 데친 것, 생선을 볶고, 닭을 볶고, 새콤한 거위와, 생선의 배 부분으로 만든 요리 등 다양한 것들이었다. 원래 백작은 이집 저집을 돌아다니며 많이 얻어먹으며 어떻게 만들어야 맛이 있는지 배웠는데, 이날 실력 발휘를 하니 모든 음식이 맛이 기가 막힐 정도로 뛰어났다. 모두 젓가락을 들고 쩝쩝 소리를 내가며 음식과 술을 먹기 시작했다. 오직 한금천만이 원래 적게 먹는 체질인지라 야채만 약간 집어먹었다. 백작이,

"오늘은 초하루도 보름도 아닌데 어찌 꼬리를 빼는 게냐? 옛날에 한 사람이 있었는데 생전에 채식만 했지. 죽어서 염라대왕을 만나 '나는 살아생전에 채식을 했으니 다음 세상에 잘 태어나게 해주십시오' 하고 말을 했지. 이에 염라대왕이 '네가 채식만을 했는지 어찌 알 수 있겠느냐? 그러니 배를 갈라봐야겠다' 하고는 배를 갈라보니 배에 침이 가득 차 있더라는 게야. 남이 맛있는 음식을 먹을 때 보고는 흘린 침이 배에 다 고인 거래."

하니, 이에 사람들은 배꼽을 움켜쥐고 웃었다. 금천이,

"엉뚱하긴, 그런 얘기를 어디서 들으셨어요! 지옥에 가서 혀가 뽑히는 게 두렵지도 않으세요?"

하자 백작은,

"지옥에서는 음탕한 계집의 혀만 집아 빼지, 아직도 그걸 모르고 혀를 놀리다니."

하며 다시 한 번 웃었다. 백작이,

"우리 이제 교외로 나가는 것이 어때요?"

하니 서문경이 말했다.

"거 좋지."

사람들도 모두 좋다고 했다. 백작은 찬합 두 개와 술 한 동이를 하인들을 시켜 해안까지 옮겼다. 그리고 배를 한 척 빌려 물건들을 싣고 다른 빈 배를 한 척 더 빌려 사람들이 탔다. 배를 타고 바로 노를 저어 남문 밖 삼십여 리 유태감의 장원 부근까지 왔다. 백작은 배를

멈추게 하고는 먼저 해안 위로 올라가 한금천, 오은아 둘을 부축해 해안으로 오르게 했다. 서문경이,

"누구의 장원인지 한번 가보는 게 어때?"

하니 백작이,

"유태감의 장원이니 가보는 게 좋겠군요."

하자 서문경이 말했다.

"그것 괜찮겠군."

모두 꼬불꼬불한 길을 지나 안으로 들어가 보니 나무가 무성하고 대나무가 울창한 게 그 경치가 말할 수 없이 아름다웠다.


푸른 잣나무 빽빽하고 푸른 대나무 바람에 소리를 내누나.

풀들은 푸른 비단 요를 깔아놓은 듯하고

드리워진 버들은 춤추듯 너풀거린다.

굽이굽이 감도는 난간의 문양은 마치 비단 무늬 같네.

창가에는 수많은 새들이 아름다운 소리로 지저귀네.

이곳의 아름다운 경치가 경성의 아름다움에 못지않구나.

산보[散步]와 고담[古談]을 하며 매일 그곳에 들러 취향을 이루네.

여인들이 오가며 이곳에서 즐기며 피곤을 잊네.

기이한 경치라 하는 것이 단순한 이름만이 아니구나.

翠帕森森 修筐篁欹

芳草平鋪靑錦褥 垂楊細舞綠絲條

曲砌重欄 萬種名花紛若綺

幽窗密牖 數聲嬌鳥弄如簧

眞同閬苑風光 不減淸都景致

散淡高人 日涉之以成趣
往來游女 每樂此而忘疲
果屬奇觀 非因過譽

　서문경은 한금천과 오은아의 손을 잡고 이곳저곳을 돌아보았다.
그러다 향기 나는 나무 그늘에 이르니 아주 서늘하고, 양쪽에 크고
오래된 돌 의자가 있어 쉬기에 좋았기에 모두 여기에 앉았다. 백작은
금동과 대안에게 배에 가서 그곳에 실려 있는 술과 음식, 채소, 그릇
을 가져오라 하고는 나무 밑에 내려놓게 한 후에 먼저 차를 마셨다.
그러다가 손과취와 축일념의 사건에 얘기가 미쳤다. 상시절이,
　"만약 그런 일만 없었다면 함께 자리를 했을 텐데… 얘기해서 무
엇하나!"
하자 서문경이,
　"다 자업자득이지 뭐!"
했다. 백작이,
　"자리에들 앉읍시다."
하자 백래창도,
　"그럽시다."
하며 자리를 잡고 앉으니, 서문경이 상석에 앉고 기생 둘이 바로 서문
경의 곁에 앉았다. 이명과 오혜는 태호석[太湖石] 가에 서서 가볍게
비파를 타고 박자판을 두들기며 「수선자(수선화)[水仙子]」를 불렀다.

　우리집 어머니의 성격은
　요염하면서도 묘안의 불과 같이

괄괄하기가 이글이글 타는 불과 같다네.

물 위에 노니는 원앙새

푸드득거려 서로 떨어지게 하고

말안장을 흔들어 가죽과 떼어놓고

물건을 흔들어 소리를 내 분위기를 깨고

현이나 쟁의 줄을 끊어 소리 나지 않게 한다네.

쨍그랑 경대에 벽돌 던져 깨고

풍덩 우물에 항아리 집어던지네.

據着俺老母情 他則待襖廟火 刮刮匝匝烈燄生

將水面上鴛鴦 忒楞楞騰 生分開交頸

疏剌剌沙 鞲雕鞍撒了鎖鞡 斯瑯瑯湯 偸香處喝號提鈴

支楞楞擎 弦斷了不續碧玉箏 咭叮叮璫

精磚上摔碎菱花鏡 撲通通鏨 井底墜銀瓶


노래를 마치고 다시 술자리를 호숫가로 옮겨 자리를 깔고 앉았다. 수없이 잔을 주거니 받거니 하고, 팔씨름이나 주사위 던지기 등 여러 가지 놀이를 하며 즐겁게 놀았다. 서문경이,

"동교아, 그 앙큼한 것은 왜 안 왔지?"

하자 응백작이 말했다.

"어제 예약하러 갔는데 오늘 일찍 사내 하나를 전송해 보내고 오전 중으로 온다고 했어요. 아마도 우리가 이곳에서 놀고 있는 걸 알테니 지금쯤 오고 있을 거예요."

백래창이,

"그것은 아무래도 형님이 잘못하신 것 같아요. 제대로 약속도 하

지 않았는데 어찌 오겠어요?"

하니, 이 말을 듣고 서문경이 백래창의 귓가에 대고,

　"우리 저 거지 같은 응백작 놈과 내기를 하지. 점심때가 지나도 동교아가 오지 않으면 벌로 각각 큰 잔으로 세 잔씩 마시는 게야."

하자 백래창이 백작에게 말을 전했다. 응백작은,

　"좋았어. 만약 점심 전에 오면 모두 큰 잔으로 석 잔씩 마셔야 해."

하며 내기를 하기로 했으나 동교아가 어디 나타나겠는가? 백작은 점차 당황하며 웃기만 할 뿐이었다. 백래창과 사희대, 서문경, 기생들은 여차저차하기로 계획을 짜놓았다. 서문경은 짐짓 화장실에 가는 척하며 자리에서 일어나 대안을 불러 거짓으로 소리를 지르며 동교아가 왔다고 일러주었다. 대안은 바로 말뜻을 알아들었다. 잠시 뒤에 백작이 안절부절못하고 있는데 대안이 황급히 들어와,

　"동교 아씨가 와요! 그런데 어떻게 찾아왔는지 모르겠어요."

했다. 이에 백작은 큰소리로,

　"하마터면 이 계집이 나를 죽일 뻔했구나! 세가 온다고 했잖아요. 빨리 술을 가져와 석 잔씩 드시지요."

하니 서문경은,

　"만약에 우리가 이겨 자네더러 마시라고 하면 마실 수 있나?"

하자 응백작이 말했다.

　"제가 졌는데도 마시지 않으면 사람이 아니에요!"

　이를 듣고 여러 사람들이,

　"그럼 됐어. 당신이 가서 동교아를 안으로 불러오세요. 그럼 우리들이 마실 테니."

했다. 백작은,

"알았어, 두말없기예요!"

하고는 밖으로 나가 눈을 크게 뜨고 사방을 샅샅이 살펴봤지만 어디 동교아의 그림자도 찾을 수 있겠는가! 이에 빈 하늘에 대고,

"이런 싸가지 없는 계집이, 나를 이렇게 실없는 사람으로 만들다니!"

라고 욕을 하고는 안으로 들어오니 모두 웃음을 참지 못했다. 백작을 둘러싸고,

"이미 정오가 지났으니, 이제 석 잔씩 마셔야겠지."

했다. 백작은,

"모두 날 일부러 속인 게지요? 그래놓고 벌주를 마시게 하다니… 이런 식으로 어떻게 승부를 따질 수 있겠어요?"

하니 서문경은 불문곡직하고 술잔 가득 술을 따라 백작에게 건네주면서,

"방금 마시지 않으면 사람이 아니라고 했잖아."

하자, 백작은 잔을 받아 마셨다. 이를 보고 사희대도 한 잔 따라 건네주니 채 마시기도 전에 오전은도 큰 잔으로 따라주었다. 다급해진 백작은 어쩌지 못하고,

"안 돼, 토할 것 같아. 안주나 좀 집어먹는 게 좋겠어."

라고 소리쳤다. 이에 백래창은 단 음식을 집어 건네주었다. 백작은,

"이런 육시랄, 새콤한 것도 아니고 단 걸 주다니 진짜 못쓰겠군!"

하니 백래창은 웃으며 말했다.

"이 그릇에 있는 건 새콤한 맛이었는데. 좌우에 짜고 시고 쓰고 매운 게 다 있으니 맛을 보세요. 그렇게 당황하지 말고!"

"어휴, 주둥이만 살아서는!"

상시절이 다시 한 잔을 가져오자 백작은 몸을 돌려 피하려 했다. 그러나 서문경과 기생 둘이 가로막고 있는데 어디로 도망칠 수 있겠는가? 백작은,

"죽어 자빠질 동교아 그년 때문에 이토록 고생을 하는구나!"

하고 소리를 질렀다. 이 말을 듣고 사람들은 배꼽을 쥐고 웃었다. 백래창은 다시 대안더러 술을 가득 따르게 했다. 대안은 술병 주둥이를 술잔 안에 넣고 괄괄 따르니 어디 막을 수가 있겠는가! 백작이 쳐다보면서,

"멍청한 손님이 주인에게 권하는구나. 그 음탕한 계집은 다른 사내놈과 재미를 보고 있는데, 어째 하릴없이 술주댕이를 술잔 안에 쑤셔 넣는단 말이냐! 네놈이 천 년을 산다 해도 어디 너한테 마누라를 얻어주나 봐라!"

하니 한금천과 오은아도 큰 잔에 가득 따라서는 응백작에게 건네준다. 응백작은,

"나를 아주 죽여라, 죽여라!"

했다. 이에 한금천은,

"그렇게 엄살떨지 말고 어서 쭉 들이키세요."

하자 오은아도,

"어째 동교아에게 살려달라고 빌지 않으세요. 그러면 올 텐데?"

하니 백작은,

"장난치지 마, 정말로 못 마시겠어."

했다. 이에 둘이 술잔을 입가에까지 들이대니 백작은 어쩌지 못하고 양손에 각기 한 잔씩을 받아 들고는 억지로 들이마셨다. 그러고는 급히 안주를 먹었으나 얼굴이 시뻘겋게 되었다. 백작은,

"내 당신들에게 속았으니, 천천히 마셔도 되잖아. 그런데 들이붓듯이 권하니 어디 정신을 차릴 수가 있나!"

하고 소리를 쳤으나 사람들은 그저 술을 권할 뿐이었다. 마침내 백작은 서문경 앞에 무릎을 꿇고,

"형님께서 한 말씀 하시어 미천한 이 목숨을 좀 구해주세요. 계속 자리를 해 손님 접대도 해야 되잖아요. 완전히 취해버리면 날이 어두워지는 것도 모를 것이고 그러면 흥취도 없어지잖아요."

라며 애원했다. 이에 서문경이,

"알았어, 자네가 그렇게 말을 하니 두 잔은 잠시 남겨두지."

하자 이 말을 듣고 백작은 자리에서 일어나며,

"아예 없던 것으로 쳐주시면 더욱 고맙겠습니다."

하니 이에 서문경이 말했다.

"알았어, 자네를 용서해주겠네. 그런데 좀 전에 말하기를 마시지 않으면 사람이 아니라고 하지 않았는가? 오늘은 어째 사람다운 기백이 보이지 않네그려!"

"제가 취했어요. 그 음탕한 계집이 누구한테 꼬여서 어딜 갔는지 모르겠군요!"

오은아가 웃으며,

"에이, 나리께서 주인이 되어 이렇게 재미있게 놀고 계시면서, 동교아가 오지 않는다고 뭘 그러세요?"

하니 백작은 짐짓,

"그 애는 콧대가 센 애라 부르기가 쉽지 않아."

했다. 한금천이,

"동교아는 권세와 이익만을 따라다니는데, 무엇이 잘나 명기[名

妓]라고 하는 거예요!"

하니 이 말을 듣고 백작은,

"네가 질투하고 있다는 걸 내 잘 알고 있지!"

했다. 서문경은 전에 동교아가 채어사와 함께 밤을 보낸 일을 기억하고, 금천을 한 번 힐끗 쳐다보고는 아무 말도 하지 않았다.

이때 백작은 이미 술이 얼큰하게 취해 있었다. 두 기녀는 가만히 앉아 있지 못하고 쉴 새 없이 주둥이를 놀려 한마디씩 종알대니 먹는 것도 자연 시들해졌다. 이에 백래창이 금천에게,

"노래나 한 곡 뽑아보지?"

하니 오은아가,

"그러죠."

하면서 금천에게 먼저 노래를 부르라고 양보했다. 상시절이,

"내가 방금 내기 바둑으로 딴 부채가 뼈로 만든 것이라 박자 맞추기에는 딱 좋겠어."

하니 금천이,

"그럼 잠깐 빌려주세요, 박자를 한번 맞춰보게요."

하고 부채를 받아 보고는,

"저한테는 이런 박자 맞추는 부채가 없어요. 내기에 진 셈 치시고 저한테 주세요."

하니 이를 서문경이 듣고서는,

"그게 좋겠군."

했다. 모두 그게 좋겠다고 하자 상시절은 마지못해 금천에게 주었다. 금천이,

"은아 언니도 있는데 어찌 저만 혼자 가질 수가 있겠어요. 저와 둘

이 주사위를 던져 큰 숫자가 나오는 사람이 갖도록 하지요."

하니 상시절도,

"그것도 괜찮겠군."

하자 바로 주사위를 던졌는데, 오은아가 이기자 금천은 부채를 은아에게 건네주었다. 이에 상시절은 거들먹거리면서,

"이걸 어쩐다지? 내가 또 손수건 한 장이 있는데 금천 아씨한테 부채 대신 줘야겠군."

하며 수건을 건네주자, 금천은 받으면서,

"이러시면 너무 죄송한데…."

했다. 서문경은,

"내가 아깝게도 좋은 사천산 부채를 가져오지 않았군. 그렇지 않았다면 폼을 잡았을 텐데."

하니 상시절이 말했다.

"제가 실수를 했군요."

이때 사희대가 큰소리를 치며 일어나면서,

"제가 하마터면 잊어버릴 뻔했군요! 부채 얘기를 하니 생각이 났어요!"

그러면서 대안을 시켜 큰 잔 가득 채워 오전은에게 주면서,

"내기 술은 마저 다 마셔야지요."

하니 오전은이,

"됐어, 언제 적 일인데 지금 다시 마시게 한단 말인가? 그런 술이 어디 있나!"

했으나 사희대의 강요를 이기지 못하고 억지로 잔을 받아 마셨다. 이때 금천이 노래를 부르기 시작하니 곡명이 「씀바귀 향내[茶蘼香]」였다.

처음 서로 알 때를 생각하니

우연히 인연이 되어 만나

아름답게 사랑을 이루었다네.

꽃 피는 아침, 달 뜨는 저녁에

자리를 같이해 감상을 하고

아름다운 계절에는 잔을 같이했으나

오늘에 이르러서는 아무것도 없구나.

호사다마[好事多魔]라 하더니

아름다운 인연을 어머니가 중간에서 방해하여

봉황의 교류를 떼어놓는구나.

오며 가며 앉으나 서나 생각을 하니

가슴속에는 아픔만이 쌓이네.

별과 달에 애절히 빌었건만 다 져버렸네.

근심도 사라지고 하늘이 도우시어

뜻밖에 만났으나

그는 헤어지자 말을 하며

한바탕 벌였던 사랑을 거두자 하네.

記得初相守 偶爾間因循成就 美滿效綢繆縷

花朝月夜同宴賞 佳節須酬 到今日一旦休

常言道好事天慳 美姻緣他娘間阻 生拆散鸞交鳳友

坐想行思 傷懷感舊 辜負了星前月下深深咒

願不損 愁不煞 神天還祐 他有日不測柏逢

話別離情取場消瘦

노래를 마치자 오은아가 이어서 「푸른 살구[靑杏兒]」라는 노래를
부르기 시작했다.


바람과 비는 꽃에는 괴로우나
꽃에 바람과 비가 내리는 건 어쩔 수 없으니
꽃 앞에서 술에 취하는 것을 애석치 말아요.
오늘 아침에 꽃은 지고
사람 머리는 하얗게 된다네.
흥이 날 때 다시 술 석 잔을 들고
고개나 골짜기 좋은 곳을 찾아보시지요.
술이 있고 근심 걱정이 없으니
꽃이야 있건 없건, 봄이건 가을이건 어떠하리오.
風雨替花愁 風雨過花也應休
勸君莫惜花前醉 今朝花謝 明朝花謝 白了人頭
乘興再三甌 揀溪山好處追游
但教有酒身無事 有花也 無花也 好選甚春秋


노래가 끝나자, 이명과 오혜가 나란히 일어나서는 사희대에게,
"또 다른 솜씨가 있으니 한번 보여드릴게요."
하며 비파를 타고 퉁소를 불며 「소양주에서[小梁州]」를 불렀다.


문밖에는 붉은 먼지가 일고 있으나
물고기와 새가 있는 맑은 계곡에는 미치지 못하네.
푸른 그늘 높은 버들에서 꾀꼬리 소리 들리니

그윽한 정취를 속세 사람이 몇이나 알겠는가?
산과 숲은 본래 나이 들어 가는 곳
젊어서는 일하고 나이 들어 머무는 곳
후세[後世]를 애도하고 선인[先人]을 따른다네.
오월 오일 초[楚]나라의 노래를 부르며
상수[湘水]에 이르러 죽은 굴원을 애도하자네.
門外紅塵滾滾飛 飛不到魚鳥淸溪
綠陰高柳聽黃鸝 幽棲意 料俗客幾人知
山林本是終焉計 用之行舍之藏兮
悼後世 追前輩 五月五日 歌楚些吊湘累


노래를 마칠 무렵에는 술자리도 거의 파할 단계였다. 백래창은 화원에 있는 객청에서 문양이 그려진 작은 북을 발견하고 그것을 지고 태호석 뒤로 가서 꽃가지를 하나 꺾어 북을 두들겼다. 서문경은 오혜와 이명에게 북을 두들기게 하고 눈짓을 하자 둘은 바로 알아차리고 돌구멍으로 안을 들여다보다가 술에 덜 취한 사람에 이르면 바로 멈추었다. 이를 보고 백래창은,

"요 미꾸라지 같은 것들이 무슨 짓을 하는 게야! 내가 북을 치마."

라면서 서문경에게도 몇 잔을 먹였다. 이렇게 법석을 떨며 먹고 있을 적에 서동이 급히 뛰어들어와 서문경의 귓가에 대고는 낮은 목소리로 말했다.

"여섯째 마님이 좋지 않아요. 빨리 돌아가셔야겠어요. 말도 문밖에 준비해놓았습니다."

서문경은 급히 자리에서 일어나며 작별을 고했다. 이때 모든 사람

들은 술이 거나하게 오른지라 모두들 자리에서 일어났다. 백작이,

"형님, 오늘 제가 아직 한 잔도 드리지 못했는데 어째 가려고 하십니까? 귓속말로 주고받는 건 좋지 않아요."

하며 잠시 더 머물기를 청하자, 서문경은 사실대로 얘기해주고 바로 말에 올랐다. 백작은 다른 사람들한테 남으라 하고 주위를 둘러보니 한금천이 보이지 않았다. 백작이 발걸음을 죽여 찾아보니 태호석 밑에서 하얀 엉덩이를 드러내고 소변을 보고 있었다. 백작은 울타리 너머로 보다가 살금살금 다가가서 지푸라기로 한금천의 아랫도리 비경을 간질거렸다. 오줌을 다 누지 못한 한금천은 깜짝 놀라 바로 일어섰으나 사타구니가 모두 오줌에 젖고 말았다. 금천은 욕을 해대며,

"이런 제 명에 죽지도 못할 영감 같으니라구! 어쩌자구 이런 주책 없는 짓을 하는 거예요!"

하며 얼굴이 온통 빨개져 웃음을 띠고 욕을 해댔다. 백작이 이 사실을 사람들에게 얘기하자 모두들 한바탕 웃었다. 서문경은 금동을 그곳에 남겨 그릇들을 정리하게 했다. 금동은 그릇과 풍로 등의 식기들을 정리해 배에 싣고 성 안으로 돌아왔다. 사람들이 백작에게 작별을 고하고 떠나자, 백작은 빌린 배 두 척의 뱃삯을 주고, 금동과 함께 그릇들을 가지고 집으로 돌아와 금동에게 다시 술을 마시라고 주었다.

한편 서문경은 집으로 급히 돌아와 곧장 이병아 방으로 갔다. 영춘이,

"마님께서 매우 아프시니, 나리께서 빨리 봐주세요."

해서 침상가로 다가가 보니 이병아는 매우 아픈 듯 신음을 내가며 배와 근육이 아프다고 했다. 서문경은 이병아가 매우 아파하는 것을

보고,

"빨리 임의원을 불러다 보게 하마."

하고는 영춘을 불러,

"서동을 불러 내 명함을 가지고 가서 빨리 임의원을 불러오거라."

하자 영춘은 바로 서동에게 전하니 급히 임의원을 부르러 나갔다. 서문경이 이병아를 안고 침상에 앉으니, 이병아가 말했다.

"어째 이리 술 냄새가 나지요?"

서문경이,

"위가 허하니 술 냄새가 더욱 역겨운 게야."

그러면서 영춘에게,

"그래 죽이나 국 좀 드셨느냐?"

하자 영춘이 말했다.

"아침부터 지금까지 쌀 한 톨도 드시지 않으시고, 국물만 조금 드셨어요. 배와 가슴과 어깻죽지, 허리가 매우 아프시다고 해요."

서문경은 이맛살을 찌푸리며 한숨을 내쉬었다. 그러면서 다시 여의아에게,

"관가는 좀 어때?"

하고 묻자 여의아가 답했다.

"어젯밤에 머리에 열이 조금 있고 또 울기도 했어요!"

"무슨 조화인지 모르겠군! 모자가 모두 아프니 어찌하면 좋담? 어미라도 좋아야 애를 제대로 돌볼 텐데…."

이때 이병아는 다시 통증을 느끼는지 신음 소리를 냈다. 이에 서문경이,

"조금만 참아요, 의사가 곧 올 테니. 맥을 짚어보고 약을 두어 첩

먹으면 바로 좋아질 게야."

했다. 영춘은 방을 쓸고 탁자 위를 털고 향을 사르고 차를 끓였다. 유모는 관가를 달래 재우려고 했다. 시간이 어느 정도 흘러 밖에서 개 짖는 소리가 들렸으나 서동이 아닌 금동이 돌아온 것이었다. 잠시 뒤에 서동이 등을 들고 사각 두건을 두르고 소매가 긴 옷을 입은 임의원이 말을 타고 왔다. 집 안에 들어서자 서동이 바로 안으로 들어와,

"임의원이 오셔서 응접실에 계십니다."

하고 전했다. 서문경은,

"알았다, 어서 차를 내오거라."

하니 대안은 급히 차를 끓여 내오고 서문경도 급히 나가 임의원을 맞이했다. 의원이 말했다.

"댁에 어느 분이 아프신지요? 조금 늦게 와서 죄송합니다!"

"별말씀을. 늦은 밤에 어려운 걸음을 하시게 해 죄송합니다."

의사는 깊숙이 절을 하며,

"아닙니다!"

그리고 차를 한 모금 마시고는 물었다.

"그래 어느 분이 불편하신지요?"

"여섯째 부인이 불편한 모양이오."

서문경과 의원은 짠 앵두와 호두 차를 마시며 몇 마디 나누었다. 대안이 잔을 받자 서문경이 말했다.

"정리는 다 했느냐? 안에 들어가 말을 하고 등불을 가지고 나오거라."

대안은 분부대로 등불을 가지고 나왔다. 서문경은 바로 자리에서 일어나 임의원을 안으로 청했다. 의사는 계단 위로 오르다 문 입구에

서서 좌우를 돌아보고 반쯤 허리를 굽히고 매우 조심스런 모습으로 안으로 들어섰다. 방 안으로 들어가 보니 삼각 발의 솥단지에는 종이가 타오르고, 은 항아리에는 마른 난초가 타고 있었다. 비단 휘장이 드리워져 있고 옥 갈고리가 걸려 있었다. 모든 것이 화려하고 기이한 것이 새로운 세계의 모습이었다. 서문경이 의원에게 의자를 권하자 의원은,

"됐습니다."

라고 했으나 서문경이 의자를 끌어다주자 앉았다. 영춘이 비단 방석을 꺼내고 그 위에 이병아의 손을 받쳐놓고 비단 손수건으로 옥 같은 팔뚝을 약간 가리고 섬섬옥수를 휘장 밑으로 약간 내밀어 맥을 짚어보게 했다. 의사는 마음을 가다듬고 숨을 고른 후에 맥을 짚어보니 환자는 위가 허하고 기가 약하며 피가 부족하고 간 기운이 너무 왕성하며 마음이 안정되지 않아 열이 삼초[三焦](삼초는 횡격막 위, 중초는 횡격막과 배꼽 사이, 하초는 배꼽 아래 부분을 가리킴)에 있으니 이 열을 내리고 영양을 보충해야 할 것 같았다. 이러한 것을 서문경에게 말해주었다. 이를 듣고 서문경은,

"선생이 보신 대로입니다. 그런데 참을성이 강해서 고통을 참고 있습니다."

했다. 그러자 의원은,

"그런 까닭으로 이런 병이 생긴 것인데 사람들이 모르고 있습니다. 지금은 목[木]이 토[土]를 이기고 있기에 자연히 위의 기가 약해진 것입니다. 기가 어디에 가득 차고, 피는 어디에서 생기는 것입니까? 수[水]는 화[火]를 실을 수 없기에 화기가 모두 위로 상승하는 것입니다. 이로 인해 가슴이 아프고 포만감이 들고 통증이 있으며 배

도 때때로 아플 것입니다. 혈[血]이 허하니 양 허리와 온몸의 근육이 쑤시고 아프며 음식을 제대로 삼킬 수가 없는 것입니다. 그렇지 않습니까?"

하고 묻자 영춘이,

"바로 맞았어요."

하니 서문경이 말했다.

"과연 대단하십니다! 망문문절[望聞問切](네 가지 진단 방법으로 병인의 신색·형태·혓바닥·대소변·기타 배설물을 보는 것이 망[望]이며, 병인의 언어·호흡·기침의 고저와 강약, 침의 농도를 살피는 문[聞], 병인의 병력과 발병과정 등을 묻는 문[問], 진맥을 하고 병을 진단하는 절[切]의 네 가지 방법)을 들어보았으나 선생처럼 진맥을 해 환자에게 병에 대해 묻지 않고도 소상히 다 밝혀내다니, 정말로 놀랍습니다. 제 마누라에게 천만다행한 일입니다."

의원은 깊이 허리를 숙여 인사를 하며,

"제가 뭘 알겠습니까? 그저 추측할 뿐입니다."

하니 서문경은,

"너무 겸손하시군요."

그러면서 다시,

"무슨 약을 쓰면 되겠습니까?"

하고 물으니 의원은,

"화기를 내리고 몸을 보하는 약을 쓰면, 자연히 가슴이 답답한 것도 풀릴 것이고, 허리 아픈 것도 좋아질 것입니다. 외부로부터 들어온 병이 아니고 모두 내부에서 무언가 부족해 생긴 병입니다."

그러면서 영춘에게,

"그래 달거리는 정상인가?"

하고 묻자 영춘은,

"일정치 않은 것 같아요."

하니 의원은 다시,

"얼마마다 오는가?"

하고 물었다. 영춘이 답했다.

"관가 아기를 낳은 후에는 제대로 한 것 같지가 않아요."

"원기[元氣]가 본래 약한 데다가 산후 조리를 제대로 하지 않아 피가 부족해진 것으로, 막혀 쌓인 것이 아니니 잘 소통하도록 약을 쓰면 됩니다. 거기에다 환약을 보태 드시면 좋아질 것입니다. 그렇지 않으면 만성병으로 변할 수도 있습니다."

"잘 알겠소. 그럼 먼저 약을 달여 먹어 우선 아픈 거라도 좀 가라앉게 합시다. 그런 후에 환약을 먹이지요."

"맞는 말씀입니다. 소생이 집으로 돌아가 바로 약을 조제해 보내 드리면 별일 없을 것입니다. 그러나 이 병은 외부에서 온 것이 아니라 내부에서 결핍되어 생긴 것이라는 사실을 유념해두십시오. 화기가 있어 가슴이 답답하고 겨드랑이가 아픈 것이고 피가 뭉친 게 아니라 부족하여 허리 주변이 아픈 것입니다. 하지만 약을 먹으면 자연히 좋아질 테니 과히 걱정하지 않으셔도 됩니다."

이 말을 듣고 서문경은 계속 고맙다고 인사를 했다. 몸을 일으켜 방을 나서려는데 관가가 깨어나 울기 시작했다. 의원은,

"공자[公子]의 목소리가 좋군요."

하자 서문경은,

"애도 병이 있어 과히 좋지 못해요. 애를 돌보느라 밤낮으로 고생

하다 제 어미가 병이 난 것 같아요."

하면서 전송해주었다. 한편 서동은 금동에게,

"내가 방금 의원을 모시러 갔을 적에 이미 잠자리에 들었더라구요. 문을 한참이나 두들겨 겨우 사람이 나왔어요. 의원은 눈을 비비고 나와 말을 타고도 하품을 그치지 않는 거예요. 그래 내 어찌나 열이 나던지!"

하자 금동이,

"오늘 아주 고생이 많았구나. 난 오늘 아주 잘 놀고 술도 잘 얻어 마셨는데…."

하며 얘기할 때 대안은 등불을 가지고 서문경과 의원을 전송하러 나갔다. 의원은 대문에 이르자 바로 작별을 고하고 나가려 했다. 이에 서문경이,

"괜찮으시다면 잠시 앉아 차나 식사라도 좀 하고 가시지요."

했으나 의원은 머리를 내저으며,

"호의는 감사하지만 돌아가서 빨리 약을 지어 올리겠습니다."

했다. 서문경은 의원을 말을 태워 보내고 서동에게 등불을 들고 따라가라고 일렀다. 의원을 돌려보내고 급히 안으로 돌아와 대안에게 은자 한 냥을 주어 급히 의원을 따라가서 약을 받아오라고 했다. 임의원은 집에 도착하자 말에서 내리면서 둘에게,

"두 분은 잠시 앉아 차를 마시고 계시지요. 내 바로 약을 지어 가지고 오리다."

했다. 대안은 돈을 넣은 상자를 의원에게 주면서,

"약값을 받으세요."

했다. 이에 임의원은,

"우리는 오래된 친구 사이인데 어찌 이런 약값을 받을 수 있겠소."
했다. 서동은,

"그래도 약값은 받으세요. 안 받으시면 약을 가지고 돌아가더라도 다시 와야 돼요. 그러니 빨리 거두어들이시고 약을 지어주세요."
했다. 대안이,

"돈을 받지 않으면 점괘도 맞지 않는다고 하니 제발 받으세요."
하니 이에 의원은 어쩔 수 없이 받았다. 약값을 받고 보니 꽤 무거워 기쁜 마음으로 안에 들어가 약을 조제하고 또 약병에서 환약을 거의 반이나 쏟아 꺼냈다. 두 하인이 차를 마시는 사이에 잘 싸서 밖으로 나와 건네주었다. 문을 잠그고 두 하인은 집으로 돌아왔다. 서문경은 약 포대가 묵직한 걸 보고,

"이렇게 많아!"
하고 펴보니 환약도 들어 있었다. 이에 서문경은 웃으며,

"돈이 있으면 귀신도 부릴 수가 있다더니… 우선 첩약을 조제해 먹으면 환약을 보내준다더니, 함께 보내왔구나! 오히려 잘됐군."
했다. 약봉지 위에 쓰여 있기를,

강화자영탕[降火滋榮湯]
물 두 대접에 생강을 넣지 말고, 팔 푼 정도로 달여 빈속에 먹을 것. 그런 후 재탕할 것. 밀가루 음식과 기름기 있는 음식은 피할 것.

또 위에는 '세의임씨약실[世醫任氏藥室]'이라는 붉은 도장이 찍혀 있었다. 환약을 넣은 병에는 붉은 종이 위에 '가미지황환[加味地黃丸]'이라고 쓰여 있었다.

서문경은 약들을 영춘에게 건네주며 먼저 약을 한 첩 달이라고 분부했다. 영춘이 약을 달이는 동안 서문경은 이병아의 침상에 앉아 기다렸다. 얼마 후 약을 가지고 이병아의 침상가로 가서는,

　"여보, 여기 약이 있으니 좀 마시구려."

했다. 이에 이병아는 몸을 돌려 마시려 했으나 힘이 없어 몸을 떨었다. 서문경은 한 손으로 약사발을 들고 한 손으로는 이병아의 머리를 받치고 마시게 하니 이병아는 쓰다고 하면서 겨우 몇 모금만 마셨다. 그러고는 영춘에게 입을 헹굴 물을 가져오게 해 입 안을 헹구었다. 서문경은 죽을 먹은 후에 발을 씻고 이병아의 곁에 드러누워 자려고 했다. 영춘은 곁에서 이병아를 시중드느라 옷을 입은 채로 졸면서 대기했다. 그런데 기이하게도 그 약을 먹고 이병아는 잠에 빠졌다. 서문경도 잠을 잘 잤다. 관가가 자다가 깨어 울었으나 여의아는 이병아가 깰까봐 급히 젖을 물려주어 칭얼대지 않고 조용히 자게 했다.

　다음 날 서문경은 자리에서 일어나자마자 이병아에게,

　"어젯밤에는 좀 어땠어?"

하고 묻자 이병아가 답했다.

　"정말로 신기해요! 그 약을 먹고 신기하게도 곯아떨어져 잘 잤어요. 그리고 배도 그리 아프지가 않아요. 어젯밤만 해도 정말로 아파서 죽는 줄 알았어요!"

　이 말을 듣고 서문경은 웃으며,

　"정말로 하느님께 감사를 드려야겠군! 두 첩만 더 달여 먹으면 다 좋아질 거요."

하니 영춘은 급히 약을 달여 이병아에게 주었다. 서문경은 이병아가 아파하자 정말로 혼이 빠질 지경이었으나 차도가 있자 한결 마음이

가벼워졌다. 허나 어찌 그것을 알 수 있으려나?
   시가 있어 이를 알리나니,

   서시[西施]도 때로는 눈썹을 찌푸리나
   다행히 선단[仙丹]이 있어 복용을 하였다네.
   약으로 죽을병을 고칠 거라고 믿으니
   과연 해탈은 인연이 있는 사람이 하는 것이런가.
   西施時把翠蛾顰  幸有仙丹妙入神
   信是藥醫不死病  果然佛度有緣人

(6권에서 계속)